JN068465

忙しすぎる文官令嬢ですが無能殿下に気に入られて仕事だけが増えてます

2

登場人物紹介

フリードリヒ

（フリードリヒ・アウグスタ・フォン・オトマルク）

オトマルク王国の第二王子。
文官組織を管轄し、功績も上げるが
怠惰で現場を振り回す通称“無能殿下”。
マーリカに求婚した。

マーリカ

（マーリカ・エリーザベト・ヘンリエッテ・ルドヴィカ・
レオポルディーネ・フォン・エスター＝テッヘン）

王国成立前から続く由緒ある伯爵家の三女。
王家に仕えし臣下の上級官吏と
認められた文官令嬢。ある事件で第二王子付
筆頭秘書官に抜擢され、
紆余曲折の末フリードリヒの婚約者になる。

アンハルト
（アンハルト・フォン・クリスティアン）
侯爵家嫡男の武官。
フリードリヒ付近衛騎士班長。
アルブレヒト
（アルブレヒト・カロリーネ・フォン・オトマルク）
第三王子。
フリードリヒの補佐についている。
クラウス
（クラウス・フォン・フェルデン）
メルメーレ公国の内務書記官で
オトマルク王国との人事交流特使。
マーリカの再従兄《はとこ》。
公国貴族フェルデン侯爵家次男。
マティアス
（マティアス・フォン・クラッセン）
高名な画家で弦楽奏者。
オトマルク王立科学芸術協会《アカデミー》が
招聘した特任教授。
マーリカの従兄《いとこ》。
メルメーレ公国クラッセン
伯爵家嫡男。
ヘルミーネ
（ヘルミーネ・フォン・メクレンブルク）
五大公爵家筆頭
メクレンブルク家次女。
王立ツヴァイスハイト学園の
生徒会副会長。
ロッテ
（ロッテ・グレルマン）
王立ツヴァイスハイト学園の平民特待生。
学年首席。生徒会会計。
ヨハン
（ヨハン・アンドレア・フォン・オトマルク）
第四王子。
王立ツヴァイスハイト学園生徒会長。

忙しすぎる文官令嬢ですが無能殿下に気に入られて仕事だけが増えてます 2

Contents

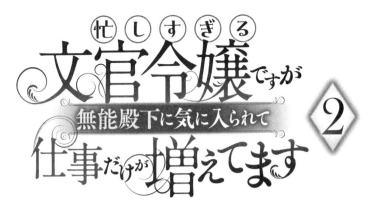

一　第二王子妃候補になったけれど

この部屋に入るのは約三年ぶりだ――。

目の前の閉じた扉を黒い瞳でじっと見つめ、月日が過ぎるのは早いとマーリカは胸の内で呟《つぶや》いた。扉に彫り込まれた装飾をなんとなく仰ぎ見た彼女の顔の左右で、結い上げずに一筋残している黒髪が揺れる。

（喉から胃が出そうになるほど緊張したあの日から、もう三年だなんて）

マーリカが以前にこの部屋を訪れたのは、王宮への出仕《しゅっし》を願い出て審査を受けた時だった。謁見後に案内されて面接を受けた。

そんなことを思い出しながら、入室許可の声が掛かるのを待つ間に、マーリカは服や髪に乱れがないか控えの間の壁に目を向けて自分の姿を確認する。

壁に嵌《は》め込まれた鏡に映る一束の書類を腕に抱えた文官の姿。

襟元から前身頃と袖周りに美しい刺繍《ししゅう》がされたクリーム色の上着は、中に着ている青緑色のウエストコートと揃いで金糸を織り込んだ布が襟に使われ、裏地まですべて絹である。

高官職が着るような凝った文官衣装は、変化したマーリカの立場に合わせたもの。

年が明けて、王家に仕えし上級官吏だけでなく、〝第二王子妃候補〟となった。

この国、オトマルク王国では王宮の行儀見習いや女性王族の側仕《そばづか》え以外に、貴族女性が自ら働くことは一般的ではない。伯爵家の三女ながら文官を志したマーリカは、若い頃は王宮に仕えていたらしい父親を説得して当主推薦を取り付け、論文提出や厳しい審査の上で出仕を認められた。

文官組織の人手不足は深刻で、出仕早々、実質担当者はマーリカ一人な激務部署に放りこまれ、ある出来事から文官組織の長である第二王子に彼の筆頭秘書官として拾い上げられた。仕事を通じて信頼関係を築き、紆余曲折あって彼の求婚に頷《うなず》く形で婚約し今にいたる。

まさか王族の婚約者になるなんて三年前は思ってもいなかったと、マーリカは後ろは膝裏までかかる上着の裾を見る。おかしな皺《しわ》などはなさそうだ。

仕事における利便性を重視しての男装だけれど、ドレスより装飾も少なく、裾も長くないから確認も楽である。

極細の金糸で刺繡がされた淡い青色のリボンを結ぶ、結い上げた髪の乱れもない。

リボンは婚約者から包みもなく手渡しでマーリカに贈られたものである。

色は贈り主の瞳の色で、さらに刺繡の糸もその髪色と同じ。繊細緻密《ちみつ》な刺繡は超一流の職人技と一目でわかる特級品。刺してある紋様《もんよう》は贈った相手の守護を願うものらしい。

もらった時は少しうれしくもあったけれど、あらためて意味や凝り方、特注費用を考えれば、たかがリボンと扱うには激重な一品だった。

身につけないと贈り主が拗《す》ねそうであるし、髪に結ぶから目立つし、臆面もないと生温かい目で周囲に見られているような気もする。

知らぬ間にほどけ落ちて紛失しないかなどとつい考えてしまうマーリカだったが、紛失したところで、次の一品がやってくることも容易に想像できる。

（もはや呪物の類《たぐい》では……？）

小さくため息を吐《つ》いて、それにしても――と、マーリカは意識を目の前の扉へ再び向けた。前の順番の人はとうに用件を済ませて部屋を出た後なのに、一向に入室許可の声が掛からない。

どうしたのだろうと、少々訝《いぶか》しみながら、マーリカが手持ち無沙汰に腕に抱える書類の束に指を差し入れた時、待っていた声がようやく掛かって閉じていた扉が開いた。

「文官組織付上級官吏。エスター＝テッヘン伯爵令嬢。第二王子フリードリヒ殿下の補佐体制に関する件で上申《じょうしん》――」

マーリカが入室したと同時に、部屋付の事務官が彼女の名と身分と用件を簡単に告げる。

この国の王は決まった曜日の決まった時間帯、現場の官吏の具申《ぐしん》に耳を傾ける場を設けてくれている。

謁見や貴族議会、重要案件が審議される御前《ごぜん》会議とは別に、一定の資格は必要でも末端の官吏の話を聞く時間を持つなど、多忙の身であるのに立派過ぎる。

（陛下だけじゃない。武官組織を管轄《かんかつ》する王太子殿下も常に国と民の為、王族の務めを果たす努力を怠《おこた》ってはいないのに）

本当にまったく、それに比べて、どうして文官組織《うち》の第二王子《あの無能》はっ、とマーリカはつい胸の内で婚約者でもある人に文句の一つも二つも、三つも四つも言いたくなる。

（なにかと仕事を後回しにして……功績もあげるけれど怠惰《たいだ》が過ぎる！　護衛騎士の隙を突いて執務室を抜け出すし、時に城外にまで……ああだめだめ、いまは陛下の御前。余計なことは考えない）

入室が許された部屋の中心よりも少し奥、深い青色に金糸で葉アザミ《アカンサス》の紋様を織り出すクロスをかけた執務机の前までマーリカは進み出ると、文官の最敬礼で頭を下げた。

ここはオトマルク王国の王都リントン。

栄える街を高台から見下ろす王城の、〝王の間〟。

その名前通り、国王の執務室にして公《おおやけ》の居室である。

「国王陛下、本日はお時間をいただきありがとうございます」

「顔合わせの昼餐《ちゅうさん》会以来か……顔を上げよ」

「はい」

上級官吏と認められている以上、所定の手続きが通れば会うことができ、将来王家に嫁《か》する者として挨拶も既に済ませた後でも、恐れ多い相手であることに変わりはない。

（やっぱり……この方の前に立つのは緊張する）

国章でもある王冠を戴《いただ》く双頭の鷲《わし》を背もたれの装飾にあしらう、豪奢《ごうしゃ》な金の椅子に腰掛けている五十絡みの威厳ありすぎる容貌をした人物は、国王ゲオルク・アンナ・フォン・オトマルク。

（綺麗な淡い金髪と澄んだ青い瞳はフリードリヒ殿下と同じ。お若い頃は彼のお兄様の王太子殿下をもっと雄々《おお》しくした美丈夫《びじょうふ》だったそうだし、顔形はあまり似ていないけれど）

それにこの方も、と執務机の後方右側へマーリカはちらりと目を向けた。

ゲオルクのいる左右に細い柱のようにある、無数の蝋燭を立てる金の燭台《しょくだい》。

右側の燭台の側に控え立っているのは、宰相《さいしょう》のメクレンブルク公。

白銀の髪を撫でつけ、紫色の瞳の目を細めてじっとマーリカを見ている。

（三年前の審査の時とまったく同じ。お二人が揃っていらっしゃると威圧感が……）

国王のゲオルクが獅子なら、宰相のメクレンブルク公は鷲である。

大国を統《す》べ、その重圧を平然と背負う様と眼光でもう気圧《けお》される。

一瞬、膝が少し震えそうになって、マーリカは気を引き締めた。

ドレスであれば隠せるけれど、男装ではそうはいかない。

（お二人だけでなく、この部屋自体が人をむやみに緊張させる場所でもある）

白を基調に、要所を金で彩る華麗にして荘厳《そうごん》な趣《おもむき》の室内。

窓を模したアーチ型の金枠に鏡が嵌め込まれている壁が室内にきらめきと広がりを与え、神話の神々の宴が描かれた天井からは真鍮《しんちゅう》の軸に水晶の飾りを二段重ねるきらびやかなシャンデリアが吊り下がり、王の席の真後ろの壁上部から、金色の軍神の像が邪心ある者には天罰を下すといった様で王の前に立つ者を見下ろしている。

国王の公の居室だけに、彼女がよく知る、第二王子や第三王子の執務室以上に王家の威信を見せつける部屋なのである。

進言に来て、話す前からすでに胃が苦しい。

（少し気を紛らわそう……ああそうだ、上級官吏になるには、皆、ここでお二人の圧迫面接同然の審査を受けるのだろうか）

部屋も面接官もとにかく人を萎縮《いしゅく》させるに余りある。

おまけに投げかけられる質問は、国内外の懸念や課題の解決案、発展の手段を問うもので、答えている間は眼光鋭い獅子と鷲の目にじっと無言で見つめられるのである。

面接が終わって、廊下に出た途端に行儀作法もなにもなく、震えながらドレスの裾を床に広げてへたりこみ泣きそうになったのは許してほしい。父親を説得した手前がんばったけれど当時マーリカはまだ十八歳の小娘であったのだから。

（官吏になりたいご令嬢が現れても……ご令嬢に限らず、もしかして多くの人がなる前に心折られてきたのでは。それもあって上級官吏の数が少ないのでは？）

この程度で怖気付《おじけづ》いていては王宮でやっていけないのかもしれないけれど、全体的に圧が強過ぎる気がする。せめて部屋を変えるだけでも違うのではないかと、三年前の審査のことも思い出しながらマーリカは考える。

緊張して上手く答えられないなんてよくあることだ。

普段の実力が発揮できず不合格というのは、人材確保の面で惜しい気がする。

王宮の、特に文官組織の人手不足は深刻なのである。

「エスター＝テッヘン伯爵令嬢」

「はい」

メクレンブルク公に呼びかけられて、緊張を紛らわせようととりとめのない考えに少々耽《ふけ》り過ぎたと反省しながら、マーリカは落ち着いた声音で返事をする。

腕に書類を抱えているが、真っ直ぐに背筋を伸ばし続く言葉を待つ彼女の姿は、さながら女性騎士のような凛々《りり》しさで人の目に映った。

「いまや第二王子フリードリヒ殿下の婚約者であるのに、何故《なにゆえ》殿下を通さず官吏として正規の手続きで陛下に具申を？」

「第二王子付筆頭秘書官は解任されましたが、王家に仕えし臣下の上級官吏であることに変わりはございません。それに婚姻後ならともかく、まだ婚約者にすぎない立場です。手続きは守るべきかと。フリードリヒ殿下は文官組織の長なのですから示しがつきません」

「実に模範的な回答であるな。さすがはフリードリヒ殿下の勝手を諫《いさ》めて筆頭秘書官となり、献身的なまでの忠臣ぶりで信頼を得て妃に望まれただけはある」

「過分なお言葉、恐縮です」

頬が引きつりそうになりながらマーリカはメクレンブルク公に応じる。

「謙遜は無用。保身など微塵《みじん》も考えずにフリードリヒ殿下の暴走を止める。〝文官組織の女神〟と官吏達の間で評判ではないか」

表面穏やかにしていても、この宰相閣下は大抵目が笑っていない。

口調も静かで居丈高《いたけだか》なところもないけれど、序列一位の公爵家当主として多くの諸侯をまとめ上げる人でもあり、腹の底が読めない怖さがある。

伯爵令嬢ではあるものの社交の場に出ておらず、貴族社会の世事《せじ》にうといマーリカにとっては特に。

「とんでもないことでございます」

保身など微塵《みじん》も考えず……いちいち保身など考えていては、彼の相手などやっていられないのが真実である。

（それにしても、広まっている噂話を言っているだけなのか、皮肉なのかがまったくわからないっ！）

深謀遠慮《しんぼうえんりょ》を要求される文官組織を管轄する、オトマルク王国の第二王子フリードリヒとマーリカの婚約が成立したのは、つい二ヶ月前のこと。

その少し前から、二人が出会い婚約にいたるまでが事実と少々異なる形で王宮中に広まっている。

話によれば――女性貴族初の上級官吏、若く麗しく優秀なマーリカに目をつけたフリードリヒは、空席であった自身の筆頭秘書官に彼女を抜擢《ばってき》し、彼の期待に応えて献身的に公務を支える忠臣ぶりに心惹かれ、王子妃にと望むようになった。

だが、マーリカは王宮と疎遠な伯爵家の令嬢で本来候補となるには難しい。しかし、その働きは重臣達も認めざるを得ず、第二王子妃候補に推挙《すいきょ》しめでたく話はまとまったと、なにやら美談めいたことになっている。

（一体誰の話と思うけれど、王家の威信を考えると仕方がないのかもしれない）

まさか二十五連勤の疲労と、身勝手な理由で無茶を言い出した第二王子への怒りで理性が飛んで、彼を執務室の壁際に追い詰め平手で往復で頰を張り倒し説教したのが出会いです、なんて真実を公表できるはずもない。

それに抜擢といえば聞こえはいいけれど、実態は王族に説教しながら暴力を振るった罪を働きで贖《あがな》えといった懲罰枠的人事である。

（やっぱり皮肉だ、絶対そう。だってメクレンブルク公のご令嬢っていまは辺境伯家の跡取りと婚約されているけれど、元は殿下の婚約者候補だったはずだもの）

第一、マーリカが官吏になったばかりの頃は女如きがでしゃばるなと露骨な風当たりの強さで、第二王子の婚約者になったら、〝文官組織の女神〟などと恥ずかしい二つ名。

こんなのは一種のいじめに近いと、彼女は思う。

(でもそう考えると、やっぱり秘書官だった頃は殿下が色々と抑えてくれていたのだろうな。嫌がらせや理不尽を感じることはほとんどなかった)

フリードリヒは、良く言えば常識に囚われない柔軟な思考の持ち主であり、悪く言えば常人とは微妙にずれた感性の持ち主である。

相手の身分や地位、年齢性別関係なく実力を評価し、賞罰に関しては冷徹なまでに公正に処する一方、思いつきのような言動で周囲を振り回し、公務へのやる気のなさを公言して憚《はばか》らないほど怠惰。さらに彼は、只者《ただもの》ではないと人を惑わす容姿の良さと運と引きの強さで、後処理に頭を抱えるほど大きな功績を上げて関係者を疲弊《ひへい》させ、現場の文官達に〝無能殿下〟と揶揄《やゆ》されているような人でもある。

そんな彼に仕事をさせるのが、マーリカの仕事だった。

結婚相手としては少々疑問符がつくものの、仕えるべき王族としてフリードリヒはありだとマーリカは思っている。その怠惰さには腹が立つけれど、一体いつからどこまで分かっていたのだろうといった聡明さを時折見せるし、仕事の多くは人任せでも責任逃れはしない。なんだかんだ言っても押さえるべきところは押さえていて、破綻はさせない。

それに彼は、最初からマーリカが上級官吏で初の貴族女性なことに頓着《とんちゃく》しなかった。

求婚時も、王族との縁談なんて拒否権などないに等しいのに、受けるかどうかもマーリカに選ばせてくれた。

正直、深く考え出すと、フリードリヒの求婚を受けたのは気の迷いだったのではと思うこともあるけれど、かといって後悔もなければ破棄したいとも思わない。

（わたしの意思を尊重もしてくれる一番の理解者っていうのが……ずるい）

「エスター＝テッヘン伯爵令嬢？」

不審をにじませたメクレンブルク公の声音に、マーリカは慌てて小さく咳払いをして取り繕《つくろ》った。

近頃、フリードリヒに対し思うことが多くて考え出すと止まらなくなるが、いまは用件に集中しなければと彼女は自分を戒《いまし》める。

「殿下を通さず、この場にいる理由はもう一つございます」

出来るだけ慎重そうに聞こえるよう少し声を落とし、マーリカはメクレンブルク公に向かって話す。メクレンブルク公も彼女の調子に引き込まれたような面持《おもも》ちとなった。

「フリードリヒ殿下には内密にしたい用件だからです」

「ほう、殿下に内密」

メクレンブルク公が低く呟き、紫色の瞳を鋭く光らせ、マーリカは書類の束を抱えていた腕に力を込めそうになるのを抑えた。書類が皺になってはいけない。

「はい。王家に仕えし臣下として、王族の方を危機に晒《さら》すわけには参りません」

「それはまた穏やかではないな」

「はい。これ以上、第三王子アルブレヒト殿下の胃を痛めつけるわけにはは」

「は？」

「は、ではありません。アルブレヒト殿下は王宮医が出す〝最も効く胃薬〟の常用者です。もう薬に後がないのです」

第三王子のアルブレヒトは、第二王子付筆頭秘書官の成り手が見つかるまでの間、中継ぎでその職務を自身の公務と兼任で引き受けてくれている。

マーリカの他にフリードリヒに意見できそうなのは、弟である自分しかいないといった理由で。

フリードリヒから一部渡された公務もあるというのに。

そしてマーリカが筆頭秘書官であった時と同様に、フリードリヒに大いに振り回されている。

「文官組織の人手不足が、第三王子殿下のご健康を損《そこ》なうなど……由々《ゆゆ》しきことです」

「なるほど」

第二王子付筆頭秘書官は、〝無能殿下〟ことフリードリヒに振り回されるという意味で、文官組織の中で最も激務と文官達の間では認識されている職務である。

王族付で部下も数人いる監督職なため、上級官吏しかその任にはつけない。

それなのに当面適した人材は動かせないと人事院は頑《かたく》なだ。王族に対しその姿勢はどうかと思うけれど、歴代の筆頭秘書官が一年保たずに王宮を去っているから無理もない。

元々フリードリヒの公務を手伝っていた、第三王子のアルブレヒトが担ってくれるのなら、出来る限り引き延ばしたいのが本音なのだろう。

「大臣連中が実質側近同然なフリードリヒ殿下に、人員を割《さ》かない向きはたしかにある。だが末端はともかく全体で見て支障も滞《とどこお》りもない。公務との兼任は厳しいだろうが中継ぎの秘書官はアルブレヒト殿下ご自身で決めたこと。文官組織理解の面でも良い経験だろう」

泣きつこうとしても無駄だと言外に釘を刺され、第三王子のためなら人員補充に動いてもらえるのではと、少しばかり小狡《こずる》い考えをマーリカは引っ込めることにした。

「して、其方《そなた》はなにを持ってきた。余の側仕えの事前の検《あらた》めも拒むとは。そちらが本来の用件だろう、直答《じきとう》を許す」

重く低い、威厳ある声。

思わずごくりと唾《つば》を飲み込んで、マーリカはメクレンブルク公から国王ゲオルクへと視線を移す。

じっとマーリカを見る青い目に思わず彼女は文官の礼で応《こた》えた。

「どうかご無礼をお許しください。万全を考えてのことで、けして他意はございません」

「万全？」

「はい。フリードリヒ殿下は勘が鋭く、独自の情報収集をなさる方ですから」

「たしかにあれは……よかろう、不問とする。見せよ」

ゲオルクに命じられ、マーリカは彼の事務官にもメクレンブルク公にも渡すことなく、腕に抱えていた書類を執務机の上に恭《うやうや》しく捧げるように置いた。

「ふむ」

ゲオルクが書類を手にとって中身を検《あらた》め始め、マーリカは静かに待った。
二、三枚めくったところでゲオルクは目を見張ってこれはと呟き、書類からマーリカへと視線を戻す。困惑の表情を浮かべる王の姿に彼女がご説明してもと声を掛ければ、その申し出は頷《うなず》きをもって了承された。
「秘書官を拝命し、その任についていた間に把握したフリードリヒ殿下の行動を分析、対応と対策をまとめました。第二王子取扱説明書《マニュアル》です」

「なんと！」

驚きの声を発し、はっと口を閉ざしたメクレンブルク公にマーリカはこれ以上なく真面目な面持ちでこくりと無言で頷く。

「……宰相とマーリカ嬢の他は外せ」

ゲオルクが人払いをしたのにマーリカはほっとした。

この書類の内容はそれを必要とする者以外、触れる者は少なければ少ないほどいい。

情報流出などもってのほか。特にフリードリヒにその内容を悟られるわけにはいかない。

仕事に関しては怠惰だが、そうでなければ彼は恐るべき能力手腕を発揮する。

彼が仕事から逃げるのを防ぐ情報など察知すれば、必ず先回りして策を講じてくるに決まっている。

重々しい静けさに包まれた国王執務室に、ぺらりぺらりと書類をめくる乾いた音がしばらく続く。

「……王城外にも好き勝手に出ていたとは。どうやって警備をかいくぐっておる？」

「そちらについては、近くでご説明しても？」

「よい、構わぬ」

「こちらの書類をご覧ください。現状の体制ですと、この時間帯のこちら……またこの巡回のルートに切れ間が……それから、こちらの……」

ふむ、うむと。

いつしかメクレンブルク公と三人で執務机を囲む形になり、マーリカは王城の衛兵の巡回や近衛騎士達の交代などの行動を確認し重ね合わせた結果できる、ほんの束の間の空白について説明する。

「――と、いったことがすべてフリードリヒ殿下の頭の中には入っていらっしゃるらしく、一瞬の隙をついてふらりと」

「ふらりと」

「はい、ふらりとまるでちょっと庭へ散歩にといった気楽さで。いつものお姿のまま」

「ぐぅっ、あれの頭の中は一体どうなっている～～っ」

マーリカの説明に、国王ゲオルクは額に重ねた両手を当てて項垂《うなだ》れると呻《うめ》くような声を出す。お察ししますと彼女は将来の義父となる人を慮《おもんばか》った。

「すべてが頭に入っているだと⁉　〝無能〟が聞いて呆れる」

（あ、やはり陛下の耳にも届いていたか）

その言葉には、文官組織に属する官吏としても、フリードリヒの臣下としても、婚約者としても複雑な思いを抱くマーリカである。

彼は、現場の文官達が揶揄《やゆ》するような〝無能〟ではない。

本当に、仕事でなければ有能どころではない才気を発揮するから悩ましい。

怠惰なのも性質ばかりでもなく、彼なりに思うところがあってのことらしいのが時折垣間見えるから、なんとなくマーリカは彼を捨て置くことができない。

「しかし、エスター＝テッヘン伯爵令嬢。衛兵の編成も巡回も定期的に組み替えているはずだが？」

「宰相閣下の仰《おお》せの通りですが、その編成をなさっている方は同じではありませんか？」

「……」

「大抵似た形で空白が生じます。生まれた時から王城に暮らす殿下にとって、それを読み取るのは容易かと」

ゲオルクから書類を受け取り、自身の目でも内容を確認すべく書類をめくるメクレンブルク公が度々眉の端をぴくりと動かすのを眺めながら、マーリカは返答を待つ。

「なるほど。陛下、エスター＝テッヘン伯爵令嬢がまとめたこの情報は防衛防犯上においても極めて有益です。王太子殿下にお伝えするのがよろしいかと」

「まったくだな。ヴィルヘルムに関係する部分は伝え直ちに対処させよ。まずはこれでよいか？　マーリカ嬢」

「ご配慮に感謝いたします」

「それで？　其方は余になにを望む」

「この書類を第三王子殿下以外は閲覧《えつらん》禁止文書として、陛下からアルブレヒト殿下へ直《じか》にお渡しいただきたいのです」

「ぬ？　それだけか？」

「はい」

「本当に？」

「はい、何卒《なにとぞ》。そのようにお取り計らいくだされればフリードリヒ殿下は王命を尊重される方です。文書に手は出さずこの機密は守られます」

至極真面目な面持ちと口調でマーリカがゲオルクに頼めば、何故か彼は無言になった。

困惑とも呆れともつかない顔をメクレンブルク公へと向け、くいっ、と人差し指を動かし彼を間近に寄せるとなにか耳打ちする。
どうしたのだろうと内心首を傾《かし》げるマーリカをよそに、彼女の耳には言葉は聞き取れぬ程度に声をひそめて彼等は話し続ける。

「アルブレヒトに情報を渡すことだけで、己の功績など考えておらんぞ、あの顔は」
「この情報……下町の立ち寄り先や住人との交流関係まで」
「護衛騎士に連携済とあるが、城外で暗殺を企《くわだ》てられる前に未然に防いでいる」
「下町に行きつけの店まであるとは、呆れたお方だ」
「ヴィルヘルムが秘密裏に付けている護衛はなにをしている」
「隠密《おんみつ》性が高い護衛であるがゆえに、危機的状況でなければ動きません」
「そうは言ってもだ」
「殿下が察すれば、ご自分の都合で手駒に調教しかねないと陛下もご承知でしょう」
「そうであったな、かつて王子教育の教師が複数……いや、この話は止《よ》そう」
「殿下も一部諸侯の恨みを買い、外交絡みでも時折狙われる方であるのに無防備な」
「あまりに堂々と王子のままで城外に出るから、誰も本物と思っておらぬとあるが」
「しかし、それ以外の情報もなかなか……」

共に威圧感のある二人が、いつまでも顔を寄せ合いぼそぼそと話しているのにマーリカはそんなに難しいことを要求してしまったのだろうかと心配になる。

「あの……」

「ん、うむ。精査した上で取り計らおう」

「ありがとうございます」

ゲオルクの言葉に、ほっと胸を撫で下ろしてマーリカは感謝の意を述べた。

そんなマーリカに、欲のない娘だと反対にゲオルクが安堵《あんど》していることなど彼女は知る由もない。

この書類一つで法外な褒美を要求することもできるのに。ゲオルクの母親とその一族であればそうしたはずである。

「それにしても、〝第二王子そっくりな不敬芸人〟とは、なんとも雑な設定よ」

「わたしもそう思いますが、お忍びどころかまったく隠す気もなく下町の住人と親しむ王子など、常識では考えられず通用しているようです」

嘘みたいな話だが事実なのだから仕方ない。

偶々《たまたま》マーリカが用事で街に出かけた際に、路地の店に彼が普通に客としていたところにばったり出くわして発覚したのである。

「以上です。何卒よろしくお願い申し上げます」

この国を治めている二人である。忙しい彼等の時間は貴重だ。

用件を終えたらすぐさま下がらなければと、マーリカが退室の挨拶をしかけたのを引き留めるように、ゲオルクから王子妃教育は順調かと尋ねられ、はいと彼女は答えた。

「必須教養の座学は問題なく終了となりました」

始まってまだ約一ヶ月なのに早すぎる気がするけれど、複数の教師との議論の場を設けると言っていたから、ただの座学から次の段階に移行するということなのだろう。

そんな話を、王家に嫁する令嬢としてではなく、完全に文官の報告のそれでゲオルクに伝えると
マーリカは王の執務室を出た。

「よしっ！　これで少しはアルブレヒト殿下の胃の負担も減らせそう」

第二王子付筆頭秘書官を解任され、第二王子妃候補にはなったけれどフリードリヒを補佐する仕事から完全には離れられていないマーリカである。

むしろこれからが本番と言ってよい状況になっていくのだが――彼女はまだそのことを知らなかった。


マーリカが肩の荷が少し下りた思いで、お茶の約束をしていた第一王女シャルロッテの部屋を目指し王宮の廊下を歩いていた頃。

彼女が下がった後の王の間では、人払いは継続したまま王と宰相の会話が続いていた。

「やはりあの娘はエスター＝テッヘンだな」

ゲオルクは椅子の背に深く身をあずけると腕組みして、しばし目を閉じた。

「黒髪黒目だけに、父親であるあの男が思い出される。ゲオルク、我々の想定通りに王子妃教育もほぼ終えるところとなった。それも一ヶ月で教師達の結論が出るとは」

王の側近ではない友の調子で「三ヶ月はかかると思っていた」と呟いたメクレンブルク公に、当

然だとゲオルクは笑う。

「もとより必要ないことはわかっていたからな。諸侯の手前もあって手配したまでだ」

他の一般貴族とは異なる、エスター＝テッヘン家の教育について彼等は知っていた。家庭教師によるごく一般的な教育も行っているが、年に一季節は違う。

大陸中に散らばる分家も含む親族の子を集め、親族持ち回りで面倒を見る共同生活の中で切磋琢《せっさたく》磨《ま》させているのである。子供の側は年一回親類の子が集まる休暇としか思っていないらしいが、まず世話になる親族の国の言葉がわからなければ話にならない。

自然、彼《か》の一族の者は語学堪能な者が多くなる。宮廷作法や歴史も実地で叩き込まれる。

その他、世話役の家の趣向で様々な教育が施されるらしい。

「その上で、調整官を経てフリードリヒ付の秘書官だぞ。いまさらなにを学ぶ必要がある。言葉も大陸五言語不自由しないと聞いている」

「あの厄介な神童だったフリードリヒ殿下に並ぶ貴族女性。娘のクリスティーネが認めて動くわけか」

ゲオルクとメクレンブルク公は主従である前に、少年の頃からの友人だ。

もう一人、二人の間に入る友人がいるが、彼は王宮と疎遠である。

カール・モーリッツという名の、エスター＝テッヘン伯爵家当主。

早熟で人を食った性格をしながら、誰よりも陰で二人に尽くしてくれた男でもある。

「あやつが王宮によこすぐらいだ。近く生まれる予定の子のことがなければ、養子ではなく彼女を〝指名〟する気だったのかもしれん」

「〝本家の跡取り〟ならぬ〝本家の姫〟。よくすんなり婚約を了承したものだ。二十年前に一切干渉してくれるなと、王宮から完全に距離を置いた男が」

「護衛騎士の報告では、フリードリヒには随分と挑発的だったらしい」

「あの男の場合、愛娘をやりたくないだけかどうかわからんのが難儀だな」

新興国の王家との婚約など、いざとなればどうとでもなると示したのかもしれないと、ゲオルクは考える。

婚約しても結婚するまでは王子妃候補である。婚約を白紙に戻すなど余程のことではあるものの、なにが起きるかわからない。

ゲオルクの時は、彼の母親とその一族の画策で横槍が入り白紙になりかけた。

時代を考えても早婚になる彼の結婚にはそんな背景もある。ゲオルクと彼の意向を支持する者の利害が一致したから、いまは王妃となっている婚約者を諦めずに済んだ。

国内外の情勢が急激に変化し、他国の王族を迎え入れるしかないこともある。

（そのような厄介事が起きぬよう統治するのが、いまの余の務めでもある）

もしかすると友である男に試されているのはフリードリヒではなく、ゲオルクなのかもしれない。

「大陸の動向を静かに見守り、どの様な時代も乗り越え生き延びてきた一族を束ねる男であるからな……あやつは」

「考えるだけ無駄だ。それよりも王子妃教育が大半なくなるとなれば、やはり例の嘆願《たんがん》は無視できまい」

複数の大臣の連名による嘆願書。

フリードリヒを補佐する職務にマーリカを戻してほしい。

平たく言えばそんな内容である。

「何故か武官組織からも、同様の要望が上がってきている」

「エスター＝テッヘン伯爵令嬢がいるのといないのとでは、護衛や警備任務のやりやすさが格段に違うでしょうからな」

「だろうな、この書類だけでも察せられる」

マーリカの書類を手に取り、すぐまた机にばさりと下ろしてゲオルクはため息を吐いた。

「秘書官以外になにがある？　フリードリヒの公務の補佐にはアルブレヒトが秘書官兼任でいる。婚姻前だ、第三王子を押し退《の》けて、ただの婚約者な伯爵令嬢を第二王子の公務補佐にするわけにはいかない」

エスター＝テッヘン家が大陸の大半の国にその家系を広げ、一族の結束で大陸の国家間に謎の影響力を持つことを知るのはごくわずかな者に限られる。

マーリカは表向き、王宮と疎遠な田舎の弱小伯爵家の三女。王国成立より古い由緒ある家の貴族令嬢として軽んじられることはないが、王太子妃や第三王子の婚約者にもない政務に近い役目を与えるのはなにかと波紋を呼ぶ。それは避けたい。

「エスター＝テッヘン家が注目されても困る」

謎の影響力を持つくせに権力の中枢とは距離を置く、偏屈者《へんくつもの》の友人が臍《へそ》を曲げて絶妙な加減の微妙な嫌がらせをしてきそうである。

「いや、微妙な嫌がらせならもう届いているか」

「例のメルメーレ公国との人事交流制度のことか。あちら側からくる文官のまとめ役」

ゲオルクの思考を読んで応じたメクレンブルク公の言葉に、ゲオルクは顔を顰《しか》める。

「クラウス・フォン・フェルデン。君主シュタウフェン家の前当主の弟の外戚《がいせき》、フェルデン侯爵家の次男で第二公子派閥と見做《みな》される内務書記官。エスター＝テッヘン嫡流《ちゃくりゅう》の血縁関係者男子の一人でマーリカ嬢の再従兄《はとこ》だ」

「王立科学芸術協会《アカデミー》の招聘《しょうへい》に応じた高名な画家マティアス・フォン・クラッセンもエスター＝テッヘン家の分家筋……偶然ではなさそうな」

時同じくして、エスター＝テッヘン家の一族関係者が二人も国賓扱いでやってくるなど、椿事《ちんじ》に近い。

「しかし個人の事情では動かぬ家のはず」

メクレンブルク公の言葉に、ゲオルクは「だからだ」とぼやいた。

あの家の一族は貴族としては自由すぎるが、酔狂なことはしない。

エスター＝テッヘン家ではなく、メルメーレ公国側の事情かもしれない。

あの国は次期当主の座をめぐり第一公子派と第二公子派が争っていた。第二公子が次期君主に確定したはずだが内部はまだ燻《くすぶ》っている可能性はある。

その争いの巻き添えに近い形でマーリカは一度、メルメーレ公国の貴族に狙われている。

休暇を取って帰省し、実家から王都に戻る途中に乗っていた馬車が事故を起こすよう細工された。

「王太子殿下の報告では公国の謀略の線は薄いとのことだったが……」

「マーリカ嬢が巻き込まれた事故の詫びに、エスター＝テッヘン家を訪ねたフリードリヒとの間でなにかあったのかもしれぬ。公国との非公式会談を仲介した二人だ」

ゲオルクから見れば、彼女の父親とフリードリヒは似た者同士。

会話の中の言葉の一つ一つに別の意味があるのかないのか、側にいた護衛騎士にわかるはずもない。

「エスター＝テッヘン家と揉めそうで、事態収拾の選択肢としてフリードリヒ殿下しかなかったのだろう？　やはりフリードリヒ殿下の制御役が欲しいところだ」

「マーリカ嬢以上の適任者はいない。一族関係者も〝本家の姫〟を目の前におかしなことはせぬであろうし」

ゲオルクがマーリカに対する同情を見せて気の毒そうな顔をし、メクレンブルク公も彼女のことを考える。

（あの善良な若い令嬢を、激務に再び突き落とすことになるか）

あの伯爵令嬢は、そういった星の下《もと》に生まれたに違いないとメクレンブルク公は胸の中で呟くと、国王ゲオルクの友人から宰相の顔へと戻る。

「陛下。文官組織にも専任で王族を支える公務補佐官がいてもいいかと」

「ふむ。〝文官組織にも〟か。そういえば彼女も言っていたな、王家に仕えし臣下の上級官吏であることに変わりないと」

「フリードリヒ殿下の筆頭秘書官を解任になっただけです。第二王子妃になるため実際は検討されない配属検討中といったところで」

「なら余が動かしても構わんな。人事権は人事院だけにあるのではない。マーリカ嬢もフリードリヒ付の人員補充を望んでいたようであったし」

「勿論《もちろん》です。我々は皆、この国を治める陛下のためにあるわけですから」

「決まりだ」


——王命。

マーリカ・エリーザベト・ヘンリエッテ・ルドヴィカ・レオポルディーネ・フォン・エスター=テッヘンを文官組織専任王族公務補佐官とする——。

二　それくらいできて当然と試されているらしい

「――というわけで、結婚までの間、お二人の公務補佐官を務めることとなりました」

マーリカは仕えるべき王族二人に着任挨拶をした。

三日にあげず訪れている第二王子執務室ではあるけれど、官吏として職務を担う立場でマーリカがこの場所に立つのは約一ヶ月ぶりである。

左右を窓に挟まれた、オトマルク王家の紋章であり国章でもある王冠を戴く双頭の鷲を織り出すタペストリーを掲げる壁を背に、執務机の席に座る部屋の主と彼の右後ろに書類を持って立つその弟に、マーリカは完璧に儀礼に則《のっと》った文官の礼をする。

「フリードリヒ殿下、アルブレヒト殿下、あらためてよろしくお願いいたします」

「あ、うん。僕はすごく心強くて、父上、大英断って拍手したいくらいだけど。王子妃教育は？講義や課題が沢山あるでしょ？」

先に反応した第三王子のアルブレヒトの質問にマーリカは答える。

「ええ、ありました」

「ありました？」

アルブレヒトが首を傾げ、はいとマーリカは頷《うなず》く。

「座学は一通り終了し、隔週で教師の方と討論会を行うことになっています」

「へ……へぇ、そう」

なんだか微妙に困惑しているような、無理に笑ったような変な表情を見せたアルブレヒトに、あぁ彼は心配してくれているのだなとマーリカは解釈した。

座学が終わったというだけで王子妃教育自体が終了になったわけではないのに、文官として現場復帰をするのだから。

マーリカも王子妃教育の日数が減った途端、まさか王命で王族補佐官に任命されるなんて思ってもいなかった。王家に仕えし臣下の上級官吏を遊ばせておく余裕は王宮にはないということだろう。

（さすがは、気遣いと立ち回り上手の第三王子と言われているだけはある）

アルブレヒトは幼少の頃は虚弱で運動が不得手なこともあって、文官組織を管轄する次兄のフリードリヒの補佐に付いているが、事務的な実務能力や政策立案、官吏の扱いに長《た》けている。

勤勉厳格な王太子と、強運と人任せの怠惰が過ぎる第二王子、両極端な兄二人のどちらからも信頼され、武官文官問わず官吏達からも評価が高い。

「わたしもアルブレヒト殿下がいらっしゃるのは心強いです。メルメーレ公国との条約締結の際はお世話になりました。アルブレヒト殿下がいらっしゃらなかったら、到底冬になる前になんて実現できなかったと思います」

「いやいや、僕の方こそマーリカには色々助けてもらったり教えてもらったりで感謝してるよ。僕が兄上の秘書官を中継ぎで引き受けてからも、王子妃教育の合間をぬって引き継ぎに来てもらっていたし……そう考えると、そんなに現場から離れてないねマーリカ」

アルブレヒトの言葉にマーリカは首を横に振った。昨年の暮れに彼女が療養で休んでいた頃はフリードリヒの仕事の大半を代行し、彼とマーリカの婚約が年明けすぐに成立したこともあって、そのままほとんどの案件をアルブレヒトが引き受けてくれていた。

心身ともにかなり疲弊していた様子は心配だったが、アルブレヒトが仕事を滞らせることはなかった。

「一、二年先になると思うけど、結婚準備だってあるから無理しないでね」

「そうですね。とはいえ日取りもまだ決まっていませんし。なにより王命です」

「父上も、大概、無茶振り体質だから」

無茶振りか、とマーリカはアルブレヒトの言葉を脳裏で繰り返す。

文官組織専属の王族補佐官なので、今度はフリードリヒとアルブレヒト、王子二人の補佐を任されたことになる。つまりは文官組織が関係する公務全般に関われとの命令も同然。

(人事院から、婚儀までにすることが山ほどあるから、配属保留のままと聞いていたけれど)

秘書官解任後は王子妃教育に専念……なんて考えていたが甘かった。

もしかすると第二王子妃なら、この程度のことはできて当然と試されているのかもしれない。

(でもたしか王家の女性って、慈善事業や文化教育振興などが主で政務にはあまり関われなかったはず。関わらなくても理解はしておけということ？)

王太子妃は五公爵家の出身、アルブレヒトの婚約者であるロイエンタール侯爵令嬢は高官職が輩出する名門侯爵家の出。王家と親しく子供の頃から王宮に出入りしている。

マーリカは王宮と疎遠な田舎貴族の娘にすぎない。フリードリヒとアルブレヒトの補佐を通じて文官組織だけでなく、王宮への理解を深めよということなのかもしれない。

王子妃教育の教師達との討論会の際に、王家の女性は政務にどのように関わるものか尋ねてみようとマーリカは思う。

「結婚準備って国内だけの話じゃないから結構大変だよ。外交やっている兄上なんか特に。社交の場にも少しは出るだろうし。兄上と僕の補佐官といったって、僕も兄上の補佐だから実質兄上のために動くことになるだろうし協力してやっていこうよ」

「ありがとうございます」

マーリカは社交界デビューしないまま官吏になり、伯爵令嬢としてこれまで社交の場に出ずにいたけれど、第二王子の婚約者となってはそうもいかない。

公務優先で構わないとは言われているが、蔑《ないがし》ろにも出来ないだろう。

本当に、しなければならないことは増えるばかりだなと思いながら、マーリカはアルブレヒトからフリードリヒへと視線を移した。

マーリカが執務室に入室するのを許可する返事をして以降、彼女が挨拶し、アルブレヒトとの会話に一区切りがついても、机の上に両肘をついて組んだ両手に顎先をのせてじっと黙ったままでいる。

「復活祭関連の準備もこれから本格的に始まるし、ここでマーリカが補佐に入ってくれるのは正直すごく助かる、ねっ、兄上」

同意を求めたアルブレヒトの呼びかけにも応じないフリードリヒに、どうしたのだろうとマーリカは内心訝《いぶか》しむ。

（フリードリヒ殿下……？）

「えっと……マーリカが戻ってきたのに、黙ったままで兄上どうしたの？」

アルブレヒトがマーリカの疑問を代弁して尋ねる。こうして二人並んでいると同じ金髪碧眼《へきがん》で兄弟だなと彼女は思う。

雰囲気は異なるが顔形が整っているのも共通している。アルブレヒトはどこか可愛げと愛嬌があって親しみやすい。フリードリヒは美の女神に愛されたなどと評される美貌で、黙っていれば深遠な考えに耽る只者ではない王子に見える。

（相変わらず、腹立つまでに顔がいい……）

短めに整え、柔らかな光を放つ波打つ金髪。誠実さと凛々しさを感じさせる澄んだ空色の眼差し。しみひとつなく滑《なめ》らかな象牙色の肌をした頬はごく薄く薔薇《ばら》色が差し、長いまつ毛が物憂《ものう》げな影を落とす。

通った鼻筋や品よく引き締まった口元……怠惰で気随気儘《きずいきまま》な言動で人を振り回し、ほぼ運と引きの強さだけで稀《まれ》に大きな功績を上げて現場が対処に困る実態を知っていても、本当に無駄に高貴で人が従いたくなるような容貌をしている。

「兄上？」

再びアルブレヒトが声をかければ、フリードリヒはじとっとした眼差しで一度マーリカを見て、大仰なため息を吐くと、立てていた腕を崩して机の上に突っ伏した。

「……最近、城内がぶらつきにくくなっている」

「左様ですか。ですが殿下がお仕事に勤《いそ》しむこととなにか関係が？」

木目も美しい艶やかな天板に映った、フリードリヒのご機嫌があまりよろしくなさそうな表情を見て、瞬時に彼の言葉の意図を悟ったマーリカは彼に言葉を返す。

「私がここに座って仕事するよう、アルブレヒトが仕向けるようにもなってきたねえ」

「解任されたわたしの後任が見つかるまで、中継ぎで殿下の筆頭秘書官を兼任されて、〝殿下に仕事をさせる〟のがお仕事の一つなのですから当然でしょう」

「——マーリカ！」

伏せていた額を持ち上げて声を上げたフリードリヒに、「なにか？」と、マーリカは背筋を伸ばして冷ややかな眼差しで彼を見下ろした。

王族に対して間違いなく不敬と咎《とが》められる態度であり、またそんなマーリカの姿は黒髪をきっちりと結い上げた男装の麗人であるだけに、まだ二十一歳の若い女性と思えない迫力を持つ冷徹な文官に人の目には映る。

「え、あの……なに、どうしたの二人とも……」

突然の殺伐《さつばつ》としたやりとりに、戸惑いを隠せない表情でおろおろとアルブレヒトがフリードリヒとマーリカを交互に見る。そんなアルブレヒトの様子に、そういえばフリードリヒへのこういった対応は、護衛騎士を除く第三者がいない時に限られていてアルブレヒトの前でもしたことがなかったとマーリカは思い出す。

(とはいえ、今回はお二人の公務補佐官であるし、王族に対する態度としてよろしくなくても仕事を進める上で仕方がない……主《あるじ》を諫《いさ》める臣下の務め。共に仕事をするなら隠せるものでもなく、一応、殿下も理解し許されている。許す前に正せだけれど)

それにマーリカの感覚では、正直、この程度は軽く戯《じゃ》れ合っているに近い。

(ただ拗《す》ねているだけで、ちょっと文句言いたいだけのことだろうし)

「言いたいことがおありなら、はっきり仰《おっしゃ》ってください。フリードリヒ殿下」

「城内の衛兵の巡回が変わった」

「なにか殿下に不都合でも？」

「あーやっぱり、君の仕業だ……父上からアルブレヒト宛の取扱注意文書が届いた時から嫌な感じがしていたのだよ……」

国王ゲオルクはマーリカの要望通りに取り計らってくれたらしい。そのことに彼女が薄く微笑めば、実に不服そうにフリードリヒは口を尖らせた。

「机に縛り付けられ、城から出られないなんて！　王子の生活じゃない！」

「完全に正しく王子の生活です。それにアルブレヒト殿下の胃薬は、いま常用のものより強力なものはもうないのですよ。誰のせいでそうなったと！」

「マーリカはアルブレヒトに甘過ぎる……私には厳しいのにー」

「殿下がやればできることをしないからです」

丁々発止《ちょうちょうはっし》なやりとりに、ちょっと待ってとアルブレヒトがマーリカとフリードリヒの間に割って入った。

「マーリカ、兄上もっ……なに僕のことで喧嘩して……」

二人の間をとりなそうとしたアルブレヒトに、マーリカとフリードリヒはほぼ同時に首を動かして彼に顔を向けた。

「喧嘩ではありません。フリードリヒ殿下に現状を認識していただいているだけです」

「私も扱いの差について、マーリカに認識してもらっているだけだよ」

「えぇっ……そんなどうでもいいようなことで言い合いしないでよ。アンハルトも護衛だからって黙って見ていないでさ……」

アルブレヒトが、フリードリヒの左側の窓辺に控える赤髪の美丈夫に助けを求めるように呼びかける。

しかし、フリードリヒの護衛、第二王子付近衛騎士班長のアンハルトはマーリカとフリードリヒのこんなやりとりはもはや日常のこととして見慣れているため、緩やかに首を横に振って、放っておけばいいといった彼の見解をアルブレヒトへ示しただけであった。

その様子を目の端に捉《とら》えてマーリカは、アルブレヒトの心労をこんなことで増やすのもと一瞬考えたものの、しかしなくすこともできないからこの際慣れてもらおうと思い直した。これも秘書官業務の引き継ぎである。

マーリカと違い、王族として決裁権を持つアルブレヒトはフリードリヒの仕事の大半を代行することもできるから、フリードリヒにつけ込まれないためにも必要なことである。

「これから山のように決裁書類が回ってくる時期に、ふらふらされては困ります」

「息抜き大事!」

「殿下は息抜きしかしないでしょう。大体、お一人でいてなにかあったらといつも……」

「それって、私と公務のどちらに重きを置いて言ってる?」

「殿下に決まってます」

やっぱり拗《す》ねていると、マーリカはため息を吐く。

(王子妃教育の合間にこの部屋に来ても、アルブレヒト殿下への引き継ぎだけ。入退室の挨拶以外

にフリードリヒ殿下には構わず、彼が仕事から逃げるのだけは封じたからだろうけれど）

「へえ、私、マーリカは公務だと思っていた」

「殿下がいなければ公務もなにもないでしょう……私と公務のどちらに重きをなんて、繁忙期か激務部署所属の若手官吏の恋人でもあるまいし」

マーリカがそう言って呆れる頃にはアルブレヒトも慣れてきたのか、持っていた書類を顔の前に抱え「大体、合ってる……」などと呟きながら、彼女が以前使っていたこの執務室に設置されている筆頭秘書官席へと移動した。

「……経験、実績、修羅場慣れした対応で忘れそうになるけど……僕と同い年の若さで、激務部署所属の婚約者……」

書類の内容を読んでいるのか、小声でなにかぶつぶつとひとりごちている。どうやらフリードリヒとのやりとりで彼に心労を与えずに済みそうなのはよかったが、少々その呟きが気になってマーリカはアルブレヒトに声をかける。

「アルブレヒト殿下、こちらに回ってくる書類は機密事項も多いので音読はなさらない方がよろしいですよ」

マーリカが注意すれば、ああうんそうだねと妙に脱力した声が返ってきた。大事なことであるのに。

「――マーリカ、話は終わってない。私になにかあったところで、まだ下に王子が二人もいる」

アルブレヒトに気を向けたのがいけなかったのか、不機嫌そうな声でフリードリヒが話しかけてきたのに、まだ言うかと思いながらマーリカは彼の淡い金髪へと目を落とし、まったくと胸の内でぼやいて彼に答える。

「殿下の仰せの通りです。しかし目下、わたしがお仕えするのは殿下です。お仕えする以上は最優先でしょう」

「それは……たしかに」

何故かきょとんと目を見開いて、フリードリヒはマーリカを見た。ご納得いただけたようだ。今日のようにぐちぐち言うことは珍しいけれど、拗《す》ねると面倒くさい。

再び彼は机に両肘をついて、組み合わせた手の上にその顔をのせた。

見上げてきた澄んだ空色の眼差しと目が合う。

「で、私の補佐官？」

「お二人の補佐官です」

「……アルブレヒトと二対一なんて卑怯だ」

「なにが卑怯ですか。しばらく離れておりましたから、後ほど現状確認させてください」

ため息を吐いて、マーリカはフリードリヒからアルブレヒトへと向き直った。

「アルブレヒト殿下、いま確認されている書類は本日の決裁書類でしょうか」

「あ、うん」

フリードリヒに手を焼いて、アルブレヒト自身の公務に滞りが出始めていることを着任前にマーリカは確認していた。補佐官としてまずすることはアルブレヒトが彼の公務を片付けられるようにすることである。

「そちらはわたしが引き受けます。アルブレヒト殿下は一度、ご自分の執務室へお戻りください」

「えっ、本当？　ああ、マーリカすごく助かる！」

「今日明日はご自身の公務に専念してください」

アルブレヒトは胃の健康状態が心配なこと以外は、手のかからない王族である。

というよりも、フリードリヒが怠惰で手がかかり過ぎるのである。

「机を使わせていただいても？」

「いいよ。元はマーリカの机だし」

「では、交代しましょう」

アルブレヒトと入れ替わりで以前使っていた席についたマーリカは少しばかりの懐かしさと、いまは他者が使っている机によそよそしさを覚えつつ、第二王子執務室から出て行くアルブレヒトを見送る。

部屋の扉が閉まり、さて、と彼女はフリードリヒを顧《かえり》みた。

先程まで散々拗《す》ねていた人は、いまは何故かにこにことしている。

本当になにを考えているのやら、とマーリカは嘆息する。

「久しぶりに見る風景だ。王子妃教育は今後は月に数日ってところ？」

「はい」

フリードリヒの質問にマーリカは早速書類の確認に取り掛かりながら頷《うなず》く。

教師達との討論会のほかは、週一回のダンスの稽古、不定期に実施される王太子妃あるいは第一王女のシャルロッテとアルブレヒトの婚約者ロイエンタール侯爵令嬢とのお茶会くらい。結婚準備は王太子妃のお茶会で主に打ち合わせが行われる予定である。

いずれも身支度含めて半日位のもので、丸一日拘束されるものではない。

「うーん。思ったより早い……」

「なにがですか」

「いや、おかえりマーリカ」

そう言われると、少し面映《おもはゆ》さを感じる。

マーリカは決裁書類を仕分けるためを装って俯《うつむ》いた。

「……わたしが殿下の秘書官を解任されてから、アルブレヒト殿下に甘えて随分と羽を伸ばされていたようで」

「君がいないと私は色々と駄目なのだよ。父上はよくわかっている」

「ご令嬢を口説くようなことを言って、わたしがいなくても大丈夫であってください」

「口説いているのだよ。王子妃教育に入った途端に私の側に全然いないし」

「三日にあげずにこちらには来ておりましたが?」

人をうっとりさせるような微笑みと本当に口説くような甘い調子の言葉を、淡々とした口調でマーリカは遮断した。公私は分ける主義であり、いまは業務時間である。

「顔は見せていたけれど、アルブレヒトとばかり話していた」

「秘書官の引き継ぎに来ていたのだから当然でしょう。なにを後回しに?」

「え?」

「大体、殿下が面倒な拗《す》ね方をしたり、口説くようなことを言ってきたりする時は、後回しにしているものがある時です」

「アルブレヒトと対応違わない？」

マーリカは書類からフリードリヒへと再び目を向けた。頭の後ろに両腕をやって椅子の背もたれに身をあずけている。マーリカへの不満を口にしているが、彼女ではなく天井を眺めているので、やはりなにか隠している。

「わたしは当然の対応をしているだけです」

「マーリカは私に冷たすぎる！」

「……いいから出せ！　殿下の言動一つで、どれだけの文官武官が振り回されると思ってる！」

マーリカが声を荒らげれば、不貞腐《ふてくさ》れた子供のような顔をフリードリヒは彼女に見せた。しばらくマーリカと睨み合い、やがて根負けしたように肩を落として息を吐くと、フリードリヒは頭の後ろから下ろした腕を机の引き出しに伸ばし、はい、と書類を出した。

メルメーレ公国関連の案件が複数、執務机の引き出しの中に隠すようにして溜め込まれていた。

マーリカはフリードリヒの側まで行って、彼が足した書類を確認する。

「ああっ、王子の私にこの怒号。やはり私はマーリカでないと……」

「寝言は寝てから仰ってください。宰相閣下も入って決まった案件で確認するだけだというのに、なにか気掛かりでも？　そういえば人事交流制度が決まった際もなにやらぐずぐずとしていましたね」

メルメーレ公国は、王国主導の鉄道事業と利権に関しての条約を結び、協力体制強化のため互いの文官や技官を派遣し合う人事交流制度を取り決めた国である。

「……やる気がでない」

「見たところ、やはり特に問題はなさそうですが」

受け取った書類はほぼ報告書類で、署名を躊躇《ためら》うものではない。

「問題なくても、気が乗らない」

「大して現場に影響しないものだったのは幸いです」

国家間のことであり、関係各所へ宰相メクレンブルク公の指示が下りて文官達が動いている案件である。フリードリヒが書類を滞らせていても正直それほど大きな影響はない。

とはいえ文官組織の長はフリードリヒである。出した書類が戻ってこないのも、報告への認めがないまま動く気持ち悪さはあるだろう。

現場を何度もひっくり返してきた前科のあるフリードリヒだから、対策に余計な手間をかけていたら気の毒である。

「まさかとは思いますが、公国貴族の逆恨みで、わたしが狙われたからではないですよね？」

「これでも二十数年王子をやっているのだよ。一官吏のことは関係ない」

(関係あるなんて言ったら、それこそ怒って殴るところだ)

側にいて欲しいと言って求婚した相手であっても一官吏のことと冷静に言い放つ、フリードリヒのこういったところをマーリカは評価している。普通の恋人同士であれば冷酷に思えることかもしれないが、彼は王子でありマーリカはその臣下だ。

国を動かしている人の判断を曇らせるような存在にマーリカはなりたくない。反対にフリードリヒが王子として危険な方向へと進もうとするのなら、それを止めるのが役目だとも思っている。その点は、主従として互いに理解していると彼女は思う。

（でも……王子だからではなく、〝王子をやっている〟か）

「経験上、殿下の気が乗らないは馬鹿にできません。顔と運と勘だけはいいですから」

「いま若干失礼なこと言ったね、君」

「事実を述べたまでです。公国の一団がやってくる日も迫っています。思うところがあるなら聞かせていただいても？」

「んー。私の部屋で一緒に夕食でもとりながらなら」

「さらっと公私混同しないでいただけますか」

「だって君、私が誘っても断るばかりだし」

「どうしていちいち殿下の私室なのです。婚前の節度は守るべきかと」

「婚約しても冷たいし厳しい」

「……応接間でしたら、ご一緒してもいいですけど」

「じゃあ、それで」

にっこりと笑んだフリードリヒにマーリカはため息を吐く。ふと、護衛騎士としてついているアンハルトを見れば、彼女を労《ねぎら》うような眼差しでいた。

役目や立場は違うといえど、共にフリードリヒに振りまわされている者同士。

彼のお気遣いの気持ちはありがたく受け取っておく。

たった一ヶ月ほど離れていただけなのに、そんなことも少しばかり懐かしい。

「殿下のお仕事の現状も、確認させていただきますよ」

「私の婚約者の令嬢として付き合ってくれるのならね」

「ですから公私混……」

「私が贈ったのを着て見せてくれるだけで、公務補佐官の仰せの通りにするけど？」

「あの仮縫いの時から寸法ぴったりなあれですか……」

「うん」

落ち着いていながらも華やぎがあり、優雅に見えて動きやすい作りの深紅の絹ベルベットのドレスをマーリカは思い浮かべる。

ドレス自体に文句はない。しかし素直に喜べない理由がある。

「周囲の物との比率でわたしの寸法を勝手に割り出し服飾工房へ発注なんて、どう考えても気持ち悪い破廉恥案件《セクハラ》以外のなにものでもなく、これほど才覚の無駄遣いもありません」

「王子をゴミでも見るような目で見ない。それに似合うと思うよ？」

試着はしたからわかっているが、マーリカ以上に彼女の好みと似合うものがわかっているようなのも癪《しゃく》だった。マーリカはぼそっとフリードリヒから軽く顔を背けて呟く。

「……小さく呪われろ。お菓子の箱を開けたら全部が微妙に欠けている感じで」

「マーリカ、王子を呪わない！」

まったくどうしてそんな面倒な要求に応じなければいけないのかと思いつつ、フリードリヒとのこういったやりとりは久しぶりで、ほんの少しだけマーリカは心弾む部分もあることを否定できなかった。

執務室に顔を出してはいたが、秘書官の引き継ぎや王子妃教育などで忙しく、フリードリヒから少し遠ざかってもいたからだ。

三　陸の孤島の第四王子

「やはり……認められない……」

光を遮る厚く織られたカーテンを閉め切った薄暗い部屋の中で、青年は彼の許《もと》に届いた文書を半ばまで読んだところでわなわなと両肩を震わせながら俯いた。

明かりを灯さない部屋で青年が見下ろす机の上は暗い。彼の影が落ちて夜の闇の暗さになっている。

「本当になにを考えているのだ……父上や王宮の高官共は……」

青年の呟きは茫然《ぼうぜん》自失《じしつ》に近く、それでいて込み上げる焦りと苛立《いらだ》ちもにじんでいた。

文書は王城から定期的に届く、青年に王城の動向を知らせるものである。

彼は王都から遠く離れた、王家の直轄地に建つ全寮制の学舎に身を置く学生だ。

しかし王族の一人に数えられるため、卒業すれば公務の一端を担うことになっている。

戻ってきた時になにも知らぬでは困ると、王冠を戴く双頭の鷲の紋章が入った上等の紙に王城での主要な行事や出来事、通達された決定事項が簡潔にまとめられ月の半ばに一度届けられている。

「兄上の妃が無名の伯爵令嬢であってたまるものかっ。しかも、兄上自身が望んでなどありえないとは思っていたが……」

いつもの文書と一緒にもう一通、別の文書が添えられていた。

文書に紋章はないが、やはり上等の紙で折り目に通した紐に王宮の赤黒い蝋の印章が付いている。

あとからなにか付け足す情報でもあったのかと、青年はもう一通を読んでいた。

そこには、青年にとって到底信じられない陰謀が記されていた。

「やはり聡明な我が兄上。きっと考えがあってのことに違いない……ここに書かれた陰謀が本当であるならば」

そう、青年の兄は完璧なのだ。少なくとも彼の中では。

青年を含め五人いる王の子供達の中で、一際目立つ美の女神に愛されていると言っても過言ではない美貌もさることながら、その資質や能力も群を抜いている。

フリードリヒ・アウグスタ・フォン・オトマルク。

弱冠十八で公務につくや、緊張状態だった五大国が一つ、北西の島国ながら広大な植民地と富を有するアルヴァール連合王国と友好関係を結ぶ成果をあげ、その後も歴史書に名を記されるような功績を立てて、いまや諸外国から〝晩餐会に招かれればワインではなく条件を飲ませられる〟と畏《い》怖《ふ》されるオトマルク王国第二王子。

深謀遠慮が要求される文官組織を管轄する彼は、青年自慢の……いや、敬愛……いいやまだ足りない、崇拝していると言っていい兄であるのだから。

「ふん、マーリカ・エリーザベト・ヘンリエッテ・ル……る、ルぅ〜なんとか……えええぇ、エスター＝テッヘン！」

青年は読み終えた添え文を机の上に叩きつける。

彼の掌《てのひら》からはみ出す記された文章の一部には、『——リヒ殿下を、与《くみ》し易《やす》い王族として狡猾《こうかつ》に近づき籠絡《ろうらく》し大国を掌中《しょうちゅう》に収めんとして』と、小さな文字で綴《つづ》られていた。

たしかに、周囲の者達は彼の兄を怠惰で無能、なにを考えているのかわからない、常識では理解できない危うさがあるなどと言う。しかし、当たり前だ。天才にとって凡人が望むようなことなど退屈極まりないことに違いないし、凡人に天才のことなど理解できるわけがない。

(誰も、フリードリヒ兄上のことを理解していない)

その兄は第二王子で、王太子は十歳離れた長兄と子供の頃から決まっていた。

一見うつけ者のように見える振る舞いも、余計な権力争いや派閥争いなどが起きぬように考えてのことに違いない。

それを口にも出さず、公務をしかるべき臣下に任せて滞らせることもなく常に穏やかに余裕ある様子でいる。

青年のいまの歳から、ずっと。それでいて驕《おご》るようなところもない、為政者として素晴らしい姿勢だ。

「兄上を謀《たばか》ろうなどと、愚かな」

しかし、青年自身も尊敬する兄同様、ゆくゆくは国の一端を担う立場である。

定期文書に添えられた、誰が書いたかもしれぬ書面一つをすべて鵜《う》呑《の》みにする気もない。

定期文書に記された通達事項には、春の復活祭の頃、学園祭の時期に合わせてフリードリヒが件《くだん》の婚約者を伴い視察に訪れる旨《むね》もあった。

(兄上が、この学園へやって来る!)

青年は、はあ……と、感激で胸一杯といった表情でため息を吐いた。

暗い部屋で一人、敬愛する兄の婚約者に憤《いきどお》ったり、兄を讃《たた》えたり、その兄の婚約者の情報に対し斜に構えたり、また兄に感激したりと忙しい。

「見極めてやる。この私、第四王子ヨハン・アンドレア・フォン・オトマルクが……ふ、ふふふ……ははは……はあっ……兄上にお見せできるような学園祭など、この私にできるのだろうか……」

王立学園の制服の胸元を掴《つか》み、青年――ヨハンは、肩の上で切り揃えた真っ直ぐな金髪を揺らしてどんよりと項垂《うなだ》れた。その時、ガチャッとノックも入室の許可を得ることもなく、彼がいた部屋の扉が無遠慮な音を立てて開かれる。

「うわっ、暗っ！　って、ヨハン殿下？　カーテンも閉め切ったまま、また引きこもりですか？」

「……またとはなんだ」

「だって、どんよりしてはこの部屋にいらっしゃるのはいつものことじゃないですか」

淡いピンクブロンドのゆるい癖っ毛なセミロングを揺らして、ずかずかと部屋に侵入してきた榛《はしばみ》色の目をした少女は、これまた遠慮も断りもなくヨハンの背後へ回ると彼の座る生徒会長の席から部屋奥へと向かいながらカーテンを勢いよく開いては窓を開け始める。

「ふぉうっ、冬の空気～！」

オトマルク王国の第四王子に対し、本当に遠慮もなにもない。

ここが王城であれば、間違いなく護衛騎士に今頃取り押さえられているだろう。

「ここは生徒会室で、ヨハン殿下の引きこもり部屋ではないんですからねー」

「君は、本当に遠慮というものがないな……ロッテ君」

貴族令嬢であれば有り得んぞと思いながら、ヨハンは吹き込んできた冷たい風に身震いしそうになりながら顔を上げると、先ほどまで読んでいた文書をさりげなく生徒会長席の机の引き出しにしまった。ついでに机の上に積まれた書類が飛ばされないようペーパーウエイトの位置をずらす。

部屋に入ってきた少女、ロッテ・グレルマンはこの学園、王立ツヴァイスハイト学園特待生枠で入学している平民階級の少女である。

王国最難関と言われるこの学園は、王族から平民まで、〝知力・体力・時の運〟といった、将来国を担っていく人材としての資質を問われる一律実施の試験に合格しなければ入学できない。

（正直、〝時の運〟というのはどうかと思うが）

優秀な人材の登用のため、平民階級に設けられた特待生枠では書類選考が免除され、学園生活にかかる費用は全額免除で奨学金も支給されるが、全受験生の中で特に優秀な成績で試験に合格しなければその枠に入れない。

階級によって養育環境や教育格差もある中、形ばかりに設けられたものと当初は思われていた特待生枠であるが、これが毎年入る学生がいるから驚きである。

そう、この世には兄ほどでなくても優秀な人間はいくらでもいるのだと、凡人である己に劣等感を覚えながら考えるヨハンであった。

それはそうと——ぶるりと両腕で我が身を抱きしめて、ヨハンは身を震わせる。

「……寒いのだが」

「換気は大事ですよ！　今度はなににお悩みですか？　折角、顔も頭も良くて運動もできておまけに王子なんて階級の頂点なのに！　よくわからないことで、すーぐどんより暗くなって落ち込むんですから」

「階級の頂点は国王である父上だ。それより君は、ここが山の頂に建つ学園城塞《じょうさい》都市であることを忘れていないか？　ものすごく寒いのだが？」

「この冬の寒さを味わえるのもいまだけですよ。わたしもヨハン殿下も今年の秋にはこの陸の孤島を卒業するのですから。で、なににお悩みです？　このロッテさんがズバッと解決して差し上げましょう」

冬の午後の淡い日差しに照らされ、窓からの風に何故か楽しげに目を細めている横顔は、美男美女を見慣れたヨハンが見ても可憐な美少女である。

深緑の生地に金ボタンを縦二列に並べ、襟や身頃の切り替えを金のラインで飾った、踝《くるぶし》丈のワンピースドレス型の学園支給の制服姿ということもあって、平民にはとても見えない。

近頃、女生徒の間で流行《はや》っているという学園ロマンス小説。実力さえあれば王族も平民も関係なく門戸を開くこの学園をモデルにしているらしく、特待生で入学した平民ヒロインを巡る王族や名門貴族の令息達の恋模様を描く小説の、まさにヒロインにでもなれそうだ。

もっとも見た目だけだがと、ヨハンは胸の内でひとりごちた。

ちなみに彼女の言葉は親切心からではない、ただの好奇心。あるいはまったく参考にならない解決策を好き勝手言いたいだけである。

さらにはヨハンにとって幼馴染である公爵令嬢と結託《けったく》し、彼をからかって遊ぶ気満々でいる。最悪である。

「断固として遠慮する。君に話すような事案でもない」

「あーもしかしてあれですか？　フリードリヒ殿下のご婚約」

ガタン、ガツンと、よろけて椅子から転げ落ちかけたところを立て直そうしたヨハンの長い足が、思い切り生徒会長机の脚を蹴《け》って盛大な音を立てる。

「図星と尋ねるのも気が引けるくらい……ものすっごくわかりやすいですね」

「煩《うるさ》い」

「いくら大好きなお兄様だからって、いつまでもヨハン殿下だけのお兄様ではいられませんよ？」

「兄上は昔から私だけの兄上ではない。兄上は本当にすごいのだ。兄上と比べたら私など……羽虫も同然……」

生きる価値なし、と机に両肘ついたその手を額に押し当てて、再びどんよりと項垂《うなだ》れたヨハンを、ロッテは部屋の隅の窓辺から見て肩をすくめる。

「どうしてそう自己肯定感が底辺な、残念王子様なんでしょうね」

「底辺とか残念とか言うな……失敬な」

「だって」

さらさらの金髪に空色の瞳が印象的な上品な見た目もさることながら、生徒会長として堂々と振る舞う様も、学業や、日頃の立ち居振る舞いにおいても、全生徒の憧れを一身に集めるきらきら感なのに、ひとたび人目を離れて一人になるとこの様《ざま》だなどと忌憚《きたん》なく話すロッテにヨハンは顔を顰《しか》める。

「やっぱり、残念すぎる」

「だから残念と言うな！」

ただ、彼女と話していると、少しばかり気分が軽くなることをヨハンは否定できない。

人が悩む様を残念だなんだと簡単に一言でまとめてくるため、彼自身もなんだかどうでもいいことのように思えてくるのである。

「あのー、第二王子のフリードリヒ殿下のすごさは知りませんけど、第三王子のアルブレヒト殿下先輩は割と普通だったって兄姉が卒業生にいる人から聞きますよ？」

「なにを言う。アル兄様は、いまやフリードリヒ兄上の秘書官と補佐を兼任する兄上の右腕だ。私と三つしか違わないが気配りと努力の人であるからな……卒業すれば私も兄上の下で公務を学びたいが」

「学んだらいいじゃないですか？」

「そう簡単にはいかん。兄弟が一方の組織に偏るわけにはいかない。おそらく威厳ある大兄上の下で武官組織の運営に携わることになるだろうが……やっていける気がしない」

実際、ロッテの言う通り、ヨハンはどこか己に自信が持てない王子であった。

なにしろ誰もが雄々しく優秀な後継者と認める長兄の王太子に、諸外国からは〝腹黒王子〟と畏怖される切れ者にして完璧な次兄の第二王子、一見あざとく見えて兄弟の真ん中で立ち回りと気配りに長け二人の兄から信頼されている三兄の第三王子がいる。

彼等と比べると、いずれも可もなく不可もなく、特筆すべきものを持たぬ出来損ないの王子であるようにヨハンは己のことが思えて仕方がないのである。

というわけで、彼はしばしば一人こうして一般生徒は許可なく入室できない生徒会室にどんより暗く引きこもっている。

「ヨハン殿下なら大丈夫ですって」

「首席の君に言われてもなんの慰めにもならないぞ」

「毎回、試験の総合点で惜しいところまでくるじゃないですか。ヨハン殿下という挑戦者がいるから、わたしもいつもハラハラドキドキ防衛戦に臨む王者の気分でいますよ！」

「本当に、人の心を抉《えぐ》ってくる女生徒だなっ！」

顔を上げたヨハンは、窓辺で窓枠に手をついて背筋を斜めに伸ばすロッテを横目に軽く睨む。

ヨハンの自信のなさを知っているのは、ヨハンと幼い頃から付き合いがあり彼の性格を知る公爵令嬢である副会長と、会計を務め遠慮の欠片《かけら》もなく彼の心を抉ってくるロッテだけである。

「ヨハン殿下には、ヨハン殿下の良さがあります」

開けた窓を今度は端から閉じてヨハンに近づいてきたロッテに、なにを根拠にとヨハンはぶすりと呟く。

「そうですねえ。平民のわたしとお友達になってくださるところとか、面倒くさい仕事を引き受けてくださるところとか、美味しいお茶とお菓子を用意してくださるところとか」

「ふん」

「まあとにかく、下々の者から言わせてもらえば、常に完璧きらきらの王子様より時折どんより暗くなるくらいの王子様の方が安心できますよ」

それはどう考えてもロッテの見解である。

この一見可憐な美少女に見えて、鋼の心臓を持つ規格外生徒の意見はなんの参考にもならないと、ヨハンは呆れながら生徒会予算の書類に手をかけた。

学園各所から上がってきている申請書類の金額を計算していく。

そもそも会計はこの少女が担っているはずだが、「わたしは精査と監査に回ります！」などと自信たっぷりな顔で言い切るから周囲が納得してしまい、何故かヨハンの仕事になっている。いつものことである。

「互いの名も名乗らぬうちから、お友達になりましょうと破廉恥《はれんち》にも両手を取る女生徒など不審者以外の何者でもなかったが……菓子ならそこの棚にしまってあるぞ」

ヨハンの良さを並び立てる中に、ちゃっかり彼への要求を混ぜていたロッテに、紙にペンを走らせながらヨハンは彼の席の左斜め向かいにあるカップボードを顎先《あごさき》で軽く示した。

この学園はもともとこの地を治めていた領主の城をそのまま校舎に使っていて、生徒会室はかつての領主の執務室であるらしい。昔はさぞ多くの側近や文官が侍《はべ》っていたに違いない。

結構広い長方形の部屋は、右端に重厚な装飾がほどこされた出入口の扉があり、そのほぼ正面奥の窓を背にヨハンが座る生徒会長の席、部屋の中央は大きなテーブルが占めている。

大きなテーブルはヨハン以外の生徒会の者達が、作業や仕事や勉強をするのに使っている。

カップボードはそのテーブルとほぼ並行に、壁に備え付けてあった。

「ヨハン殿下こそ、中庭の植え込みに隠れるようにぼっちでいる人が気がかりで声をかけたら、わたしの名前を知っていて不審者って思ったのはこっちです」

「……代表挨拶をした首席入学者を知らぬ者などいない。それにぼっちで隠れるように中庭にいたわけではない」

「そうですねー、ヨハン殿下はぼっちじゃないですねー。わあっ、錠前通りのパン屋さんマンデルのアーモンドケーキ！」

（人の話を聞けっ！）

「学園祭に出店する際に出す予定の物として届いたものだ。ああっ違う、合わせるなら茶葉はそれじゃない」

まったく、文官志望のくせに王宮作法の教養講座は受けていないのかと、ヨハンは立ち上がるとカップボードの前に立っているロッテの隣に並んだ。

「そういえば、ヘルミーネは一緒ではないのか？」

副会長の任につく、幼馴染の公爵令嬢の姿が見えないことに不審を覚えてヨハンはロッテに尋ねた。

「ヘルミーネ様ですか……」

五大公爵家筆頭メクレンブルク家の次女である令嬢と、この平民少女は大変に仲が良く、大抵一緒にいる。

ただし、ヨハン以外の者の目には「この学園は、貴女《あなた》のような者が来るところではなくてよ」「貴女のような方がヨハン殿下と友人ですって」などと、彼女がなにかにつけロッテを目の敵《かたき》にして絡んでいるように見えているらしい。

当の本人達は、「悪役令嬢ってやっぱり学園の華ですよ」「王子に健気によりそう美少女がいてこそですわ。お友達といわずヨハン殿下の婚約者になっては？」「わたし文官志望なので王族はちょっとー」などと、勝手に人を巻き込んで周囲の反応含めて楽しんでいる。最悪である。

（順当にいけば、ヘルミーネは私の婚約者とされるだろうからな。別の相手を私に勧めたいのはわかる。互いに恋愛感情とはほど遠いが、貴族の結婚などそういうものだろうに）

だからといって平民のロッテを唆《そそのか》すのは、さすがに大雑把が過ぎる。
公爵令嬢にそんなことを持ちかけられて、内心困惑したに違いない彼女のことも少しは考えろと
ヨハンは呆れる。生徒会室でヨハンと三人しかいない時の会話だから「王族はちょっとー」と冗談
で済んでいるが。
「ヘルミーネ様は、いま室内楽仲間の女生徒一人に男子生徒四人のもつれにもつれた恋愛事情の仲
裁中です。ピアノ奏者の子爵令嬢に婚約者持ちの名門貴族の令息弦楽四重奏楽団だそうで、社交界
なら一瞬で失脚しかねない泥沼だとか」
「神聖なる学舎で、将来を期待されている若者がなにをやっているのか……」
「むしろ若者だからでは」
「……しかしそのような面倒事の仲裁とは。社交界で令嬢達を仕切るメクレンブルク家の娘は大変
だな」
「弦楽四重奏楽団の皆様のご実家に、たっぷり恩を売りつけるって張り切っていましたよ」
「恐ろしいな……宰相家……」
ほどほどにせよと後で言ってやらねばとぼやきながら、ヨハンはロッテが手を伸ばしていたもの
とは別の陶器製保存容器を片手で取り出すと、作業テーブルで待っていろと手を振って彼女を追い
払った。
「自業自得。ヨハン殿下がとりなすことはないですよ」
「あまりやりすぎるとヘルミーネも危ない。彼女は彼女の姉ほど腹黒くはないからな。学園の中は
治外法権で学生の内は安全であっても卒業後もそうであるとは限らない」

この王子、性格は若干拗《こじ》らせた根暗ではあるものの、大変に面倒見がよく優しい性質の人物である。

実は王族の五人兄妹《きょうだい》の中でも、フリードリヒへの崇敬を除けば、能力的にも文武両道、最も均衡が取れた常識人と評価は高いのだが、ヨハンにその自覚はない。

「ふうん。やっぱりヨハン殿下、それほど悪くないと思いますよ」

「ふん、調子のいいことを言ってもこれ以上の菓子は出ない」

自己肯定感の低い拗らせじゃなければ、むしろかなり良いのに残念な王子様だと、内心でロッテが呟いていることなど露知らず、ヨハンはあまりの遠慮のなさで身分差をつい忘れて友人付き合いしている少女のために世話を焼くのであった。

四　第二王子と壁画と公国貴族

オトマルク王国。王都リントン。

高台から栄える街を見下ろす王城は、大陸五大国の内一国としての栄華を誇る壮麗な姿を本日も見せている。

丘陵地《きゅうりょうち》に建つ城は南北に長く、中央の建物の左右に伸びる両翼の端から東に向かい突き出る二棟がある。城の中央の建物もやはり東に向かい奥行があった。

鳥の如く上空から王城を見下ろせば、建物の左端、右端、中央から別棟が東に伸びている形になる。東方で使われている「山」という字に似た形の城は、街がある西側から囲うような城壁に守られ、建物よりはるかに広大な元狩猟地の土地に造られた大規模な庭園とそのはずれに点在する二つの離宮も見えるはずである。

そんな王城の、左翼棟の窓から冬晴れの空を飛び去っていく鳥の影を仰いで、文官の衣服に身を包んだ黒髪黒目の男装の令嬢は廊下で小さくため息を吐くと、上着の内側から取り出した銀時計の時間を見てまた戻す。

「しばらく大人しくしてくれていると思っていたら。よりにもよって陛下との謁見前に……まったく」

彼女は、迷いのない足取りで廊下を歩く。

城の内部は主要な廊下から分岐する通路に迷宮としばしば評され、王宮勤めの者であっても無関係な区画であれば通路に迷うこともある。

建国からまだ間もない頃、簡単に攻め落とされないために内部を複雑にしたという話。

建築計画があまりに壮大かつ複雑であったために誤って図面と異なる形になった箇所があるといった話。あるいは現在の姿になるまでの増改築の結果だという話など、諸説あるものの本当のところを知る者はいない。

王家の直系のみが知る通路があるといった噂まであるが、それについてはただの噂だとマーリカは聞いている。王族のみが脱出しても、そんな通路を使わねばならぬ状況で護る者も世話をする者もいなければ無意味であるといった納得の理由付きで。

だから、彼女が仕える〝彼〟が、いま王城の外へ出ている可能性は極めて低い。

何故なら、〝彼〟が外へ抜け出すための穴は彼女が潰したはずだから。

彼――オトマルク王国第二王子にして文官組織の長。

フリードリヒ・アウグスタ・フォン・オトマルク。

公務へのやる気のなさと気まぐれな言動で現場の文官達を振り回す、通称〝無能殿下〟。

そんな彼に唯一仕事をさせることができる者として、いまや〝文官組織の女神〟と称される文官令嬢。

文官組織専任王族公務補佐官。

マーリカ・エリーザベト・ヘンリエッテ・ルドヴィカ・レオポルディーネ・フォン・エスター＝テッヘンといった、王国建国前から続き大陸各地に縁者がいる、由緒あるその家系を示す長い名前を持つ彼女は、フリードリヒの執務室のある左翼棟から中央の主棟の境へと歩く足を速めた。

人が行き交う大廊下と一筋違いで東の庭園に面した、大きく開いた窓が連なる通路。

女神の廊下《ギャラリー》と呼ばれる、円柱とアーチ天井が続く廊下。

その名の通り、連なる窓三つ分にも渡る向かいの壁面を使って、古代神話の三女神が描かれている。

昼と夜と黄昏《たそがれ》、三女神は国の行く末や人の一生を見守る女神であるという。

描いた画家は不明だが、時代を超える美しい壁画であることは間違いない。

やけに厳《おごそ》かな静けさを保つ、白大理石で造られた廊下は窓からの光もあって白っぽい明るさで、三女神の真ん中に描かれている黄昏の女神の足元にぽつんと佇《たたず》む人影があった。

「時間かな？　マーリカ」

フリードリヒ殿下――と。

マーリカが声を掛けるより早く、壁画と向き合ったままの人影が問いかけてきて、彼女は「はい」と答えた。

「アルブレヒトの引越しは？」

「来週くらいになりそうですね。思いの外、資料が多くて」

当番の護衛騎士にフリードリヒがいなくなったと泣きつかれるまで、マーリカは第三王子執務室から引越しすることになったアルブレヒトを手伝っていた。

宰相メクレンブルク公の計らいで、フリードリヒの執務室の向かいに仕事部屋を与えられたマーリカだったが、フリードリヒの提案で彼女の仕事部屋を第三王子執務室にして、彼女は以前使用していた第二王子執務室の筆頭秘書官の席を再び使うことになった。

たしかにそうした方がマーリカもアルブレヒトも便利なので了承した。

現在の第三王子執務室はフリードリヒの執務室から少し距離がある。

フリードリヒの執務室にアルブレヒト付の側近を待機させるわけにもいかず、それに主任秘書官他事務官達がいる秘書官詰所《つめしょ》はフリードリヒの部屋の隣だ。アルブレヒトの執務室をフリードリヒの部屋の向かいへ移すことは効率の面でも理に適《かな》っている。

「そう」

ずっと壁画を見つめていた、彼女の仕える主《あるじ》にして婚約者でもあるフリードリヒは尋ねておいて気のない返事をすると、その美貌も台無しな顰《しか》め面《つら》を彼女に向けた。

「本当に……主の私思いというか。さてはここだけ残したね」

「むやみに城内や城外をうろつかれるよりはと」

「ふむ」

「高頻度でいらっしゃる場所のようですから」

「ぼんやりするにはいい場所だからね。何故か人があまり来ない」

フリードリヒの言う通り、城内でも比較的広く庭に面した通路であるのに、大廊下と違って常に人気《ひとけ》がなくがらんとしている。

公務から逃れるように護衛騎士の一瞬の隙を突き、すぐふらりと執務室を抜け出す彼の行き先として、あえて一つだけ潰さずに残した場所であった。

フリードリヒが執務室を抜け出したのは、マーリカが彼の側を離れていただけでなく、今日は近衛騎士班長のクリスティアン子爵ことアンハルトも非番であったから、これ幸いにといったところだろう。

執務室側の支度部屋に入ったはずがいなくなったと聞いて焦ったが、幸いにしてフリードリヒは謁見にふさわしい午後の衣服に着替えていた。

真紅の裏地を見せる、彼個人の紋章を刺繍した斜めがけの白絹のマントを羽織っている。

さすがに父親である国王陛下の呼び出しを、すっぽかすことはしないらしい。

マーリカは、彼女から再び壁画へ顔を向けるフリードリヒから一歩離れた斜め後ろの位置まで近づくと、彼の視線の先を見つめる。

黄昏の女神の足元、草花の葉陰《はかげ》に隠れるように糸を切る鋏《はさみ》が描き込まれている。

フリードリヒの眼差しは、明らかにその鋏《はさみ》を捉えていた。

何度も壁画の前を通っていても、まったく気がつかなかった絵の中の鋏《はさみ》について、マーリカはフリードリヒから教えられた。

丁度、子供の背丈ほどの位置にあるそれに、彼は幼少の頃に気がついた。

夜に自室を抜け出し、王城探検に出てこの廊下にまで来て見つけたのだそうだ。

小さな鋏《はさみ》の銀色の刃の中ほどには、灰色の影がさっと筆を掠めたような塗り方で描かれてもいる。フリードリヒは〝女神の糸を切ろうとする者が絵からはみ出た場所にいる〟とマーリカに説明した。

国の行く末や人の一生を見守る三女神は、一本の長い金色の糸をそれぞれの手に渡している。その糸は運命だとか人の一生を象徴しているのだという。

絵からはみ出た場所から、糸を切ろうとする者は己かもしれないとフリードリヒは考えている節がある。

　本人の口からそう聞いたわけではないが、なんとなくマーリカはそう思う。

　フリードリヒの公務へのやる気のなさは怠惰が九割なのは間違いない。

　けれど、残り一割はおそらく違う。

「参りましょう」

「はあぁ、私、謁見苦手なのだよ。皆一様に妙に真面目な顔で並んで押し黙っているのを見ると笑いが込み上げてきて。でも笑うと怒られるし」

「当たり前です。あの場のどこにそんな笑いどころが」

「なんでもやたら重大そうな様子でいるところ。文官としての君も一緒にだなんて何用だか。私と一緒なら第二王子妃候補でしょ」

「……メルメーレ公国との人事交流制度で我が国に派遣される先方一団への対応に関してと、事前にお知らせいただいておりますが？」

「そうだっけ」

「朝に予定を確認した際もお伝えしたはずです。外交公務として歓待の夜会の詳細がかなり前に届いているではないですか。直接関係しない高官や諸侯の方々への周知も兼ねてあらためてお命じになるのでは？　わたしも王族公務補佐官で無関係ではないからでしょう」

　フリードリヒの公務へのやる気のなさは怠惰九割。

　残り一割は、おそらく違うと思いたい……。

　まったく、と胸の内でぼやいて、マーリカは腕をフリードリヒの背に伸ばして彼のマントの絹地を鷲掴《わしづか》みにした。

「向かう気があるなら、行きますよ」

「向かう気はまったくないけれど、さすがに父上の召喚命令は無視できない……っ」

マントを掴んだままマーリカは、謁見の間がある主棟へと歩き出す。

半ば引きずられる格好になったフリードリヒが、首元のマントのベルトとブローチへ両手をかけて声を上げた。

「ちょっ、ちょっまってまってまって、首っ、首が締まるっ……っ！」

「歩けば締まりません」

フリードリヒの訴えを冷たくあしらって、マーリカはすたすたと廊下を歩く。

フリードリヒは喜怒哀楽や常識的な感覚が、どうにも一般のそれと微妙にずれているところがある。謁見の場で笑いが込み上げる程度なら、よくはないが邪気はない。

しかし、稀に外交や政務の場面において、ひどく酷薄《こくはく》な人物に見える時もある——それこそ諸外国が恐れる〝オトマルクの腹黒王子〟の如く。

そんな時、マーリカは善も悪もその境もフリードリヒは区別していないような、危うさを感じてしまうのだ。

（王族として、いつか逸脱《いつだつ》してしまうかもしれないなどと考えているのなら、なんのためにそうならないよう止めて引き戻すための臣下がいると……わたしを側にと望んだのもそのためではないのかと言いたい）

少しばかり憤りを覚えながらマーリカは廊下を歩く。

もちろん、フリードリヒのマントを掴み引っ張る手は緩めない。

正直、あの場所をフリードリヒの抜け出す場所として残すか、マーリカは迷った。

残したのは、彼にとってここで一人しばし過ごすのは必要な時間なのだろうと感じてもいるからで、マーリカ自身は、壁画の前にぼんやりと佇むフリードリヒの姿を見るのはあまり好きではない。

「なにか、怒っている？」

「王子がふらっと抜け出して怒らないとでも？」

「ごめっ、すみませんっ。申し訳ありませんでしたっ！　マーリカ……マーリカぁ～‼」

「王子が簡単に謝るなっ。責任ある言動をといつも……」

マーリカに叱られながら彼女に引きずられるように女神の廊下《ギャラリー》を歩き、それでもあらかじめ護衛騎士達に彼女が指示していた合流地点にたどりつく頃には第二王子の体裁を立て直していたフリードリヒに、世話が焼けると彼女は誰にも聞こえない小声でぼやいた。

（王子としての彼が必要とされる時は、絶対にそうあろうとするくせに……）

フリードリヒにマーリカが直に仕えるようになって、そろそろ一年半になる。

考えがあるのかないのかよくわからないのは相変わらずであるけれど、少なくともマーリカが見てきた彼の行動はそうだ。

現場にとっては色々と迷惑なこともあり、運任せの部分も大きいのは一官吏の立場から見て悩ましいけれど、少なくとも国を運営していく点において、彼は実に第二王子として忠実にその役目は果たしている。

「アルブレヒトもいることだし、父上もそろそろ私の仕事を減らしてくれてもいいと思う」

「そんなことは、王太子殿下のように自ら公務を積極的に指揮してから仰ってください」

「人には向き不向きというものがあるのだよ」

大仰なため息を吐いたフリードリヒに、ため息を吐きたいのはこちらだとマーリカは胸の内で毒づいた。

謁見の間は、その名前通りにこの国の王と公に対面し言葉を交わす場所である。

広間のような部屋の奥、少し高さを出した場所に玉座があり、出入口の扉からその玉座の前へと向かう通路のように細長い濃紺色の絨毯が敷かれている。

その周囲を、王の側近、秘書官、事務官、側仕え等々が、それぞれの序列で並び、護衛騎士の数も執務室の比ではない。

玉座の側には宰相メクレンブルク公他、必要に応じて呼ばれた高官達も控えている。

実に物々しい。

マーリカもこの場に立つのは、三度目だった。

一度目は出仕を願い出た時、二度目は正式に王家に仕えし上級官吏として任命された時である。

領地持ちの領主であるならともかく、第二王子の婚約者とはいえ現時点では現場の一官吏でしかない伯爵家の三女が国王に公に目通りを願うことなどない。

国王及び王宮勢力を左右する人々の前に立つ、厳かにして気の張る場であるのだが――。

「んーとりあえず、お断りします」

厳かさなどないものとし、気を張ることもない者もいる。

王宮儀礼に則った挨拶もそこそこに、にっこりと邪気のない微笑みで悪びれもせずそう言い放ったフリードリヒに、ぐうっ、と国王ゲオルクが唸《うな》って渋面《じゅうめん》を見せる。

「まだなにも話しとらん……」

「じゃあそのまま話はなしってことで。大体、皆がいるから空気読んで断らないだろうって姑息《こそく》なこと、私に通用しないことは父上もよくわかっているでしょう」

親子の会話と言ってしまえばそれまでだけれど、場が場である。

フリードリヒの半歩後ろに控えて立つマーリカとしては気が気ではない。謁見の間で額を押さえることも項垂《うなだ》れることも、ましてやフリードリヒに注意することもできない彼女は、眉を顰《ひそ》めて彼女の意を彼に伝えることしかできない。

(周囲の皆様の視線が痛い。側に付くお前がどうにかしろといった圧を感じるのですが?)

本当に、後でシメるっ！　泣かす！

内心叫ぶマーリカであったが、その間も親子の会話は続いている。

しかも雰囲気がやや怪しくなってきていた。

「なにが気に入らん」

「それは父上が一番よくわかっているはずでは?」

(殿下……?)

「そもそも、メルメーレ公国との人事交流制度は宰相案件でしょう?　私は絶対に私でなければならないこと以外は、可能な限りしかるべき者に任せる方針なのは皆も知るところだ。だよね?」

(王宮勢力や議会を左右する有力諸侯の方々を前にして……仕事丸投げを公言した上、皆様に同意を求めない！)

まったくどう思われるやらとマーリカは周囲を盗み見たが、それほど困惑や反発は見られない。むしろ何人か頷《うなず》いている者の姿もある。

（そういえば……文官組織と直に関わらない貴族の間で、殿下の評価は悪くなかった）

マーリカからすれば、それは誤解だと大いに主張したいところであるけれど、文官組織を管轄する第二王子は人を使うのが上手いだとか、才能を見出《みいだ》すのに長けているだとか、うつけた言動にも裏があり抜け目がないだとか……本気でそう思っている者もいる。

立場が変われば見方も変わる。

たしかに、人を動かし多岐《たき》にわたる公務を捌《さば》いているとも言えるし、それは王族としてあるべき姿と捉える人もいるだろう。

動かされる側、仕事を任される側としては、冗談もいい加減にしろと言いたいけれど。

それにこういった場で、飄々《ひょうひょう》とした余裕を見せて受け答えするフリードリヒの姿は、その美の女神に愛されし容貌もあって、とても、そうとても、賢《さか》しく無駄に人が仕えたくなるような畏怖と優雅さを併《あわ》せ持つ王子だと人に思わせるのである。

「私の考えを支持する者もいるようだ。一団を迎えて文官組織に受け入れるのと、彼等への対応に責任を持つのは別の話です」

（ただただ仕事を逃れるためなのにっ。考えあっての振る舞いに見えるどころか、文官組織の長として協力はするが、宰相閣下が責任をまっとうしろと伝えているようにも見える。本当にこの無駄な顔の良さと姿は、質《たち》の悪いっ）

「じゃあ帰ろうか、マーリカ」

「待て待てぃっ、勝手に帰るなー！　まったく其方という息子は、余は王だぞ」

「ですね。父上が王でなければ私は王子じゃない」

玉座から腰を浮かせた国王の声が謁見の間に響き渡り、フリードリヒではないがマーリカも別の意味で帰りたいと思う。人を名指しで巻き込まないでほしい。

フリードリヒは王族だからそうそう非難されることはないだろうが、マーリカは現場の一官吏で弱小伯爵家の三女でしかないのである。これで第二王子妃としての資質がどうのといった話になったら理不尽過ぎる。

「たしかに国家間のことであるから宰相《こやつ》が仕切っておったが、実際問題受け入れとなれば現場で不測の事態が生じることもある」

「仕切るというなら最後まででしょう。面倒事が起きそうなところで後は任せると責任込みで渡されるのは一番迷惑なのですが？」

うんざりとした表情でゲオルクに切り返すフリードリヒの言葉に、思わずマーリカは両手を拳の形に握り締めそうになった。

（その通りではあるけれど、どの口がそれを言う～っ！）

「もう決めたことだ。公国から受け入れる一団の歓待と管理監督は、王族公務補佐官に任じたエスター＝テッヘン伯爵令嬢と其方が適任と余が判断した。メルメーレ公国の者達を歓待する夜会が婚約披露の場でもある。ほら、あれだ、初めての共同作業ならぬ公務ということで……」

だから親子揃って人を名指しで、それも息子である第二王子よりも先に名前を挙げて巻き込まないでほしい。

それに、初めての共同作業ならぬ公務というのも意味不明である。

虚空を見つめるような気分で、マーリカはこの国の王と第二王子のやりとりを眺める。

せめて場所が国王執務室であれば、発言許可を求めて抵抗もできるのに、複数の諸侯の目もある謁見の間で不用意な発言はできない。記録もされるし、後々どんな揚げ足とりに使われるかもわからない。

マーリカは貴族の社交の場にこそ出ていないものの、王宮の文官組織の中であらゆる部署や目上目下の立場の者の間で板挟みになるのは日常茶飯事である。

そのため、このような場における危機意識は自然に……というよりは、やむを得ず、仕方なく、必要に迫られて身についていた。

(要は、メルメーレ公国と一通りの調整はつけたから後は任せたい。派遣される文官技官を受け入れるのは文官組織。殿下に陛下の命が下りるのも当然といえば当然か)

こういった時は仕事について考えるに限る。

マーリカは国王親子の会話や諸侯の目は一旦脇に置いて、実際この後任される仕事や、ゲオルクが国王執務室ではなく謁見の間に呼び出した意図について考える。

そちらの方が百億倍くらい生産的だし、精神衛生的にもいい。

(フリードリヒ殿下に任せたいといっても、殿下の性格と文官組織で〝無能殿下〟なことは陛下も承知していること。国家間の取り決めもある案件だから、諸侯の前で殿下の言質《げんち》を取りたい。うん、わかる。それは大いにわかりますっ、陛下!)

未来の舅《しゅうと》となる人の気苦労に大いに共感しつつ、マーリカは次にメルメーレ公国から受け入れる一団について考えを巡らせる。

先方から打診されたこの人事交流制度は、鉄道事業に関する協力体制を築くための技能修習に近い。

大陸で最も工業が発展していると評されているオトマルク王国から見て、メルメーレ公国の技術レベルは若干低い。科学文化振興と協調路線を掲げ次期君主に内定している第二公子を支持し、今後の公国発展に向けての支援で恩を売り、同盟関係強化を見込んでいるのがなんとなく察せられる。

なにしろ北方はオトマルク王国にとって面倒な地域。

大陸中央部南から北東にかけては、元はオトマルクもその内にあった最も古い大国ラティウム帝国が。

北東には、凍土を含む国と呼ぶには広大すぎる領土を持つルーシー大公国が。

オトマルクと三角形を描く位置で存在している。

(幸い二つの大国とは、大陸中央に位置し西側諸国に強い影響力を持つフランカ共和国の脅威を警戒し、現在三国同盟な関係にあるけれど……)

そんな三つの大国の三角形の間に小さな国がいくつかあり、メルメーレ公国もそんな国の一つだ。

二つの同盟国を終点とする鉄道網の分岐点にも近いため、メルメーレ公国を押さえておけば、万一の時にはここで鉄道網を分断し砦《とりで》とすることもできるかもしれない。

大陸全体で見れば勢力の均衡と平穏は成り立っているものの、各国とはそれぞれ個別の条約も結んでいる。

マーリカは文官だから軍事にうといけれど、小国とはいえ国防面ではオトマルク王国にとって結構要衝《ようしょう》なのかもしれない。

マーリカの記憶では、整備局に技官を五名、通商関連部門に文官二名を受け入れることになっていたはずである。

（それと一団の責任者である外交特権付きの公国貴族の文官が一名。外交特権付きなら特使の国賓扱いか……あれ？）

はた、とマーリカは気がついた。

（なにかおかしい）

こんな受け入れた後の対応を任せる話が、この場で「よろしく」「はいわかりました」で済むはずがない。事前の根回しと合意の上でなされる。けれどマーリカは知らなかった。

（でも殿下はさっき、「一団を迎えて文官組織に受け入れるのと、彼等への対応に責任を持つのは別の話です」って陛下に）

謁見の場への召喚命令に記されていたのは、派遣される一団への対応の件とだけ。

マーリカは一団を歓待する夜会のことと認識していて、フリードリヒに伝えた際、彼も特になにも言っていない。しかし明らかにそうではない内容について話している。

（公国側の責任者への対応って、てっきり宰相閣下の側でされるといまのいままで考えていたけれど。この話の流れだと殿下に、相手の名前や詳細は……？）

そういえば人数だけで、受け入れる人物の名簿や詳細をマーリカは見ていない。

どうして、失念していたのだろう。

（直接関わっていた案件ではないから、話をする上ではそんな情報なしでも済んでしまう。書面上も〝受け入れ技官何名〟といった記載になる。だからといって殿下のところにその情報が回ってこないはずはないのに！）

むしろ、文官組織の長であるのだから、誰よりも先に届いているはずである。

おそらくは、マーリカが王族公務補佐官に着任する前に。

（これって……まさか）

受け入れ自体は宰相メクレンブルク公の指示で進んでいたから、こうして後の対応のことが回ってくるまで、マーリカが直接関係する案件ではなかった。

（わたしの着任時から、たびたび現場にさして影響しない書類を隠すように溜めていたのって……）

溜めている書類だけに注意を向けさせるための目眩《めくらま》し――！

「ん？　あーその目、やっぱり気づいたね。だから来たくなかったのだよ……」

「殿下」

「後で尋問？」

「陛下の御前です。言葉にはお気をつけください」

マーリカは発言の許可を求めた。国王と第二王子に挟まれている状態である。

儀礼は通しておくに越したことはない。

「小官から申し上げるまでもないことではありますが。フリードリヒ殿下も文官組織の長としての責務はご承知です。そうでなければ公国の官吏受け入れにあたり、小官がその認めを急《せ》かしてしまうほど、実に慎重に関連書類を確認することなどないでしょうから」

「ふむ。では問題ないな」

「はい。フリードリヒ殿下は、陛下のお考えを心得ておられます」

「ならば、どうしてこううつけた真似をする」

「……宰相閣下に遠慮なさったかと推察します。幼少の頃から懇意《こんい》の間柄とお聞きしておりますので」

（ご令嬢のクリスティーネ様は幼馴染で元婚約者候補であったわけだし）

「なるほど。ではあらためて命じる。フリードリヒにはエスター＝テッヘン伯爵令嬢と共にメルメーレ公国の者達を任せる。新しい試みでもあるゆえ心せよ」

こうして謁見を終え、マーリカはフリードリヒと共に謁見の間を出た。

主棟から来た道を逆順に無言で歩き、女神の廊下《ギャラリー》まで来たところで、マーリカは地を這《は》うが如き低めた声でフリードリヒに呼びかけた。

「――殿下」

「えーと、マーリカ……マーリカさん、マーリカ嬢……エスター＝テッヘン公務補佐官？」

マーリカから目を逸《そ》らし、しどろもどろに彼女の機嫌を取るようなフリードリヒの言葉を聞いて、まったくとマーリカは息を吐いた。

「どのみち歓待の夜会で派遣される人物はわかります。どうして、こんな誤魔化しを？」

受け入れる人数や部署は隠さず、人物の詳細だけを伏せていた。

公国貴族の文官一名、なんとなく察しはつくところではある。

「アルブレヒトの引越しとその後の整理。終わる頃には復活祭のあれこれで忙殺されるだろうから、視察まで逃げ切れると思ったのだけどねえ」

「直接の担当ではないとわたしに思わせたまま、顔を合わせないよう画策していたと？」

「理解が早い」

詰め寄るマーリカから後退《あとずさ》り、三女神の壁画にフリードリヒはぴったりと背中をつける。

もうそれ以上後ろへは行けないフリードリヒをマーリカは薄笑いの表情で眺め、さらに問い詰める。

「殿下の責任で管理することになります。報告すべて本来のあるべき形で殿下が見て、先方の要請にも直接対応してくださると？」

「そこは、今年はアルブレヒトがいる」

へらり、と笑んだフリードリヒに対し、マーリカも冷ややかに笑みを深めた。

たぶん、間違いない。

でなければ、フリードリヒがここまで誤魔化そうとする理由がない。

「殿下。わたしの身内のためにアルブレヒト殿下にご迷惑はかけられません。わたしは気にしませんが一体どういったおつもりで？」

名簿を確認するまでもない。

ただ、大国相手に外交特権付きになるほど責任ある立場だとは思っていなかった。

当の本人は、〝気楽な書記官〟としかマーリカに話していなかったから。

「マーリカ。まさに女神の如き微笑みだけどさ、目が全っ然、微笑んでない」

「お答えにならないのなら質問を変えましょう。外交特権付きの監督責任者。メルメーレ公国貴族の文官一名の文官組織での取り扱いは？」

「……私の下で預かる。特使で国賓扱いになるし」

「聞いていません。書類すら見ていません」

「言っていないし、見せていないからね」

書類ごと隠したと思った瞬間、かっとなってマーリカはフリードリヒの右頬側の壁へ怒りに任せ手をついた。

ダン、ともドンともつかない音が静かな廊下に響き渡る。

「その方の名前を教えてくださいますか？　それともわたしが言い当てましょうか？」

「マーリカ、ちょっと落ち着こう」

「私は落ち着いています。クラウス・フォン・フェルデン。君主シュタウフェン家の前当主の弟の外戚であるフェルデン侯爵家の次男でわたしの再従兄《はとこ》」

「……正解。めちゃくちゃ怒っているね」

「殿下は色々と隠しごとはしますが……少なくとも一官吏の私的なことでそれをするとは思いませんでした」

「まあ、単純に会わせたくないのもあったのは否定しない」

腹が立つ。隠していてばれたら問い詰めるままにあっさり白状し、空色の瞳は後ろめたさの翳《かげ》りもなく澄んでマーリカを映している。罪悪感の欠片もないのだ。

「でもこの件に関しては、一官吏の私的なことでもないよ」

「は？」

「出会いを思い出すねえ。あの時は憤りを私に直接ぶつけてくれたけれど」

壁についていたほうの腕を、フリードリヒに軽く掴まれる。

あまりに平然としている様子の彼に、マーリカは怒りよりも戸惑いの方が増してくる。

一官吏の私的なことでもない、といった言葉の意味もわからない。

会わせたくない、についてはあまりわかりたくない。

「君さ、国宝級の壁画に八つ当たりはよくない」

「八つ当たりでは……」

「そう？　私に怒っていたはずだ」

言いながら、壁に強く押し付けていたマーリカの手をゆっくりと壁から剥がすように、フリードリヒは彼女の腕を引いた。壁から引き剥がしてもマーリカの腕をフリードリヒは離さず、掴んでいる手の力を少し緩めて、手首から指先へと撫でるように彼の手を滑らせていく。

「殿下……？」

指先を掴まれて、マーリカは黒い瞳を揺らし、フリードリヒの顔の前で彼女の指先を掴んでいる彼の手を上目に見た。

壁際に彼を追い込んでいるのに、何故か反対に彼に捕まえられたような気がした。

「従兄《いとこ》だっけ？　高名な画家マティアス・フォン・クラッセンが王立科学芸術協会《アカデミー》の招聘に応じている。親族の集まりで帰省した時になにか聞いてる？」

「いいえ……」

「マーリカの事故の件で、私が公国と非公式に会談した際に仲介役にもなった、君の親族でもある公国貴族の二人が同じ時期に来る。偶然？」

　囁《ささや》くようなフリードリヒの言葉に、彼の顔を見上げたままマーリカは少し考えるように瞬きして伏し目になる。

「手、痛めてない？」

　触れてはいないが、掴まれている手の指先に口付けるように顔を俯けたフリードリヒに気遣われ、胸の奥がざわつくような動揺を覚えてマーリカは彼の手を振りほどき、自らの腕を自分のほうへ引き寄せた。

「へ、平気です」

「なかなかの勢いで打ち付けたからあとで痛むかもね。かっとなってもペンを持つ利き手じゃないところはさすがだけれど。私への憤りは私にぶつけることだ」

「……破廉恥事案《セクハラ》」

　ぼそりと、マーリカが恨めしげにフリードリヒを睨みながら呟けば、彼は非難めいた声を上げた。

「これそうなる⁉　違うでしょこれは！」

「違わないです。殿下はわたしの親族がなにか思惑を持っていると？」

「さあ。ただ父上は君を都合よく使うつもりのようだから。様子見の間、マーリカには離れていてもらおうかなって。マーリカを甘やかす二人に会わせたくもないから一石二鳥だ。でも言ったらマーリカ怒るだろうし……結局怒られたけど」

「そういった私情は困ります」

「ふむ。今後は困らせる方を選ぶことにしよう。あーこれ、ただの婚約者同士のちょっとした痴話喧嘩ってことでアンハルトへの報告はなしで」

「え、は……⁉」

フリードリヒの言葉で、そういえばとマーリカは我に返った。

怒りですっかり忘れていたけれど、フリードリヒの目線を辿《たど》って少し離れた廊下の隅。

彼とのやり通りを見守るように控えていた二人の護衛騎士の姿を見つけたマーリカは、居た堪《たま》れなさに二日ばかり休暇を取りたくなった。

五　思惑は踊るされど関せず

相手の色石を自分の色石で挟んで裏返す。

表裏を白黒に塗り分けた石を、白なら黒に、黒なら白に。

正方形の枠に縦横それぞれ八つに区切られた盤面を、自分の色石で多く埋めた方が勝ち。

ルールは単純かつ簡単で明瞭。

フリードリヒは盤上遊戯《ボードゲーム》の中で、美しくも潔いこのゲームが一番好きである。

対戦は一対一。他者が介入することはない。

勝敗は、完全に両者の意思決定の積み重ねのみで決まる。

賽《さい》の目や籤《くじ》といった確率や運に勝負を左右されることはなく、伏せられたカードのような隠された情報もなく、すべて盤面に情報は開示されている。

一度置いた石を外すこともない。置く場所の数も決まっている以上、勝負は有限。

どちらかの手番で必ず終わり、いつまでも続くことはない。

「現実の世もこうであればいいのに……」

「なにか？」

「いいや、独り言」

盤上の拮抗《きっこう》状態をあえて維持して対戦しつつ、ぽつりと漏らしたぼんやりとした考えを聞き返す相手に、フリードリヒは軽く首を横に振った。

不可解の色を浮かべて彼を見る黒い瞳に、彼は軽く笑む。

現実の世は、いつまでも終わらない確執や義務のしがらみなど問題が多過ぎる。

自分ではどうにもならないことに左右される要素も大きい。

加えて様々な者の隠された思惑も乱舞している。実に面倒くさい。

他者でも替えがきくのに、己が面倒な役割を担わなければならないのだといった圧や制約がかかるのも理不尽だ。

そんなことはない、と主張する者もいるかもしれないが実際そうである。

一国の王とて、代替わりあるいは倒されて別の者に替わる。交替の経緯が穏便か、そうではないかの違いだけだ。

オトマルク王国の第二王子にして、深謀遠慮を要求される文官組織の長。

フリードリヒ・アウグスタ・フォン・オトマルク。

彼は、国と民に有益に機能するなら、別に第三王子でも臣下でも誰でも彼の立場をやってくれていい考えである。国や民と等しく怠惰も大事であるが、優先順位では前者だ。

だって国や民に支障があれば、どんな立場でも楽ができない。

(とはいえ私の場合、暢気《のんき》に楽に人生を送るのなら国が安泰で王子として生きるのが最適解。仕事とか義務とか本当に面倒だけれど王子でいる以上は仕方がないし)

仮に臣に下《くだ》ったとして、王家だけでなく、与えられるはずの領地のために尽力など今より絶対に骨が折れる。指示できる人材においても、質と数の面から見て最も揃っている王宮のようにはいかない。

平民の生活はもっと無理だ。家から道具から食料その他、なにからなにまで自分で用立てていかなければならない。三日と保つ気がしない。

「いっそ君に完膚なきまでに負かされて、隠居したい」

「人を巻き込んで仕事を怠けている人が、なにを訳のわからないことを……」

第二王子執務室の来室者を応対するテーブルセット。

その長椅子のソファに少々だらしなく身を預けるフリードリヒが、思考をゲームの盤面へと戻せば、ぱちりと石を置く小さな音がした。

上下を白石に挟まれたフリードリヒの黒石が一つ、ひっくり返されて白石になる。

「殿下、本日の予定はご存じですよね？」

「勿論《もちろん》だよ、マーリカ。なにしろ朝から三度も君が繰り返してくれたからね。さすがの私も忘れるのは気が引ける」

細く白い指が盤上から離れていくのを眺めながら、フリードリヒは確認に近い問いかけにのんびりとした調子で答える。

勝負の相手、麗しき男装の王族公務補佐官でフリードリヒの婚約者でもある令嬢は、見る人によっては冷淡にも見える冷静で凛とした様をあまり崩さない。

フリードリヒに問いかける口調も淡々と落ち着いたものだが、声音にはなにかを気にしているような焦りがごくわずかに含まれていて――彼との勝負にも身が入っていない。

いつになく注意散漫な様子でいる理由はわかっている。

「でしたら――」

「まだお昼前だよ。夜会まで時間は十分ある」

フリードリヒはそう言って、白にされたばかりの石の右斜め上に黒石を置き、石の色を元の黒に戻す。

彼と向かい合う一人掛けソファの席に座るマーリカがむっと眉を顰《ひそ》めたのに、彼はくすりと形の良い唇の端をわずかに吊り上げ、盤面に落としていた視線を持ち上げた。

「マーリカらしくもない。今日は随分と焦っている」

「殿下こそ、今日はいつになく鈍い手では」

たしかに彼女の言う通り、別方向から再度石の色をひっくり返せるマーリカの白石の防御が効いた石を取り戻したところであまり意味はない。初心者がむきになったようなこんな手はフリードリヒも普段は打たない。別の場所に石を置いただろう。

しかし、鈍いと言われるほど悪手《あくしゅ》でもない。

より正確には、盤上の戦況を良くも悪くもしない手であり、早く勝負を終わらせることばかり考えているマーリカの関心をフリードリヒへ向けさせる手でもある。

ついでに言えば、彼の執務机の脇で置物のように立って、彼女とのやりとりを見守ってくれている護衛騎士のアンハルトが「いい加減、エスター＝テッヘン殿を解放しては」と思っていそうなのもわかっているが、別に気にすることではない。

「さっきまで大臣達との会議に出ていたし、私と一勝負するくらい大した時間じゃない」

「そう仰ってからもう三度目です」

すんっ、と。

愛想の欠片もない、冷めた声と表情で返してきたマーリカに、フリードリヒは笑い声を立ててしまいそうになる。

つれない言葉と態度でいて、彼が彼女の退室をこうして引き留めているのには付き合ってくれているのだから。こんなことは仕事の範疇《はんちゅう》ではないと突っぱねて、部屋を出ていくことだってできるのに。彼女はそれを選ばない。

（本当、仕事以外では私に甘いよねえ。マーリカって）

本日は、メルメーレ公国との人事交流制度で受け入れる一団を歓待する夜会がある。

「殿下の婚約者として公の場に出る支度が色々と。その、侍女の方々が張り切っていまして……」

「そうだろうねえ」

貴族女性にとって夜会の支度は時間がかかる。マーリカ自身はともかく、未来の第二王子妃である彼女付の者達は、普段、男装でお手入れより仕事最優先な彼女を磨き立てられるこの日を心待ちにしていたはずである。それを察していて蔑ろにできる彼女ではない。

「それについては私も多少は気が向くのだけどね」

「多少ですか」

第二王子の婚約者としてマーリカが初めて出る、婚約の正式なお披露目も兼ねた公の場。

貴族令嬢として夜会に出るのも初めてだ。

なにを言われることもないようにと気を張っているのもわかるが、ことさら磨き立てずとも、装ったマーリカが綺麗なのは間違いない。

秘書官だった頃は、フリードリヒに付いて外交の場に赴《おもむ》けば、黒髪黒目の冷涼な魅力を放つ男装の麗人ぶりで〝オトマルクの黒い宝石〟などと他国の者達から呼ばれていた。

マナーや立ち居振る舞いはもっと問題ない。この国の貴族達よりずっと作法に厳格な他国の王族から感心されたこともあるくらいである。

そんな彼女の腕を取り、婚約者として夜会の場に出ることは彼も悪い気はしない。

（婚約が公示されても諦めの悪い虫を一掃したいし）

とはいえ、絶対に必要なことでもない。

彼にとっては日常の延長でもある。

秘書官でも王族公務補佐官でもマーリカの最大の任務はフリードリヒに仕事をさせることに変わりない。それこそ「おはよう」から「おやすみ」まで、一日の大半、彼女は彼の側にいる。王宮に出入りする者なら、何度か一緒にいるところを見ているだろう。

（侍女達にあまり気合を入れてかかられても可哀想な気もするから、適当に欲求不満解消の機会をと思ったのだけどね）

マーリカはあまり華美を好まない。好まないし、それに若干気後れしているところもある。

フリードリヒ自身の楽しみも半分含め、彼は盛装指定で夕食やちょっとした宴や歌劇鑑賞などに彼女を誘ったが、「この忙しい時に遊ぶのもいい加減にしろ」と楽即斬《らくそくざん》、怠惰即滅《そくめつ》の勢いで切り捨てられた。

十回誘って一回だけ、交換条件付きで渋々フリードリヒが贈ったドレスを着て、彼の私室の応接間で二人きりの夕食に応じてくれたくらいのつれなさである。

婚約する前より後の方が、婚前の節度を盾に接触に厳しくなっている気もする。

(私相手にちょっと緊張して可愛かったけどね。それ以上に交換条件の仕事が厳しかったけれど。盛装の美女に冷ややかな目と尋問めいた口調で詰められ、現状説明させられる王子って……いや、あれはあれでまあ、うん)

「殿下、なにをお考えで?」

「ん? んー、お披露目といっても、私がマーリカと一緒にいるなんて王宮に出入りする者達には今更だ。そう気負う必要はないよ」

フリードリヒとしてはマーリカのことを慮《おもんぱか》って言ったつもりだったが、しかし彼女はなんとなく不服そうに彼から軽く目をそらした。

「それとこれとは違います」

「男装の印象が強いだろうから新鮮味はあるだろうけどね。我々については形式上差し込まれた前座、主役は人事交流制度で受け入れるメルメーレ公国の特に君の親族だからさ」

フリードリヒからすれば正直出るのが億劫《おっくう》な夜会だ。

マーリカが会議に出ている間に、さらに億劫に思うことが追加されてもいる。

「……だとしても。殿下のやる気のなさに、人を巻き込まないでくださいっ」

マーリカが普段の彼女なら絶対に置かない場所に石を置き、ぱちぱちとフリードリヒの黒石を白へひっくり返す様子を見て、彼は見切りをつけたように軽く目を伏せた。

「ふむ、やはり君らしくもない」

大臣達との会議の報告を済ませ、さっさと執務室を退室したいマーリカを引き留めている自覚はあるものの、王家が選んで彼女に付けた侍女達はどんな状況だって支度をしくじるわけがないし、夜会には彼女一人で出るわけでもないというのに。

（責任感の強さゆえにしても、考えものだよね）

もう勝負は終盤に差し掛かっている、終わらせて解放しないと本当に機嫌を損ねそうだ。

本気で怒らせると二、三日は業務遂行に必要な最小限でしか構ってくれなくなる。

フリードリヒは、彼から見て右上角へ彼の石を置く。

「打ち間違えたにしても、抜けているなんてものじゃないよ」

「あっ」

置いた黒石の左・下・斜めの三方の白石をいくつか黒へと変えていく。

マーリカにとっては斜めの石は特に痛手のはずだ。

先に彼女が打った手で、石の並びが繋がって黒に返せるようになり、さらに中央付近で多く白を残していたのも黒にされて、右上隅の攻防では済まない。

大きく目を開いた後、瞬きしてフリードリヒの顔を見た彼女に、ようやくこちらに気を向けたと彼は空色の瞳をにっこりと細める。

「待ったは、なし」

普段のマーリカであればこんな失態はおかさない。

盤上の拮抗は完全に崩れ、フリードリヒの優位に傾いていた。

空いていた四隅の内、三つの角がフリードリヒのものになると確定し、盤上の斜め右半分は、まだ石が置かれていない枠に彼女がどう打っても黒に塗り替えられる場所となっていた。

終盤に差し掛かっての立て直しは難しい。

「マーリカが重く感じるような夜会なら、ますますやる気が出ない。アルブレヒトに渡す書類を見る方がいくらかマシだとすら思える。バーデン家の謹慎も解けたことだしね」

「……バーデン家？」

彼女にしては珍しい、ぽかんと呆けた表情と世間知らずな令嬢が口にしたような呟きにおやとフリードリヒはわずかに首を傾げた。文官として優秀なマーリカのことだから、そのことを意識して気を張っているのだと思っていた。そうではなかったらしい。

「知らない？」

「え、あ、いえ……知っています。先代の王妃様のご実家で序列三位の五公爵家の一つ。わたしが王宮に上がる前に殿下が関わった案件の記録も読んでいます」

「そっ、王家の厄介な外戚。祖父上は亡くなっているし、王太后《おうたいごう》も隠居して久しいけれど」

「たしかバーデン家の当主をされているのは、先代の王妃様の甥《おい》の方ですよね」

「七十を超えても王太后は健勝でね。隠居して公務一切から退《ひ》いているけれど。ああっ、いいよねえ隠居！　マーリカ、私も隠居したいっ！」

「……殿下」

ハアっ、とこれ見よがしなため息を吐いて額を軽く右手で押さえ、左手で石を置いたマーリカの打つ手に、フリードリヒはにこにことした表情を彼女へ見せる。

負けは確定しているのに、最善を尽くそうとしている手だ。

「人が聞いたらどう思うかといった言葉を口にして、なにをにやにやと……」

「マーリカは、勝負に主従は関係なしの貴重な好敵手だからね」

「負けは確定ですが……。今日はこちらで最後ですよ」

「わかっているよ。私がマーリカを本当に困らせるとでも？」

「常に本当に困っておりますが？　殿下のお仕事へのやる気のなさと、現場を振り回す言動と、顔と運の良さと偶然で成される大き過ぎる功績の後始末と、節度のなさ加減が透けて見える振る舞いに」

フリードリヒを真っ直ぐに見る目は真剣そのもの。並べ立てられた言葉は淡々と冷静な口調だからこそ怖い。なにか具体的に思い浮かべての怨嗟《えんさ》と殺意すら感じる。

愛憎は表裏一体となにかで読んだ気がするけれど。

「マーリカの愛が重く厳しい……」

「なにを仰っているのか意味不明です」

いつものことながら、王子であるフリードリヒに容赦がない。二人の他、執務室にいるのが護衛のアンハルトだけなのもある。中継ぎの筆頭秘書官、第三王子の弟アルブレヒトがいると彼に配慮して、少しだけ厳しさ控えめになる。

アルブレヒトはいま、第三王子執務室で引越し準備中だ。

来週には、彼の執務室はフリードリヒの真向かいの部屋へ移る予定である。

「バーデン家のお話ですが、殿下のやる気のなさはいつものこととして、なにか気がかりでも？」

「今日刺々《とげとげ》しくない？」

「通常運転です。婚約者だからといって、臣下として主《あるじ》を甘やかす理由にはなりません」

「たまには主を誉め称えようよ」

「誉め称えるようなことをしていただけたら、いくらでも誉め称えます」

「あの家は私に好意的ではないのだよ。ところで、君の言う通り負けは確定。最善を尽くしてあと三回で置き場所なしの手詰まりになると思うよ」

「くっ……！」

「最後までやりたいところだけど、君が時間を惜しむなら止《や》めてもいい」

不服そうな表情を見せたマーリカではあったが、元々上の空で対戦していたのは彼女である。了承して、盤上の石を片付け始める。

「人を引き留めるだけ引き留めて……」

「理由はわかっていても、一刻も早く去りたそうにされるのは、主の立場でも婚約者の立場でも面白くない」

集めた石を袋へ収めていたマーリカが俯けていた頭を少し持ち上げる。彼女はフリードリヒを上目遣いに見て、口の中でなにかぼやきながらため息を吐いた。

「幸せが逃げるよ、マーリカ」

「殿下に捕まった時点ですべての幸いから逃げられております。日頃の己の行いを振り返れとも思いますが……申し訳ありません」

「棘《とげ》があるけど、許す」

マーリカ、と少しばかり甘みを乗せた声音でフリードリヒは呼びかけた。

「それで、バーデン家と殿下の間にどのような確執があるのでしょうか」

甘やかに呼びかけたのに……即座に、鉄壁の忠臣の冷静さで無効化された。

「マーリカぁぁあっ」

「業務時間内です。何度も言っておりますが公私は区別する主義です」

「ならば私も何度でも言おう。王族に公私の区別なんてない」

じっと黒い瞳がフリードリヒを見つめる。引き込まれそうな目だ。

だが、磨いた黒曜石のような眼差しはふっと翳《かげ》り、わずかにそむけた白い頬にかかる一筋残した横髪を軽く払ってマーリカは口元を動かした。

「――三年前、殿下が法務大臣に丸投げし処理された、公爵令息による中級下級貴族令嬢への搾取《さくしゅ》及び詐欺《さぎ》事案。バーデン公からすれば、殿下の指示による調査で王宮から遠ざけられ、家を守るため処分されるより早く、当主自ら謹慎を申し出て、跡取りの令息を断罪し廃嫡《はいちゃく》せざるをえませんでした」

立板に水とはこのことである。

澱《よど》みなく、記録文書の内容を要約して述べるマーリカは文官組織の記録保管庫が頭の中にあるようだ。フリードリヒは半ば呆れ半ば感心する。

「そう来たか。会話の流れを綺麗に無視してくれる」

「殿下は殿下の思う通りに振る舞うでしょうから、公私の区別についての議論は時間の無駄です。わたしが適切に対応すれば済むことです」

「なるほど。続けて」

「はい。バーデン家の処分は王太后殿下のご実家であることを考慮し、表向き謹慎は長期療養。序列も三位のまま。人に仕事を丸投げした途端に忘れるフリードリヒ殿下が、この程度の事案でバーデン公を気にされるとは思えません」

「真剣な憂い顔で失礼なことを言うのだから……。随分以前のことだけれど、大祖母様と王太后はなにかと牽制《けんせい》し合っていた間柄でね、私も一度だけ間に挟まれたことがある」

フリードリヒにとっては楽しく優しい大祖母だが、彼女は他国から嫁いだ姫にしてオトマルク王国で〝女帝〟の二つ名を持つにいたり、女性王族の中で唯一〝陛下〟と呼ばれる人である。

王国を名実共に大国にするため尽力し、夫亡き後、王として国をまとめるには優柔不断だった息子を憂い、外交を担い、内政の安定を維持するため死ぬまで権力の中枢に君臨し続け王家の求心力を孫である現国王ゲオルクに引き継いで亡くなった。

一方、先代の王妃、現在王太后と呼ばれているフリードリヒの祖母は、実家の家門の利益と王宮内の権力のみに固執した人である。

先代国王とバーデン家の娘であった王太后は、王宮勢力の調整のため〝女帝〟が決めた政略結婚であったらしい。王妃にしても好きにはさせないとなれば、衝突は避けられない。

「先程から、祖母君のことは王太后なのですね」

呟くようにそう言ったマーリカに、あまり深い考えも意味もないけれど、そういえばそうだなとフリードリヒは思う。

「細かいところを突いてくるね。母上と一緒にいた時に一、二度顔を合わせて睨まれたくらいの接触しかないし、四つの私を幽閉塔に送ろうとした人でもあるから祖母と呼ぶほどの親しみがないだけだよ。ちなみに幽閉は大祖母様と父上によって阻止された」

フリードリヒはソファから立ち上がると両手を軽くあげて肩をすくめ、彼の執務机に向かう。背中に困惑を含んだマーリカの視線を感じる。

「それは、親しみがないといった話ではないのでは……」

「そう？　当時、大祖母様の周辺で一番難癖つけやすかったのが幼い私だっただけだよ。大体、幽閉されかけたって知ったのはかなり後だし」

当時、フリードリヒは周囲の大人が彼に困惑や奇異の目を向け、家庭教師の幾人かが辞めていったことを覚えている。女帝に懐き可愛がられていた幼い第二王子は、攻撃するのに都合が良かったのだろう。

幸いだったのは、先代王はフリードリヒが三歳の時に父ゲオルクに譲位し玉座から退いた後だったこと。家族の情に厚い父ゲオルクが、王太后の権力欲と内政に混乱を招く過干渉に辟易《へきえき》し、息子を擁護する姿勢を崩すことが一切なかったことだ。

そうでなければ、当時の現役王妃と王宮内で勢力をまだ保っていたバーデン家の力で押し切られていたかもしれない。

バーデン家は北方の国境近くに領地があり、王国の工業発展に欠かせない良質な鉄鋼の鉱脈を有しているため、王家としてもぞんざいには扱えない。

「まあそんなこともあってね。なのに、バーデン家の当主が来て夜会で祝ってくれるってさ」

執務机に積まれた書類の陰から上等な紙のカードを指に挟んで取り上げ、マーリカが会議に出ている間に届いたことをフリードリヒは伝えた。

「マーリカに意地の悪いことの一つも言うかもしれないけど、エスター＝テッヘン家はバーデン家どころか王家も逆立ちしたって敵《かな》わない歴史がある。その一点でただの伯爵家とは言えない」

テーブルの上を片付け、立ち上がったマーリカが近づいてくるのを見ながら、先回りしてフリードリヒはそう言ってカードを口元に笑った。

本当はそれどころでなく、影の大国とも言えるエスター＝テッヘン家だが、マーリカは彼女の実家の真実を知らない。一族でも知る者が限られていることをフリードリヒから教える気はない。面倒の元だ。

知らされていない理由や事情があるのだから、そっとしておくに限る。

「はあ。それは……何度か王子妃教育の教師や王太子妃殿下からも言われました」

マーリカの言葉に、フリードリヒは執務机の椅子に座って首を傾げた。

「じゃあ、どうしてそんな心配そうなの？」

「殿下自らそんなまともなことを仰って、なにかの予兆としか」

「理不尽だ」

丁度、午時《ひるどき》となったところで、フリードリヒはマーリカを解放した。

午後は夜会の支度のために非番となるマーリカから、くれぐれも本日分の書類を彼も支度をする前に片付けておくよう念を押され、まるで首振り人形のようにぐらんぐらん首を縦に動かしながらフリードリヒは彼女を執務室から送り出した。


「なにも話していないのか？」

昼食をとって、仕方なくマーリカの言いつけ通りに書類仕事をしていたフリードリヒは、一区切りついたのを見計らったように話しかけてきたアンハルトに顔を向けた。

この赤髪の美丈夫の近衛騎士とは長い付き合いである。

フリードリヒは剣術の稽古で年長の彼と一度手合わせし、稽古を早く終わらせたいといった理由で危うく彼を再起不能にしかけたことがある。

たしか六歳かそこらの時に。以来、度々、顔を合わせるようになった。

そんな出来事があれば、顔を合わせなくなるものだと思うが、彼は友人の弟であるから気がかりだと言って時折様子を見に来た。そう考えると彼には随分と長く監視されている。

「君が私のことで口を挟むのは珍しい。兄上の意向？」

王太子である兄ヴィルヘルムの友人。

侯爵家嫡男のアンハルト・フォン・クリスティアン。武官の名門家系で父親は王国騎士団総長である。アンハルトもただの第二王子付近衛騎士班長ではない。

秘匿《ひとく》されているヴィルヘルムの側近、彼の本当の肩書きは諜報部隊第八局長。

武官組織の中でも優秀な者が集まる諜報部隊の中で精鋭を束ねる、公安と対諜報を担当する部局の長である。第八局の局長は表向きアンハルトの副官が務めていることになっている。このことを知るのは、国王と王子で公務につく者のみだ。

「個人としての質問だ」

「王子じゃなく、友人の弟へ向けた口調だね」

ペンを持った手でフリードリヒは頬杖をつくと、少しばかり黙考した。

アンハルトは、執務室に押し入ってフリードリヒに掴み掛かったマーリカを取り押さえ、取り調べもした男だ。彼等はその後、同じ第二王子付の同僚として連帯の絆《きずな》を結んでいるといってもいい。

彼が心配しているのは、友人の弟ではなくマーリカだろう。

彼が尋ねた「話」とは、フリードリヒの幼少期の話だろうか、それともエスター＝テッヘン家のことだろうか、おそらくは両方だろうなと彼は結論づけた。

「話す必要があるなら話すって言えば満足？」

ペンをインク壺《つぼ》へ投げ込んでフリードリヒは肩を揺らし、喉を鳴らすように笑う。

ああもう、書類仕事は休憩だ。

マーリカの言い付けが守れなかったら、それはこのお節介な赤髪の騎士のせいである。

「顔が怖いよ。君は兄上と違って私を警戒する人だけど。まあ危うく武官としての未来を潰されかけたのだから当然か」

「貴方《あなた》に悪気がないのはわかっている」

「悪気はあったし説明もしたよ」

「悪気のある考えに類すると判断している。貴方はそういった区別しかない。年々その精度を上げるよう努め成長してきたことを、エスター＝テッヘン殿に話した方がいい」

「マーリカを心配しているなら、逆だよ」

「は？」

「臣として実に弁《わきま》えているからね。話せば私を気遣って離れない」

アンハルトはマーリカの味方だなと思いながら、フリードリヒは怪訝《けげん》そうな顔で見下ろしているアンハルトににっこりと微笑んだ。机に両手をついてフリードリヒは立ち上がると、四阿《あずまや》のようになっている休憩場所へ移動して備え付けの寝椅子《カウチ》に転がった。

「私はね、マーリカがただ私を選んでくれたらそれでいい。そうでなくてはだめだし、それしか望まない。そんな心配よりさあ、私の依頼はちゃんとやってくれているの？」

「やっているが、不審な点はない」

「本当に？　依頼主が兄上じゃないからって手を抜いてない？」

「抜くかっ！　ヴィルヘルムからも指示があった。王立科学芸術協会《アカデミー》の招聘に工作の影はない。本当に教授連中から上がった話のようだ。誘導された様子もない」

「兄上の密命って私に話していいのかなー……」

「ぐっ」

「まあ、父上も兄上も気にしないはずがないけど」

「……調査が迅速だと感心された。事故に遭ったエスター＝テッヘン殿が回復する前から公国の〝第二公子派と中立勢〟の動向注視などと依頼があったおかげで」

「離宮でアルブレヒトが報告した公国からの密書の内容、いくらなんでも順調過ぎる。エスター＝テッヘン家経由で私が公国と非公式に接触して一ヶ月も経っていない」

　まるでマーリカの件があって第一公子派が一掃され、公国の後継者争いが完全決着したような話になっているが、そういうことにされたように感じた。

　穏健派だという第二公子は、少なくとも内政に関しては穏健ではないのだろう。

フリードリヒは目を閉じた。非公式に訪ねたエスター＝テッヘン家やメルメーレ公国で見聞きしたこと、アンハルトを使って得た情報などを頭の中で並べていく。

（おそらくそれほど精巧な細工物《さいくもの》のようでも、複雑な骨組みを持つ話でもなさそうだけれど、面倒だねえ……エスター＝テッヘン家は、マーリカのこととは別になにか動いているようだし）

マーリカが絡まず、フリードリヒの安楽な隠居を阻むものでないなら正直どうでもいい。

アンハルトの報告では、いまの公国は第二公子派と中立勢の者で動いているらしい。

君主の命により第一公子本人は離宮に無期限の謹慎処分。さらに要職についていた第一公子派の貴族は全員更迭《こうてつ》されている。

以前から第一公子は宮廷の内と外とでなにかと摩擦を起こしてもいる。それを諫《いさ》めずにいた周囲の者にも責任があるとされた。貴族の特権剥奪や財産の一部を没収された者もいて、密書に記されていた一掃の言葉に偽りなしである。

（周辺諸国からの干渉を受けやすい小国の立場で、オトマルク王国《こちら》との友好関係を意識して厳し過ぎるくらいの姿勢を見せたとも言えるけれど……さて）

フリードリヒが公に招かれた場では、公国君主夫妻と第一公子しか見かけたことがない。おそらく君主は、第一公子を後継者に考えていたはずである。

（それがいまや第一公子は見限られたのも同然で、第二公子は後継者に確定。逆転劇というのはこういったことを言うのだろうね）

なににしても、第一公子派にとってはこれまでなかった苦難の時だ。

「第一公子派が先に一掃されていたとしたら、条約の件で利権の当てが外れたとマーリカを逆恨みして、嫌がらせ半分に事故に遭わせるなんてことして遊んでいる場合じゃない」

「しかし、公国の謀略の線は薄い。偽装でなく首謀者は単独で動いた第一公子派の貴族で、実行犯は捕えられている」

　アンハルトの言葉にふむと応じながら、フリードリヒは目を開けた。

「現実も〝待ったは、なし〟だからねえ……そうなるように作り上げられた盤上では、駒は限られた動きしかできなくなる。諦めて降りるか、勝てずとも少しでもマシにとがんばるか。先程私に負けたマーリカのようにね」

　フリードリヒがアンハルトへ目をやれば、彼は苦虫を噛《か》み潰したような顔をしていた。

「いつもそのような殿下なら、エスター＝テッヘン殿も誉め称えると思うが？」

「嫌だよー面倒だし。私は、私の安楽な隠居に絶対必要でなければ働く気はないのだよ」

「本当に、昔からそこは徹底しているな……」

「引き続きよろしく頼むよ。周辺もね」

「周辺とは？」

「すべてだよ。周辺すべて……我々などよりずっと彼等はしたたかだ。生き延びてきた歴史が違う」

　現実の世は、いつまでも終わらない確執や義務のしがらみなど問題が多過ぎる。

　加えて様々な者の隠された思惑も乱舞している。実に面倒くさい。

「思惑が色々と踊っているようだけど私は関わる気はないし、マーリカを巻き込んだ者を許す気もないよ」

そろそろ書類仕事に戻らなければならない。ものすごく面倒くさいが、夜会の後でマーリカに強制労働させせられるより、彼女と語らいたい。

フリードリヒは寝椅子《カウチ》から身を起こした。窓の外はまだ冬らしい庭園の景色だが、ところどころうっすら緑がかっている箇所もあり、昼の日差しも空の色も明るさが増している。

春は近い。木々や草は芽吹き、地中や森に眠る虫や獣も起きて這い出てくる。

冬の間動けずにいたものが、動き出す――。

「……まさに〝腹黒王子〟そのままだな」

「どうしてそう言われるのかさっぱりだけどね。私は好きにしているだけなのに」

日が暮れて、夜会は問題なく始まり過ぎていった。

王家が選んだ侍女達に磨き上げられたマーリカはフリードリヒも一瞬目を見張った美しさで、『文官組織の女神』の意味が変わりそうであった。

父ゲオルクにより、あらためて告げられた婚約は既定路線で祝福された。

当然である。宰相と王国騎士団総長と大臣といった、政務と武官組織と文官組織を担う者達が推挙状を書き、複数の高位令嬢達がクリスティーネを代表にしてマーリカを第二王子妃にふさわしいと認めている。

異議を唱えれば貴族社会から爪弾《つまはじ》きにされかねない。

続く公国との人事交流制度の説明と受け入れる一団の紹介では、国王ゲオルクに挨拶した一団の外交特権付きの責任者が、フリードリヒの予想通りに人々の注目を集めた。

腰の長さまであるプラチナブロンドをなびかせ国王ゲオルクの前へと進み出た、クラウス・フォン・フェルデンという名の公国貴族。

銀鼠《ぎんねず》色の絹の上着に紫色のウエストコートを身につけた長身の、切れ長の目の灰色の瞳も艶めかしい、フリードリヒと同じ年頃のマーリカの再従兄《はとこ》。

あとは特別、これといったこともなかった。

バーデン公も、拍子抜けするほどの通り一遍の祝いを述べにきただけで、まだ王都の屋敷が整っていないと慌ただしく途中で帰っていった。

何事もない夜だったといえる。そう、何事もなかった王都では。

同じ頃――。

賑やかな王都の夜とは対照的な、山の頂《いただき》にある城塞学園都市の暗い夜の中。

厚いカーテンも閉め切った部屋に一本だけ灯された蝋燭の火が、橙色の中に黒い煤《すす》の色を混ぜて揺れる。まるでそれを合図にしたように、暗い室内にぼそぼそと低く響いていた話し声がぴたりと止《や》んだ。

王立ツヴァイスハイト学園、生徒会室。

書類の積まれた執務机に置いた、燭台の蝋燭の火が再び揺れ、低めた美声が訪れた静けさを破る。

「――つまり」

夜遅い訪問者は非常識極まりないが、そもそも、ヨハンがこの部屋に引きこもりがちの生徒会長ではなかったら訪問自体が空振りに終わっただろう。

学園に寄付金を納めにきた使者は、日暮れ頃に来て、学園長と食事もしながらつい色々と話し込んでしまったらしい。ただの使者ならそのような歓待はあり得ないが、五公爵家の一つであれば話はまた別である。

「先日、私の許に届いた王宮の定期文書へ添えられていた文書の送り主は」

「はい。バーデン家の当主、ダミアン様によるものです。第四王子殿下——」

思惑がまた一つ、踊り出そうとしていた。

六　公爵令嬢は忠告する

雪が溶け、春告げる雷鳴轟《とどろ》く嵐が去れば、間もなく復活祭である。

社交の季節の幕開けでもあり、冬になる前に領地の屋敷へ帰った貴族達がぽつぽつと王都へ舞い戻りはじめ、王城から下町まで、王都全体がそわそわと華やいでくる。

「ようやく、こうしてお庭でお茶を楽しめる季節になりましたわね」

王城にあるその庭は、小さく区切られた場所ではあるものの、よく手入れされ、年中季節の花を欠かすことはないが、白っぽい灰色に沈む寒い冬を越えて迎えた季節はやはり格別であった。

何代か前の王妃が愛した庭は、柔らかな色合いの緑が芽吹き、花々はほころび、明るい日差しの中に色彩があふれている。もう少し日が経てばさらに美しくなる。

城の奥まった位置にあり、足を踏み入れることができる者は限られる王家の中庭。

「フリードリヒ殿下」

家柄、資質、容貌、立ち居振る舞い、そのどれもが貴族令嬢の頂点に立つのにふさわしいとされている。

薄い紫色の瞳を柔らかな微笑みに細めた令嬢は、ほっそりとした白い指で琥珀《こはく》色のお茶の香気漂うカップを淑《しと》やかな仕草で持ち上げた。

オトマルク王国の五大公爵家が筆頭、宰相メクレンブルク公の長女。

クリスティーネ・フォン・メクレンブルク嬢。

「南の辺境伯領へ移るのだってね」

明るい茶色の長い髪が毛先まで艶やかな公爵令嬢は、幼馴染で金髪碧眼の見目麗しい、この国の第二王子の言葉に「ええ、三日後に」と返事をした。

彼女の目論見《もくろみ》が上手くいっていなければ、婚約者になっていたかもしれない王子だ。

「フリードリヒ殿下にはきちんとご挨拶申し上げたく、お時間をいただきありがとうございます」

クリスティーネの言葉には、二重の意味が含まれる。

いまでこそ、南方の辺境伯家当主の養子となり、跡取りと定められているクリスティーネの婚約者は、元はなにも持たぬ公爵家に仕える騎士の息子であった。

彼女が幼かった頃に付けられた、護衛兼遊び相手。

筆頭公爵家の令嬢との大きすぎる身分差はどうにもならない。

その淡く小さな恋はたとえ想い通じ合っても、諦めるか、期限付きの甘く切ない時間を過ごし美しい思い出にするかの本来二択になるところ、見事成就させた彼女である。

そのための時間を、のらりくらりと稼いでくれたのは間違いなくフリードリヒだ。

（いずれ、誰かによってしかるべき相手が決められるだろうと変に達観しながらも、保留にし続けてくれたのですもの）

想い人が立身出世する道筋を描き、その道を整えて忠実に歩かせ、様々な試練と好機を与えて着実に実力をつけさせ、その上で、彼女の相手たるにふさわしくかつ公爵家に有益となる家との縁を自然に結ばせるのに、実に十年余りの時間を要した。

「君の恋人もがんばったよねえ。君からことあるごとに〝わたくしにふさわしい騎士になりなさい〟とかなんとか言われ続けてきたからって、辺境伯家の跡取りになんてなれるものではないよ」

幼馴染であるがゆえに、クリスティーネが十歳やそこらの頃から、どれだけ緻密に執念深く、努力と苦心を重ねてきたかおおよそ察しているらしいフリードリヒは、健気といえば健気だけれどと呟いて、口元に運んだカップのお茶を啜った。

「わたくしの生まれはどうにもなりませんけれど、それで欲しいものを諦めるなんて馬鹿げていますもの。わたくしだって努力いたしましたのよ」

公爵令嬢という身分など、持って生まれたものの使い方、権謀術数《けんぼうじゅっすう》に磨きをかけてきた。

「君、本当に我儘《わがまま》というか、押《アグレッシブ》しが強い人だよね」

「そんなことは。わたくしを友人と尊重してくださる殿下には感謝しております」

「君のためというわけでもないのだけれど……」

公爵令嬢として正しく腹黒いクリスティーネではあるが、恋に一途すぎるところもあるように性根はそれほど悪くない。

だから、恋が成就しないなら王妃にでもならなければ割に合わないなどと言って画策しかねない性格だなと、フリードリヒが彼女を警戒していたことには気がついていなかった。

一緒になれば、一生隠居などできそうにない相手と見做《みな》されていることも。

「フリードリヒ殿下？」

「まあとにかく、幸せを掴んだのならなによりだよ。華麗なるクリスティーネ嬢がいない社交界はいささか寂しくなるだろうけど」

「あら、夏にはまた王都に戻って参りますけれど？」

「え、戻ってくるの」

頬に手を当て、小首を傾げたクリスティーネに、フリードリヒはわずかに口元を引きつらせた。その表情が少しばかり癇《かん》に障《さわ》って、彼女は目を細める。

父親そっくりに、人を萎縮させる目である。

「当然です。来年の春までわたくしはメクレンブルク公爵令嬢ですもの」

筆頭公爵家の令嬢以外の誰が高位令嬢達を束ねると思っているのだと、フリードリヒに伝えれば、忙《せわ》しないことだと彼は呆れた様子で一口大の焼菓子を口に放り込んだ。

「妹もいるのに」

「ヘルミーネが王立学園を卒業して社交界に戻るのは来年です。それに、次期辺境伯領主夫人となる身としては王都との繋《つな》ぎ役も担わなければなりませんもの」

たしかにフリードリヒの言う通り、辺境伯領に落ち着き、一通り挨拶したらまたすぐ王都へ戻る忙しなさではある。

辺境だけに結構な移動距離であり、輿《こし》入れ準備も兼ねてであるから荷物も多い。クリスティーネ一人なわけもなく鉄道を使っても大掛かりな移動になるが、やるからには徹底してやる性格の彼女としては、公爵令嬢と次期辺境伯領主夫人どちらも疎《おろそ》かにする気はない。

「殿下も北の憂いがあるいま、南まで心配したくはないでしょうから」

テーブルの上に置いていた、白蝶貝《しろちょうがい》の扇を手に広げにっこりとクリスティーネが笑むと、フリードリヒは鼻白《はなじろ》んだ様子で頬杖をつき彼女から顔を背けた。空いている手で小さな砂糖菓子をつまんだと思ったら、その指先を目の高さに持ち上げた。

つまんでいるのは菫《すみれ》の砂糖菓子。その色は、メクレンブルク家の者が受け継いでいる瞳の色と同じである。

「ほどほどにね……いくら忠臣の宰相家や南の辺境伯家でも、あまり力を持つなら王家《こちら》も対処しないといけなくなる」

ぽちゃんと、小さな水音がして砂糖菓子がカップのお茶に落とされ、フリードリヒが静かにお茶を飲み干すのをクリスティーネは眺める。

「心得ております」

特に牽制しようといった様子でもない。お茶やお酒の香りづけに混ぜるものでもあるから、偶々《たまたま》な気もするがそうでもないかもしれない。

フリードリヒは、彼の手足となって文官組織を動かしている文官達から〝無能殿下〟などと呼ばれていて王族としてもやる気に欠けるが、愚かではない。

幼い頃から、考えがあるのかないのかよくわからず、その伴侶《はんりょ》となれば「絶対そのお世話に苦労する」といった認識は高位令嬢達と同じクリスティーネではある。

しかし、だからといって彼を侮《あなど》ることはできない。

諸外国の者達から、〝晩餐会に招かれればワインではなく条件を飲ませられる〟などと噂される〝オトマルクの腹黒王子〟たる所以《ゆえん》は、きっと先程の砂糖菓子のような妙に人の背筋をひやりとさせる振る舞いからだろうとクリスティーネは考える。

「大体さぁ、君がそんなだから、私もこういった場を毎度用意するわけで」

「それがなにか」

フリードリヒとの面会の場は、大抵この立ち入る者は限られる小さな庭である。

王家の格式でもって調えられたお茶の席は、幼馴染で懇意の令嬢をもてなし語らうための彼の心遣いと誰もが思っているだろう。

このごく私的とされる場では、どんな話をしても、他へ漏れることはない。

「マーリカが君のことを気にしている。無自覚だけどね。濡れ衣もいいところだ」

むすっとぼやくように言ったフリードリヒに、砂糖菓子のこともあって、なにを言われるかと内心身構えていたクリスティーネは、知るかそんなことと扇の陰で呆れた。

(やっぱり、この方はよくわかりませんわ)

それに彼女も。気持ちはわからなくはないが、第二王子妃となることを選んだ以上、公爵令嬢ごときに遠慮しているようでは先が思いやられる。

「そんなこと、お二人の甘い時間にでも説明すればよいではありませんか」

周囲がどう考えていようが、お互い有益な友人であること以外になく、しかもいまは互いに婚約者がいて、人払いはしていてもまったくの二人きりなわけでもない。

遠巻きに護衛もいれば、呼べばすぐ来る場所に王家の使用人もクリスティーネの侍女も控えている。

そもそも、奥まった場所とはいえ庭である。個室でもない。

(でも、わたくしを気にかけるということは意外と気持ちがありますのね。てっきり殿下ばかりがご執心で、彼に絆《ほだ》されたのか、言いくるめられたのかと思っていましたけれど)

この掴みどころもなければ、王族としてもいまひとつ旨味に欠けている、一緒になっても苦労しかないような人を。世の中、奇特な人がいたものである。

「――そういえば、少しは進展していますの？」

恋の話が楽しいのはクリスティーネも例外ではない。まして、その対象がフリードリヒであれば尚更である。

どんな令嬢もその気になれば簡単に魅了できる容貌でいて、社交上の儀礼や紳士たる態度に徹し、かつてクリスティーネが彼の婚約者候補から外れるため、どんな令嬢を紹介しても、〝可愛らしいよね〟と〝いい子だよね〟の二択の評価しかなかった彼だ。

「進展？」

「まさか相変わらず、破廉恥事案《セクハラ》を恐れていらっしゃると」

広げていた扇を畳み、扇を持っていない手をぱしんと打って、クリスティーネは体ごと明後日《あさって》の方向へとフリードリヒから顔を背けた。

「なんて……歯痒《はがゆ》い」

「婚前の節度を守れと言うけれど、婚後の節度については言わないのを尊重しているだけだよ」

薄っすらと際どいことを匂わせつつも、これといったことは言わずにはぐらかしたフリードリヒに、少しばかり彼をからかう気でいたクリスティーネは興が削《そ》がれて席を立つと、蔓《つる》バラの生垣へと近寄った。

「〝腹黒王子〟らしい色惚《いろぼ》けぶりですこと」

まだ花はついておらず、新芽が出て、柔らかい若葉の緑だけである。

「まだ、蕾《つぼみ》は見当たりませんわね」

「もう少しばかり先だろうね。私が視察に出る頃くらいでは？」

「ヘルミーネには、マーリカ様に不便をかけぬようにと手紙を送りました」

「随分と気を遣ってくれるね」

「第二王子妃になられる方ですもの」

それにクリスティーネが既婚者になるまで、御身はもちろん第二王子妃候補の立場も含めて無事でいてくれないと困る。

彼女に万一のことがあれば、またこの第二王子の相手の選定に巻き込まれかねない。

「気になる話も耳にしましたし」

くるりとクリスティーネは生垣からフリードリヒへと向き直った。

「バーデン家が謹慎していた年の分も上乗せして、寄付金を王立学園に納めたそうです」

「君、そういう情報どこから拾ってくるの？　宰相のメクレンブルク公からとも思えないし」

「お父様は家族に愚痴すら零《こぼ》さず沈黙を貫く方ですわ。秘密です。バーデン家に他意がなければいいのですけど」

「他意？」

きょとんとした顔でクリスティーネを見上げるフリードリヒに、彼女はため息を吐きながら、妹同様に王立学園に在学中の第四王子の名を口にした。

「幼い頃からフリードリヒ殿下を過剰に慕うヨハン殿下が、マーリカ様との婚約を簡単に認めるとは思えません」

「ふむ……それは困るね。弟に祝福されないとなるとマーリカが気にする」

「色惚けるのもほどほどになさってください」

さくさくと芽吹いたばかりの草を踏んで、クリスティーネはフリードリヒへと近づいた。彼は一度しくじっているから釘を刺しておかなければいけない。

「寄付金を口実に彼《か》の家の者がヨハン殿下に接触し、つけ込まれてはと申し上げているのです。バーデン家は殿下に敵意を持っております。マーリカ様にも目をつけるに決まっています」

「私に進言するなら、都合の悪い部分を言わないのはよろしくない。たしかに私はあの家に嫌われている。それと同じように君の家、メクレンブルク家はバーデン家を嫌っている」

マーリカなんて私に対して保身の欠片もないよなどと惚気《のろけ》られて、クリスティーネは嘆息した。

「バーデン家は王家にとっても厄介な外戚です……わたくしが持ち込んだ彼《か》の家の令息の詐欺事件。殿下が直接対処して下さっていれば、自ら嫡男《ちゃくなん》を罰し謹慎を乞うなどといった先手を打たれず、彼《か》の家の力を削ぐことが出来たはずです」

クリスティーネの話をフリードリヒはあまり気のない様子で聞いていたが、おもむろにティーポットへ手をかけると手ずから自分のカップへお茶のお代わりを注ぎ、彼女にもいるかと尋ねてきた。

「フリードリヒ殿下」

「まあ座ったら。公爵家同士争うのは勝手……でもないか。それも困るけれど、公爵令嬢が王子の私をけしかけるって結構危ない橋だよ。私を唆したと言われたい？　宰相家の陰謀なんて面倒なことに私は関わりたくない」

「わたくしは、それだけのためではっ」

フリードリヒに反論しかけたクリスティーネだったが、彼に手で制されて黙った。

座ってと、再度促《うなが》されて不承不承《ふしょうぶしょう》に従う。

三つ年上の幼馴染は滅多なことでは人に干渉することはないけれど、こういった時は別だ。王族らしく有無を言わさないところがある。

「悪質極まりなく絶望に倒れた子爵令嬢もいた。君を慕っていた令嬢だ。被害額も甚大《じんだい》。それでも所詮《しょせん》は公爵家の令息の不始末。領地までどうこうできない。まして王太后の生家の公爵家ではね……まあ君はそちらではなく処刑台に送りたかったのかもだけど」

本当に君は公爵令嬢として正しく腹黒いのだからと、ぼやくフリードリヒを呆然と眺めながらクリスティーネは白蝶貝の扇をテーブルに置いた。

「フリードリヒ殿下……」

「公爵家を放逐《ほうちく》されて、被害者とその家を敵に回し一生怯《おび》えて暮らすのもなかなか。どちらも選びたくはない。そうそう、法務大臣はあの時心労で自慢の巻き毛が束になって抜けたらしい」

「それは、その……お気の毒でしたわね」

「いまはふさふさしているけどね」

肩をすくめたフリードリヒの言葉に、くすりとクリスティーネは笑ってしまった。

（本当に……十年来の付き合いですけどなにを考えているのかさっぱりで、馬鹿ではないのが面倒臭い方なのだから。マーリカ様は大変ね）

そう、きっと彼女は大変だ。

フリードリヒは令嬢達に満遍なく親切だから、彼女との馴《な》れ初《そ》めも数ある恋の内の一つが実を結んだと多くは受け止めているけれど、一部の者達には彼が唯一執着を見せている女性であると知られている。

フリードリヒは王子の中で、たぶん一番狙われている。

近づくことにさして旨みはない王族だけれど、彼がいることで文官組織の力関係は大臣達を中心に均衡が保たれている。それを内心快く思っていない者はいる。

彼は能力のある者を重用し、不正を犯した者はどのような身分であっても法や文官組織の規定に従い厳正に処分する。現場の文官達とはまた違う意味で融通の利《き》かない〝無能〟と一部の者から憎まれている。

「フリードリヒ殿下、バーデン家についてこれ以上なにも申しませんけれど、殿下と確執ある家なのはたしかです。本当にお気をつけください」

「そもそも王太后の気に食わない孫から確執ある王子になったの、君が持ち込んだ事案がきっかけなのだけどね」

それに――と、続いたフリードリヒの言葉と見慣れた微笑みにクリスティーネは驚いて本当になにも言えなくなった。

「マーリカを心配してくれるのは嬉しいけれど、私が王子としてよろしくない時は私を諫《いさ》めねばならないのだよ。一諸侯如きに黙って消される王子妃なんて私は選ばない」

一体、なにを考えての言葉なのか理解し難《がた》い。

そんな疑問だけがクリスティーネの中に残った。

七　復活祭と視察の一行

春、復活祭の時期である。

ここはオトマルク王国、王都リントン。

栄える街を高台から見下ろす王城の左翼棟、東廊下。

フリードリヒの執務室の向かいに移った、第三王子執務室。

「兄上と喧嘩したって？」

北壁に造り付けられている書棚から、アルブレヒトに頼まれた資料を取り出そうとしていたマーリカは手を止めて、執務机で話しながらも書類仕事の手は止めないでいる彼を振り返った。

「喧嘩などしておりませんが？」

「そうなの？　女神の廊下《ギャラリー》ですごい剣幕だったたって聞いたけど」

「いつの話ですか……もう一ヶ月以上経っています。それにあれは喧嘩ではありません」

マーリカの親類が関係する仕事のことで隠し事をされたから怒っただけだ。

そんな個人的なことへの配慮、特別扱いや公私混同はして欲しくない。

フリードリヒはそればかりではないようなことも言っていたけれど、それならそれできちんと説明して欲しい。結局それればかりではない部分についてはうやむやにはぐらかされたままだ。

（なにか考えあってのことかもしれないけれど）

手の内を隠すような時は、相応の狙いがあることが多いから、マーリカはそれ以上追及しなかった。考えなしに気分で言った可能性もあるけれど、それはそれで奇妙な引きの強さに現実が引っ張られるのがフリードリヒである。

マーリカがして欲しくないことだけを理由に隠し事をしたわけではないとわかれば、いまはひとまず十分だ。

「ふうん。まあその後いちゃついていたとも聞いた」

くっくっと笑いながら、ペン先をインク壺に浸けたアルブレヒトにからかわれたと気がついてマーリカは眉間にわずかな皺を寄せる。

「断じてありません」

マーリカがフリードリヒと結婚すれば、アルブレヒトは義弟ということになる。

それだけでなく同年齢で、秘書官や補佐の仕事を共有していることもあり、マーリカはアルブレヒトと一種の同志的な友人に近い間柄になりつつあった。

「一体誰がそんなくだらないことを」

「カミルから」

「バッヘム主任秘書官?」

カミル・バッヘムという名の、以前は部下だった中級官吏をマーリカは思い浮かべる。

フリードリヒが公務についた時からいる最古参の秘書官で、中級官吏の中では珍しい平民であるが大変に優秀な官吏だ。

下級者への指導力もあり、マーリカがフリードリヒ付になるまで、歴代の筆頭秘書官が次々と辞めて去るなか秘書官の実務を実質的に支えていたのは彼である。

上官が短期で替わるために昇進機会に恵まれないでいたのを、マーリカが主任秘書官に推薦した。彼女が知る彼は、撫で付けた栗色の髪と眼鏡が印象的な、やや皮肉屋だが几帳面に仕事を処理する真面目な秘書官だ。噂話をするような人ではない。

「彼、王宮中の出来事を知っていて面白いね」

マーリカは一年以上も上司部下として接してもカミルとは打ち解けられなかったが、アルブレヒトは良好な関係を築いているようである。

「そうなのですか？」

「うん。事情通っていうのかな、文官組織以外にも色々と人脈があるみたいだよ」

「言われてみれば……これは揉めそうだからわたしがという案件も、いいですからって迅速に処理していましたね」

「マーリカが心配みたいだよ。王命だから仕方がないけど、王族二人の補佐なんて正気かって」

「そんな」

「ちゃんと食って寝てんでしょうねとか、どうせ馬鹿がつくほど真面目にやってんでしょとか。ああそれと、兄上を〝甘やかし過ぎる〟だって」

「はあ」

フリードリヒを甘やかしたことなどあるだろうかと、マーリカはわずかに首を傾ける。

王族に対し信じられないほど厳しくまた酷い言動ならしているけれど。

「あ、その時にその話をしたんだよ。カミル曰《いわ》く、〝結局、怒っても許すから効かない〟だって。でも、僕に言われてもねえ」

苦笑しながら、詰所の秘書達にすごく慕われているよねと話すアルブレヒトを、マーリカは不思議な気持ちで眺める。まったくそんな覚えはない。

「そう……ですか」

「あ、資料あった？」

「はい。視察先の直近五年の財務資料です。詰所の書庫にも各年の事業実績を綴《と》じたものがありますよ。もし創設者の手記がご入用《いりよう》でしたら記録保管庫の手前にある資料室にあったはずです」

フリードリヒが例年出席していた式典、回っていた視察先の一部を引き継いだばかりのアルブレヒトにマーリカが役立ちそうな資料の場所を伝えれば、アルブレヒトは彼女から資料を受け取って、なんだかさあ……と呟いた。

「兄上も超人だけど、マーリカも大概その類だよね」

「まさか」

「僕の側近の文官、条約締結の時にマーリカと一緒に仕事して、その後に僕が兄上の中継ぎの秘書官を引き受けることになってから、完全にマーリカを師匠と仰いでいるから」

アルブレヒトの言葉に、それまで部屋の南隅に置いた大机で調べ物や式典の挨拶文や報告書を作成していた、彼を補佐する文官三人がうんうんと頷《うなず》く。

大机はフリードリヒの執務室を参考に備えたらしい。

彼曰く、「兄上は完全に独占欲だけど、実際、急ぎの仕事はすぐ側で片付けてくれる方が捗《はかど》る」ということで隣室の小部屋を控室にもしているが、執務室にも作業場所を設けたらしい。

「買い被り過ぎです」

「いやいや、エスター＝テッヘン殿は経験値が飛び級ですから」

「それに先程のように、記録保管庫が頭の中にあるような記憶力ですし」

「大陸五言語全部が不自由ない人はなかなかいませんよ。今度、帝国語を教えてもらえませんか。古い文献は帝国語が多くて。第二王子妃になられたらこんなこと頼めませんから」

ほらね、と。肩をすくめたアルブレヒトにマーリカは曖昧な笑みで応じる。

それにしても、同じ王族執務室でもこうも違うものだろうか、適度な静けさの中、ペンを走らせる音や資料をめくる紙の音、適宜行われる口頭での確認や指示のやりとり。

アルブレヒトをはじめ各々の仕事が粛々と片付いていく……。

（まともだ、これがまともな執務室の姿というもの！）

「どうしたの。口元押さえて、気分でも悪い？」

「いえ、私の知る王族執務室との違いに、少々感動しまして」

「ああ」

マーリカの言葉の意味を、アルブレヒトは即座に理解してくれた。

そもそも人員からして、上級官吏が何人も辞めているフリードリヒとは違う。

アルブレヒトには年配の上級・中級官吏、王立学園在学中に信頼関係を築いた若手官吏の側近が複数ついている。この部屋にいない者達は控室である隣室で彼等の仕事をしている。

「でも、兄上はやっぱり規格外だと思うよ。丸投げひどいけど、十八の時から僕やマーリカはもちろん、まともな補佐も側近もなしに文官組織や王子の仕事をやっているわけだから」

「それはアルブレヒト殿下に同意するところではありますが……」

大臣などの高官から現場の文官まで分け隔てなく、丸投げは本当にひどいが、フリードリヒが膨大な仕事をしかるべき人材に振り分けてこなしてきたのは事実だ。

「本当、兄上の視察や式典の一部を引き継いだけど、どうやってこなしていたの、これ？」

机に右肘をついて、ペンを持った手の甲に額を押し当てて項垂《うなだ》れたアルブレヒトの疑問にマーリカは昨年のことを頭の中で思い返す。

「ぶつくさ文句を言いながら、行程に概《おおむ》ね従っていましたね。移動中の馬車の中で、子供かといった駄々をこねてはいましたが。宥《なだ》めるためのお菓子も必須で、ますます子供かと」

「うん……目に浮かぶようだよ。でもこれまで特に問題なくやっているよね」

「その場へ着いてしまえば、慣れたものですから」

「いやいや、その年の変更点とか、挨拶なんかで話す内容に盛り込んだ方がいい事柄とか、色々準備あるでしょう」

「書面など渡したところで見もしません。移動中に口頭でお伝えしていました」

「あーそれで済むのか……駄々とかこねているのに」

「毎年のことだからでしょう。アルブレヒト殿下は今年初めてなのですから、大変なのは当たり前です」

絶対違う、と。

アルブレヒトが胸の中で思っていることなど、露程《つゆほど》も知らないマーリカが彼を気遣えば苦い微笑を彼は浮かべた。

「それにしたって、予定が過密過ぎる……シシィに会いたい」

「ロイエンタール侯爵令嬢ですか？」

アルブレヒトが口にしたのは愛称で、彼の婚約者の名はエリザベートである。

可愛らしさを意味する愛称通りに、褐色の波打つ髪と茶色の瞳が柔らかな雰囲気の、小柄で愛《め》でたくなるような可憐な侯爵令嬢をマーリカは思い浮かべた。

「僕の唯一の癒しと言っても過言ではないからね。秘書官を引き受けて完全に吹っ切れたから、以前ほど迷惑かけずに済んでいるけど」

「吹っ切れた、ですか」

「兄上とマーリカの真似は無理ってね」

そういえば、ここのところアルブレヒトの顔色は随分いい。

忙しいはずだが健康状態は良さそうだ。

「けどこうも公務続きだと……シシィを補給したい」

「仲睦まじいのですね」

「まあね。シャルロッテの遊び相手として、小さな頃から度々王宮にも来ていたし」

「そういえば幼馴染でしたね。フリードリヒ殿下とメクレンブルク公爵令嬢も……」

「マーリカ！　あんな怖い宰相家の令嬢とシシィは全然違うから！　僕達はもっと子供らしいほのぼのしたところから育《はぐく》んできた関係だから！」

マーリカが最後まで言うより先に、目から光が消えた真顔でアルブレヒトから一緒にするなと言われ、はあと、彼女は相槌《あいづち》を打った。

たしかに宰相のメクレンブルク公は底知れないような人で、メクレンブルク家は大貴族だけに色々とありそうである。幼い頃からフリードリヒと公爵令嬢が引き合わされていたのも政略を含んでのことだったに違いない。

アルブレヒトが語るロイエンタール侯爵令嬢の話を聞く限り、フリードリヒ達と違って政略要素は薄そうではある。

彼は幼少期に虚弱でよく発熱しては寝込んでいたらしく、そんな時に妹の第一王女のシャルロッテと一緒にロイエンタール侯爵令嬢はこっそり彼のお見舞いに来て、手を握ってくれたり最近あった楽しいことの話をしたりと慰めてくれたらしい。

「あ、ごめん。兄上の書類の届けついでに手伝わせた上に引き留めて」

「お気になさらず。わたしはお二人の補佐官です」

アルブレヒトの執務室を出て、マーリカは上着の中から取り出した時計で時間を見て、これからの予定に、早くも疲労を感じた。

間もなく隔週一度の定期の面会予定だ。

メルメーレ公国との人事交流制度の定期報告会――という名の、マーリカの再従兄《はとこ》クラウスと、従兄《いとこ》のマティアスの二人とフリードリヒのただのお喋り会である。

クラウスは公国内務書記官で人事交流特使。マティアスは、王立科学芸術協会《アカデミー》が招聘した特別講座教授。共に国賓扱いとなっている。

（王立学園の視察もあと五日後に迫っているし、明日は王太子妃殿下とのお茶会はあるし、宰相閣下への報告書もあるし、殿下が審査役に名を連ねている美術展の選評も書かせないとだし、おにいさま達と殿下のお喋り会なんて見守っている暇はないのに）

マーリカはマーリカで文官の仕事以外に、婚礼衣装の発注先を決めるなどといったこともある。衣装だけでなく、装身具《そうしんぐ》や小物の手配先も決めなければならない。

ただの買い物と違い、発注先は第二王子妃お抱えの商会や工房と見做されてしまうため、選択は吟味する必要があるのだ。

本当に、やることばかり増えていくと、彼女はため息を吐くと第二王子執務室へ戻った。


山の上に学園城塞都市があるらしいな——と。

再従兄《はとこ》のクラウスの一言に、マーリカはものすごく嫌な予感がした。

隔週一度の報告会は、第二王子執務室と続き間になっている控室兼応接室で行われている。部屋の中央に備えられたテーブルセットの上には、王宮使用人によってお茶とお菓子が用意され、長椅子のソファにクラウスとマティアスが並んで腰掛け、一人掛けのソファにはフリードリヒとマーリカが座る。

人事交流制度の、受け入れている技官の技能修習の進捗や文官の様子、現場の不都合や要望はないかの確認はだいたい三十分もあれば終わるが、その後にだらだらととりとめない会話が続く。主に喋っているのはマティアスかフリードリヒであるが、今日は珍しくクラウスの言葉であった。

「いまは王領だが、昔、かつて彼《か》の地を治めていた領主の城をそのまま校舎に使っているのだとか」

「ああ、その城なら私も画家仲間が画題にしていたのを見たことがある。絵ではなかなかに美しい城だった。どの角度から捉えても美しく、〝天空の城〟と呼ばれているそうだ」

「随分と贅沢な学び舎だな」

淡い褐色に小花を織り出す布張りのソファは、腰掛ける二人のおかげでそこだけやけに華やいでいる。実家、エスター＝テッヘン家で三年に一度親族が集まる家族行事で彼等を見慣れているマーリカであったがそう思う。

王家の威信を示すため、執務室に次いで豪奢な設《しつら》えである応接室にいる二人を見ていると、公国歓待の夜会での、彼女とフリードリヒの婚約お披露目の話題が霞《かす》んでしまったのも無理はないと思う。

（実家でお会いしている時と違って、宮廷服姿なこともあるけれど、おにいさま達って、これでどうして二人とも特定のお相手がいないのかしら）

マーリカから見て、メルメーレ公国の親類二人は性格は対照的であるが、麗しいといった形容がこれほど似合う二人もいないと思う。

美の女神に愛されているなどと言われている、金髪碧眼の美貌の第二王子であるフリードリヒと比べ見ても引けを取っていない。

紫紺《しこん》の地に白銀や赤で縁取りや刺繍がされた、武官の儀礼服に似た衣服を几帳面に身につけているクラウスは、穏やかな昼の光の中で見ても、腰の長さの真っ直ぐな銀髪も灰色の瞳も艶めいた雰囲気だ。

しかしこの、フリードリヒより一歳年上の、色香滴《したた》るような再従兄《はとこ》は、その見た目に反して堅物といっていいほど生真面目な性格である。

それにいつもマーリカの悩みや困り事の相談に真摯《しんし》に応じてくれるし、髪や瞳の色もあって冷ややかに見えるがとても優しい。

「感性瑞々《みずみず》しい若者達にとって素晴らしい環境ではないか。とかく質実剛健《しつじつごうけん》に偏りがちな我が国も見習って貰いたいね」

両手を持ち上げて話す、亜麻色の波打つ髪を後ろで一束にした三十路《みそじ》の従兄《いとこ》のマティアスは襟周りのひらひらしたフリルで飾る絹のシャツに、鮮やかな橙《だいだい》色のクラバットを緩く結び、やはり橙色の糸で縁取られた、冴えた濃い青の上着を羽織っている。

深く澄んだ緑色の瞳をした中性的な容貌で、格好いいよりは美人の形容が合っている。

マーリカの伯母《おば》の息子で、色素は違うが目元などが似ていると幼い頃はよく言われた。

まだ男性の特徴がはっきり現れていない少年の頃にドレスを着て、まだ幼児だったマーリカの手を引いて姉妹を装うなど、フリードリヒとはまた違う種類の酔狂さを持つ自由人であるのは、画家で弦楽の名手といった、芸術の才に恵まれた故なのかどうかはわからない。しかしながら貴族の子女としてはやや不器用なマーリカとクラウスにとって、包容力のあるとても頼りになる兄のような存在ではある。

「近く、視察に出られるとか？」

「まあね。五日後の夕方に出る。途中まで公用列車を使って、馬車に乗り換えて順調にいけば五日の内に着くかな。滞在七日、行きも帰りも寄り道はなし」

「殿下」

マーリカはフリードリヒを軽く咎めた。ある程度の予定は一定の役職者以上に公開はされているものの、無関係な者に日程の詳細を教えるのはあまりいいことではない。

まして他国から来ている人間に。親類を疑いたくないけれど。

「どうせ日程も聞き込んだ上で話しているよ。マーリカの〝おにいさま〟方は随分と私の動向に興味がおありのようだからね。探りは無用。なんなら同行する？」

「殿下、なにを仰って……」

「二人くらい増えても問題ない。そのつもりで話を切り出したのでは、ね？」

にこやかにマーリカの親類二人に微笑んだフリードリヒに、彼女は額を押さえた。

なにを考えているのか、あるいは単純に気分で振る舞っているのか、マーリカの親類二人に対して、フリードリヒは妙に牽制めいた応対をする。

（いや、これは牽制というより……）

フリードリヒが、春らしい軽やかな香りのお茶が入ったカップを取り上げて口元に運ぶのを目の端に見ながら、マーリカは彼に虚を突かれたような表情を見せているクラウスと、口元に指を置いて俯き苦笑するマティアスを眺める。

「本当に。本家の屋敷でお会いした時から、食えないお人だ」

（マティアス兄様……？）

そういえば、実家から王都へ戻る途中で馬車の事故にマーリカが巻き込まれ、彼女が寝込んでいる間に、フリードリヒは王子としてではなく彼女の上官の立場でエスター＝テッヘン家の領地屋敷を訪れている。

貴族令嬢を危険な目に遭わせたことについて、王家の補償を伝えその後の対応の説明をし、公国の真意を確かめるためにマーリカの父親に頼んで、まだ屋敷に滞在していたマティアスとクラウスを介して非公式に公国の君主家と会談するためだったと聞いている。

「お祭りも楽しめるよ」

「祭?」

怪訝そうに繰り返したクラウスに、「そっ」とフリードリヒは声を張った。

「学園祭でね。街や周辺領地から名物料理や有名菓子店などが学園内の通路に出店する！　まさに美食の遊歩道《プロムナード》！　それに春先は雲海が発生しやすい。運が良ければ王国三名景、輝く雲の中に聳《そび》え立つ〝天空の城〟な様子が目にできるかもね」

「殿下！」

（なに誘っているのです！）

マーリカの嫌な予感が、だんだん現実に形をとろうとしている気がする。

「それはまた興味深い。半月程で王都に戻れるなら来月の講座にも間に合う。旅支度が面倒でクラウスの一行に便乗して王国に来たが、王都もある程度回ってしまって暇でね。私は乗った！」

「クラッセン教授！」

「マーリカ、すっかり文官な弟子の姿を見るのもいいものだが、その呼ばれ方は好きではない。この場は身内の呼び方で構わないと、他でもないお前の主君である第二王子殿下がお許しになっているだろう?」

マティアスはマーリカに絵画と器楽とボードゲームの基本を教えてくれた、年の離れた兄のような師でもある。弟子は頼みこまれても取らない人であるのに、その代わりマーリカを愛弟子扱いする。

「殿下も……マティアス兄様も、勝手に話を進められては困ります」

「まあそう言わず、希望くらい聞こうよ。特使殿はどう？」

（希望くらいって……っ）

殿下が国賓扱いの人を誘えばそれは決定事項になるのですがと、マーリカが横目にフリードリヒを睨みつけても彼はけろりとしている。

「いや、その……山頂の城塞都市の補修事業について知りたかっただけで。公国の老朽化した施設の再建計画があり技官から修繕方法を学べないかと。資料で構わなかったのだが……この自由人が行くというならお目付け役がいるだろう」

むしろクラウスがちらちらとマーリカを気にしつつ、城塞都市のことを話に取り上げた理由を説明した。そんな彼も結局はマティアスが同行するならと返答し、そこはマティアスを止めるのではないのかと彼女はクラウスを睨んだ。

「クラウス兄様……恨みますよ」

「その、マーリカに迷惑かけたいとは思っていない」

「視察は修繕後の不具合はないか、確認も兼ねている」

「殿下、そちらが主目的ですっ」

マーリカが、視察は公務であることを強調すれば、「そうそう公務！」とフリードリヒは声を上げた。

「マーリカが講演する。貴族女性初の上級官吏にして未来の第二王子妃としてね」

（もう黙って……）

できることならいますぐ両手でその口を塞ぎたい。

表面は平静をかろうじて保ち、そう胸の内で嘆くマーリカの気も知らず、彼女の親類二人は顔を見合わせた。

「それは……」

「ぜひとも行かねば！」

頷《うなず》き合うクラウスとマティアスの二人に、カップをテーブルに戻してフリードリヒは両手を打った。

「じゃあ、マーリカ後はよろしく」

（五日前になって、簡単に言うな！）

必要な荷の手配も警備も調整済なのに再確認しないといけない。

それに二人が他国からきた国賓扱いであるだけに、色々と、色々と、大変なのである。

（とはいえ、殿下が誘って、できないとなると王国の威信に関わる）

「……承知いたしました。殿下、申し訳ありませんがわたしとクリスティアン子爵は席を外しても？」

「いいよ」

「ありがとうございます」

マーリカは、彼女に顔を向けたフリードリヒをじっと見つめた。

「なに？」

「夕方少々お時間を。〝お話〟があります」

淡々と伝えると、絶対にこれ以上余計なことは差し込むなと念じながら立ち上がる。

若手騎士と護衛についていたクリスティアン子爵ことアンハルトに声をかけ、秘書官詰所のさらに奥にある小会議室へと彼女は移動した。


「あのっ、無能っ！　後で、絶対シメるっ！」

ばんっ、と小会議室のテーブルに地図を広げたマーリカは、はあぁっと息を吐いて地図の上に力無く突っ伏した。

そんな彼女に同情の眼差しを向けて、アンハルトが言葉をかける。

「気の毒としか……警備に関しては元々やや厳重に過ぎるくらいにしていたから、大した労はない」

「……ありがとうございます。申し訳ありません、取り乱しました」

「いや、もっと荒れていいくらいだろう」

「申し訳ついでに、バッヘム主任秘書官を呼んできていただけますか？　アルブレヒト殿下はいまの時間は会議ですので」

「承知した」

その間に気を鎮めますと呟いて、のろりとマーリカは地図から頭を起こす。

旅程に合わせて地図を指でたどりながら、マーリカは関係各所へ指示する変更の算段をつけていく。

（王城から鉄道の駅舎は目と鼻の先。クリスティアン子爵もああ言ってくださったし、馬車《キャリッジ》の追加で済む……）

列車は公用列車だ。貸切りの列車に乗客が二人増えるだけ。備品類は問題ない。食材は人数分以上用意しているはずであるし、彼等を世話する者達も配置と交代時間を少し変える程度でなんとかなるだろう。

正直、普通の列車旅より格段に快適で食事もいいはずだから、一泊二日の間くらい多少の不便は許して貰いたい。

（再び馬車に乗り換えた後。休憩地と宿泊は、途中にある王家の離宮とお姉様が嫁いだ公爵家の別荘をお借りする予定になっているけれど、他国の国賓付になるなんて連絡、慌てさせるに違いないし気が重い……それに）

現場のこともあるが、なにより先に宰相閣下だ。万一なにかあれば国家間の問題に発展する。二人にかかる経費のこともある。財務局にも話を通しておかないと後が煩い。

これは、現場より偉い人達の説得の方が大変そうである。

「どうして止められなかったって、絶対言われる……っ」

両手で顔を覆って、泣きたい気分でマーリカは項垂《うなだ》れた。

「殿下に話を通させよう。ご自分で言い出したことなのだから」

王都から遠い陸の孤島であるために、準備は入念にしている。

たしかにただ二人増えただけと考えれば、フリードリヒの言う通り大きな問題はない。

「……絶対に無理なことは言わないから、却《かえ》って腹立つ」

学園にも知らせておかなければと、目的地まで滑らせようとした指をマーリカは途中でぴたりと止めた。

「バーデン領……」

ツヴァイスハイト学園のある山岳地帯の隅に、バーデン公爵家の領地の隅が引っかかっている。本当に隅で、王領と隣接していると言えるのはまた別の領地であるし、視察に関する調整業務はフリードリヒからバーデン家との確執を聞く前に行われていたため、いまのいままで気に留めていなかったけれど、接しているといえば接している。

「こんなに近いなんて」

それに、北方の国境近くとは知っていたけれど、バーデン領を越えた先はメルメーレ公国の渓谷に入る。


——問題なくても、気が乗らない。

——これでも二十数年王子をやっているのだよ。一官吏のことは関係ない。

——バーデン家の謹慎も解けたことだしね。

ふと、ここ一、二ヶ月の内に聞いたフリードリヒの言葉がマーリカの頭の中を通り過ぎていった。

何故と彼女は地図を見る黒い瞳を細める。その時々に交わした会話の中で聞いた言葉だ。会話の関連性も薄い。

（よく考えたら……殿下が特定の家の話をするなんて珍しい。それも殿下というより王家の確執みたいな話。でも、王立学園の視察は殿下の完全な気まぐれで言い出したことだし）

復活祭の時期に催される学園祭の出店《でみせ》を、〝美食王子〟として攻略したいなどといった、完全に公私混同した楽しみだ。マーリカが貴族社会の中でこれといった支持基盤を持たないことから、将来有望な若者との接点を持つ第二王子妃としての基盤固めを口実に渋々承知させられた視察である。

「偶然……？」

マーリカが呟いた時、小会議室の扉がノックされた。

軽く頭を振って彼女が入室を許可すれば、遅くなったとアンハルトがカミルを連れて戻ってきた。

事情はアンハルトに聞かされているようで、話す前からすでにげんなりした表情で眼鏡の奥からマーリカを責めるような目をしているカミルに申し訳なさを感じながら、彼女は彼に声を掛ける。

「ご苦労様です。バッへム主任秘書官。事情はお聞きですね？」

「相変わらず……無茶引き受けてきますね。その忠臣ぶりと献身は尊敬しますよ」

「貴方を待つ間で確認しましたが、無理ではありません」

「左様ですか。エスター＝テッヘン公務補佐官殿がそのように仰るのでしたら、そうなんでしょうね」

カミルに指示をする筆頭秘書官はアルブレヒトである。彼との接点はほぼなくなっているマーリカはその皮肉めいた言葉の調子に懐かしさを覚えた。

「始めましょう。時間がありません。宰相閣下と高官の方々はこちらで引き受けます。調整官及び財務局にも話を通しますから、クリスティアン子爵と秘書官の方々には実務面を。最優先は安全面の確保、追加された同行者は国賓扱いの方々です」

あらためてマーリカは、追加される同行者とその目的について二人に説明をする。

「護衛はもちろんですが、視察におけるあらゆる場面の再確認をお願いします」

元々王族に対応した準備をしている。この二人ならそれほど時間はかからないだろう。あとは互いの確認事項をまとめ、マーリカは宰相へ急ぎの面会を申し込んだ。

八　戸惑いと王立学園

ザアーッ――。

タタン、タタン、タタン、タタン……。

耳を塞ぐようなトンネルを通過する音が止《や》んで規則的な走行音が戻れば、列車の中も少しばかり明るさを増す。

夜になり、外は真っ暗ではあるものの、月や星の光があるのとないのとでは違うなどと窓側の席から木々の影が流れていく外を眺めながらマーリカは思う。

公用列車は食堂車、サロン車、王族賓客《ひんきゃく》用寝台車、護衛や側仕え用二等客車、貨物車の五両編成。サロン車の中はオイルランプの火がそこかしこに灯され、黄色味の強い明かりが公用列車を彩る艶やかな木の壁やテーブルの木目を照らしている。

マーリカのいる席から、通路の向こう側。

「なるほど、私の愛弟子《マーリカ》が苦戦するわけだ」

小さなテーブルに置いた盤の上に、黒い石を表に置いてマティアスが呟く。彼に相対するフリードリヒは、つまんだ石の白い面を見せて機嫌が良さそうである。楽しいらしい。

「もういい時間だな」

元はマティアスと背中合わせの席にいて、彼とフリードリヒの勝負が始まってからマーリカのところへやってきて、向かい合う席で静かに本を読んでいたクラウスが本を閉じる。

マーリカが上着の中から時計を取り出して時間を見れば、時計の短針は十一の文字を指し、長針は頂点を幾らか過ぎている。

クラウス兄様の就寝時間だとマーリカは時計をしまった。

長く伸びた銀髪と灰色の瞳がどこか気怠《けだる》げな色香を醸《かも》しだし、放蕩《ほうとう》貴族のようにも思わせる容貌のクラウスであるが、品行方正と几帳面さで出来ているような彼の生活はエスター＝テッヘン家の屋敷にいても規則正しく、列車の旅においても変わりないらしい。

「おやすみですか、フェルデン卿」

「ああ」

フリードリヒから親類二人に対して、道中、身内の呼び方で構わないと言われたマーリカであったが、ここにいるのはアンハルト率いる彼付の護衛騎士だけではない。

応援の衛兵もいて、王家の使用人もいるし、荷の管理や調理人達を仕切る官吏や鉄道会社の者もいる。公私の区別はつけるべきである。

この点、クラウスは理解して対応してくれるが、マティアスは二人とも頑なだと言って彼は彼の好きにしている。フリードリヒが他者の振る舞いに寛大だからいいもの、困った従兄《いとこ》である。

「まだいるのか？」

「フリードリヒ殿下がおやすみになるまでは」

マーリカが肩をすくめれば、なかなかに激務だなとクラウスはぼやいて彼女に手を伸ばしてきた。

左頬を軽くつままれ、伯爵令嬢としてあるまじき肌だぞと顔を顰《しか》められる。

「フェルデン卿……っ。余計なお世話です」

あまりに自然に再従兄《はとこ》の態度で接してこられて、マーリカもつい彼に妹のように構われている時の調子で彼の手を振り払った。

「時々、宵《よい》っ張《ぱ》りになられるのです」

「迷惑な主《あるじ》だな……」

「なにかあれば室内の呼び鈴を、係の者が対応します」

クラウスの言葉を肯定も否定もせず聞き流し、マーリカが列車に乗りこんだ時にした説明を彼に繰り返せば、それ以上は言っても無駄だと判断したのだろう。

今度はマティアスに適当に切り上げろと忠告して、クラウスは列車の揺れに注意しながら立ち上がるとサロン車を出ていった。

「マーリカ、今日は書類仕事もない。休んでいいよ。君の師はなかなかに手強《てごわ》い」

サロン車と寝台車両とを隔てるドアが閉まる音に重なって、フリードリヒの声を聞いたマーリカは通路の向こう側へと顔を向けた。

「そういったわけには参りません」

すると、彼はすっきりとした輪郭を描く顎先をつまんで、ふむと盤上を見下ろし、マーリカが聞き捨てならないことを口にした。

「でも二連続で負けて二百フロリンだから、取り返すには少々時間がかかると思うよ」

(は？　二百フロリン……？)

「……って！　まさか賭けているのですか⁉　しかもそんな大金！」

この国の通貨で下級官吏の年俸に匹敵する額である。フリードリヒのことだから私財を賭けているだろうけれど、だからいいといったものでもない。

テーブルに頬杖をついてにやにや緑の目を細めているマティアスに、マーリカはテーブルに両手をついて立ち上がった。

「クラッセン教授！」

「聞けば、可愛い弟子が百回以上挑んで半分負けているとか。これは師としては看過できない」

なんでもない様子で彼女の方も見ず、石を置きながらのマティアスの言葉に、うっと、マーリカは立った背を軽く仰《の》け反《ぞ》らして唸《うな》る。

「まあ五回勝負だから、残り三回勝てばいい」

「二回負けた人の言葉ではないよ。フリードリヒ殿下」

二人の会話に、もおおっこの放蕩者共はと胸の内で叫んでマーリカは天井を仰ぐ。

（ということは、一勝負につき百フロリン……なんて勝負をしているの）

平民が一年食べていける金額である。信じられない。

「マーリカは師にも勝てたと言っていたけど？」

「私の弟子は賢い子だからそういう時もある。少なくともクラウスより筋がいい。そういう殿下も半分は負かされている」

（……ん？）

「勝負に主従は関係なしとしたら、主《あるじ》を本気で刺しにくる真っ直ぐさだからねえ。その師である人は彼女ほど真っ直ぐではないようだけれど」

「それはまた、臣下に随分と寛大が過ぎるのでは？」

にこにこと微笑み合っている二人の応酬に、まさかと思い至ってマーリカは眉間《みけん》に深く皺を刻む。

なにか言葉に含みを感じる。マーリカは顔を上向けたまま目線を下ろして対戦している二人の表情をそっとうかがった。

「好敵手と勝負するのと、強敵を屠るのでは楽しみ方が異なるからね」

「なるほど。たしかに……残り三回。なかなか妙味がある」

二人共、和やかな表情でいるけれど、目に好戦的な光を浮かべ、マーリカと対戦する時とは明らかに様子が違う。

「殿下……マティアス兄様……」

「大丈夫だから、下がっていいよ」

「殿下もこう仰ってくれている、私達に構わずおやすみ」

二人から下がるよう促されて、今度は俯いて、手をついたテーブルを見つめながら、「いいえ」とマーリカは低く呻《うめ》くような声で答える。

「お二人がどれ程巧みな勝負をされるのか、見届けさせていただきます」

（手加減されていた……！）

「ほら殿下、我々の〝姫〟は誇り高い。怒らせると私も謝るしかなくなる」

「それは困った。なにしろ王族が簡単に謝るなと、私の〝臣下〟はよく怒るのだよ」

「おやおや」

フリードリヒは手にした石を、掌の上で跳ねさせては受けて弄《もてあそ》びながら、三回目の勝負が始まったばかりの盤上をあらためて眺めるように見下ろす。

「怒られそうなことは、一つでも減らすに越したことはないだろうね――」


この視察の行程は、まず日暮前に王城から乗車駅へ。警備上、公用列車は他の列車と並ぶこともすれ違うことも、また追い越すのも追われるのも避けなければならない。

平生《へいぜい》の運行に支障をきたさず、そんな運行は不可能である。

まして、ほとんどフリードリヒの趣味のための視察なら尚更である。そのため、最終便の後、万一への配慮で先導列車を走らせてからの出発である。

列車移動は数時間。補給や点検のための途中停車は夜中に二度。

朝のうちには降車駅に着く。

「――そのような予定ですので、寝坊は出来ませんよ」

フリードリヒの個室で明日の予定を説明して、マーリカは念押しした。

彼の着替えなどを待ち、結局いつもと変わらない深夜になっている。マティアスとの勝負は二勝二敗一引分で、賭け金も相殺《そうさい》となった。

「まだ怒っている」

「わたしを一年以上も弄んで……さぞ殿下は楽しかったでしょうね」

「マーリカ、その言い方は大いに誤解を生む！」

「知りません。失礼します」

下がろうとすれば待ってと右手首を取られて、なんですかとマーリカはフリードリヒを振り返り、思いの他、至近距離に彼がいたことに驚く。

いつもは執務室や彼の広い私室であるから、寝台車両の部屋とは距離感が違う。

執務室や休憩用の個室は別にある。王族が夜に休むためだけの部屋は、入口から数歩で寝台にたどりつく。

その途中にある一人掛けソファにフリードリヒは腰掛け、マーリカに腕を伸ばしていた。

「いや、こうも狭い部屋にいるのは新鮮で」

「それでこの手は？　廊下の衛兵でも呼びますか」

「呼んでもいいけどさ……」

むすっ、とした表情と共に腕を少しばかり強く引っ張られる。

なにが起きたのかわからない——気づけば間近にマーリカを見る昼の空の色と、それを囲む陽光のような淡い金色のまつ毛の先があった。

「あのっ」

「ん？」

座っている場所に温かみがある。これは人の体温でマーリカはフリードリヒの膝の上にいる。それ以上、彼女は状況を正確に把握することを放棄した。

とても堪《た》えられそうにない。

「フリー、っ」

咎めるために彼の名を呼ぼうとして、唇に人差し指の先を押し当てられマーリカは発しかけた声を飲み込む。瞬きして彼女はフリードリヒの顔を見て、彼の個室の壁や窓へと視線を動かす。

侍従は壁を隔てた次室にいる。窓の景色はものすごい速さで夜の闇が流れているし、部屋の出入口は細い扉一つ。狭い廊下に衛兵は車両の端と端にいる。車輪の音に会話もかき消されるだろう。

「この視察の移動でここまで二人になる機会は、そうない」

押し当てられていた指が移動して、曲げた指の背がマーリカの左頬をくすぐる。

再従兄《はとこ》といい、婚約者といい、二人して同じような場所を。いくらそれなりに近しい間柄だからといって、女性の頬に気安く触り過ぎだとマーリカは胸の内でぼやく。

「殿……っ」

「今夜は仕事もない。移動中だけど」

（それはそうですけど！）

少しでも話せば互いの吐息が感じられる。

あまりの近さにフリードリヒを突き飛ばしたい衝動にマーリカはかられるが、動揺で体を思うように動かせない。

ガタンガタンと列車がゆったりと揺れるたび、彼の肩に顔を預けそうになる。

「衛兵、呼ぶ？」

問われて、マーリカは反射的に首を横に振る。この状態で呼べるわけがない。

「悪ふざけは……」

「そう思う？」

密《ひそ》やかな囁きにどきりとして、マーリカはフリードリヒをそろりと上目に見た。

タタン、タタン、タン……と小さな音ではないのに何故か眠気を誘う、列車が走る規則的な音が高鳴る鼓動と同じく絶え間ないのは幸いだと彼女は思う。

腰掛けている場所の体温はいつの間にか馴染《なじ》んで、衣服越しに重なっている境がよくわからなくなっていた。マーリカの左頬に意思を持って触れる手に従い、彼女は顔を傾ける。

「マーリカ」

フリードリヒが目を細め、その後を追うように彼女も目を閉じ――ガタンっと大きな揺れに揺さぶられてがくんと首を落とし、彼の顎先に額を思い切り打ちつけた。

キキ――ギィ……。

軋《きし》むような音とゴトンと低い音、シュウシュウと蒸気の音が重なって聞こえると共に列車が停止する。はっと我に返ってマーリカは上着から銀時計を取り出した。

「ほ、補給っ、補給の停車駅です」

「～～っ……のようだね……」

飛び跳ねるように立ち半歩後ろに離れてマーリカは、顎先を押さえ小さく呻《うめ》いているフリードリヒをうかがった。

「その……大丈夫ですか？」

「大丈夫だけど、大丈夫じゃない……」

「水に浸した布かなにか」

「いらない。舌を噛まなかっただけよかったというか戒めとする……おやすみ」

「はあ、はい……お大事に」

個室を出れば、衛兵にこんな遅くまで大変ですなと声をかけられた。

「しかし、これじゃ停まるたびに皆起きてしまいますねえ」

「停まるのはあと一度ですから」

マーリカは答え、衛兵を労い、彼女の客室に入った。

閉めた扉に背を預け、床にへたりこむ。

自然重ねて合わせていた手の、右人差し指で唇に触れる。

「びっくりした……」

求婚された時も唇を許している、初めてなわけじゃない。

だから重ねてもよかったけれど、少しなにかが違っていた気がする。

はーっとすべての息を吐き出して、マーリカは目を閉じ寝ようと呟いて立ち上がる。

それ以外、道中特に何事もなく滞りもなく。

予定通りにマーリカ達は王立ツヴァイスハイト学園に到着した。


第四王子のヨハンはまだ公の場には出ていない。

式典なども最小限であるとマーリカは聞いていたが、あらかじめ連絡を受けていた門のところで出迎えに待機していたヨハンは、メルメーレ公国からの国賓扱いである彼女の親類に対し完璧な公国式の儀礼で迎えた。

そして実に嬉しそうにフリードリヒに挨拶をし、マーリカへも目上に対する挨拶の口上を述べた。

「兄上、王都からようこそお越しくださいました。エスター＝テッヘン公務補佐官もさぞ道中気を張ってお疲れのことでしょう。公国のお二人のお口に合うと良いのですが、まずはお茶でも。部屋に荷を運ばせますから整い次第旅装を解いてお寛《くつろ》ぎを」

軽く波打つフリードリヒの金髪と違って、真っ直ぐに伸びたそれを顎先の長さで切り揃え、兄弟共通の青い瞳を持ち、目鼻立ちは凛々しく整っている。

フリードリヒのような大仰な美貌でもなく、王太子のような強面《こわもて》の美丈夫でもなく、アルブレヒトのようなどこか愛嬌がある感じでもない。

正統派といった言葉が浮かぶ好青年で、王子達の中で一番王子らしい王子に見える。

それがヨハンに対するマーリカの第一印象であった。

（シャルロッテ王女殿下は、ヨハン殿下はフリードリヒ殿下のことがとても好きでわたしに意地悪く当たりそうだと心配していたけれど……ええとなんだっけ、たしか……）

『同担拒否！　マーリカお姉様！　あの解釈違いのヨハン兄様ときたら本当に、フリッツ兄様が好き過ぎて……いえ、わたくしだってフリッツ兄様推しですけれど』

まだ婚約者であるのにお義姉様は早すぎるとマーリカは思うけれど、シャルロッテ本人から潤んだ眼差しで見つめられ、一番慕《した》っている兄の婚約者だからそう呼んでもいいかなどと尋ねられては断れない。

しまっていた。

それから一ヶ月も経たないうちに、シャルロッテがマーリカをそう呼ぶことはすっかり定着して

それは、月に一度の頻度で招かれる、シャルロッテの私室のお茶会の席でのことであった。

最初は王立学園の試験勉強でわからないところを尋ねられ、彼女から課題を見せてもらって解法を説明していたが、学園の話題から第四王子の話となった。

『同担……推し……？』

『マーリカ様、ヨハン殿下は他のフリードリヒ殿下をお好きな方と特にお近づきにはなりたくないほどフリードリヒ殿下を強くお慕いしていて、シャルロッテ王女殿下は、フリードリヒ殿下が大好きということですわ』

『ロイエンタール侯爵令嬢、なるほど。社交界の隠語ですか』

『え、ええまあ……そのようなものと。あっ、一部のご令嬢の仲間内だけ。流行り言葉のようなものですから、目上の方にはお使いになりませんように』

ふんわり緩やかに波打つ褐色の髪に茶色の目をした、見ているだけでほんわかと癒されるような柔和で穏やかな令嬢は十九歳。シャルロッテの二つ年上で、アルブレヒトの婚約者である。

シャルロッテがマーリカにとって耳慣れない用語を使い、話の内容を捉え損ねると鈴を転がしたような可憐な声でいまのようにやんわりと解説してもくれる、マーリカにとってありがたい存在でもある。

アルブレヒトが婚約者と過ごす時が一番の癒しと話すのはよくわかる。

『とにかく。王立学園へフリッツ兄様と視察に行かれるのでしたら、お気をつけください！　ヨハ

ン兄様が意地悪く当たってくるかもしれません』
『まさか』
『いいえ。それにヨハン兄様は、フリッツ兄様のことを本当に超人のような素晴らしい王族と思い込んでいますから、なにかおかしなことを語り出しても聞き流してくださいませ』
『はあ……』

シャルロッテからあのような忠告を受けたけれど、こうして実際に顔を合わせたヨハンは実にまともでもある。王族であるのに、マーリカに対して礼儀を失することもない。

「ヨハン、元気そうでなによりだ。学園祭の準備で君も忙しいだろう。視察で来ているのだしそう構わなくていいよ。学生に荷を運ばせるのはね」

「この学園は自治を重んじているのです。学園の客人は我々の客人です。護衛騎士や皆様のお世話をする王家の使用人の手を煩《わずら》わせるまでもなく、皆で運べばすぐです」

（いや、むしろすごくまともでは？）

マーリカは、国王ゲオルクの息子である王子達を上から順に思い浮かべる。婚約後に接点を持つようになった王太子のヴィルヘルムは常識的過ぎるところがあるが、ヨハンはその点柔軟そうである。フリードリヒより遥かにきちんとしているのは短時間で察せられたし、アルブレヒトのように胃が悪そうでもない。

「部屋が整うまで、メルメーレ公国の皆様と兄上とエスター＝テッヘン公務補佐官は貴賓室へ。側仕えの者達へは荷運びの学生がついて教員寮の各部屋へご案内し、荷解きや雑用を手伝います」

てきぱきと的確に学生に仕事を割り振って指示を出し、では案内しましょうと颯爽と歩き出したヨハンにマーリカはいたく感心した。

「兄君よりしっかりしているのではないか？」

「とんでもないことです。私など。それよりも正門でお迎えできずに裏門からお入りいただくことになり、本当に申し訳なくもお恥ずかしい」

「いやいや、学園祭で立て込んでいては仕方ない。それに噂に違《たが》わず、どの方位から眺めても素晴らしく美しい城だ」

（おにいさま達もヨハン殿下に同じ印象を持ったようだ）

案内までも、遠回りするわけでもなく、中庭や見どころのある建物へさりげなく注意を向けて簡単に伝えながらと心遣いが行き届いている。

「改修後の不便は特になさそうかな、ヨハン」

「大きくは特に。細かなところや使い勝手の面での要望はありますが。資料はまとめてありますから後でお持ちします。学内の案内には生徒会役員をおつけします」

「手回しのいい……特使殿とマーリカが見て回るから」

「兄上は？」

「私はヨハンの仕事を見せてもらおうと思ってね」

「フリードリヒ殿下」

またこの人は、適当なことを言って仕事を人に丸投げするつもりだと、すかさずマーリカは牽制したが無駄であった。

最初から学園祭を満喫するつもりでいるフリードリヒが、現地で行うはずだった彼の仕事を反故《ほご》にし、彼の楽しみを実行するための口実を考えていないわけがなく、気がついた時には遅い。

(だから、技官の監督役になるほど知識のあるクラウス兄様を！)

まさか他国の官吏まで使う気でいたとは、非常識が過ぎる。

(必要あれば、マティアス兄様にも図面を引かせるなんて言い出しかねない……)

「特使殿とマーリカがいて、私は邪魔になるだけだからね。それなら普通に学園の視察も加えたっていいいだろう？　折角来たのだし」

それはそうかも知れないけれど、いいだろうではない。

「生徒会で誰か手の空いている者を私にもつけてくれないかな。あ、でもヨハンは駄目。君は全体を動かしているだろうから。手が空いていなくては意味がない」

ぴきっと、マーリカは自身のこめかみが引きつったのがわかった。

このまともで優秀なヨハンがいては好きに学園祭を満喫できない。それを回避するためのフリードリヒの言葉であるのに、もっともらしくもその通りと納得できる理由である。

(こういった口実だけは上手いのだからっ！)

「殿下、急に無理を言ってはヨハン殿下がお気の毒です」

「そう？」

「いいえ、心当たりが一人います」

「だって、マーリカ」

「……くっ、わかりました。ご報告のためのお時間を別途相談させてください」

「マーリカ、目が血走っているよ……それは少し休んでからにしよう」

おそらく教員寮だろう。本校舎らしき建物を抜けた裏にある建物の中へと案内され、見事な螺旋《らせん》階段を登っていく。

王家の使用人達や荷運びの学生達とはいつの間にか別れていた、おそらく別の入口から入って案内されているのに違いない。

「ヨハン、あれは？」

廊下を歩いている途中で、不意にフリードリヒが足を止めて窓の外を指差した。

マーリカも窓の外を見て、いつの間にか最初に入った裏門から随分と離れた場所にいることに気がついた。見覚えのある門がかなり小さく遠くに見える。

フリードリヒが指差しているのはその反対方向。

本校舎らしき建物の端よりもさらに奥、古びた建物であった。

元は砦でもある城のためか、見張り台らしき塔が付随している。

その塔と主となる建物の壁の一部が崩れているようで、数人の職人が群がるように働いていた。粉塵《ふんじん》避けの布で顔を覆い、砂袋かなにか運んでいるのか、二つ袋を担いでいた者がよろけ、側にいたもう一人に叱責されている。

「ああ、先日、嵐の夜に雷が落ちたようで、夜中に大変な音がして朝になってみたらあのように。なんとなく壁が黒っぽくなっているでしょう？　使っていなかった倉庫で修繕も後回しにされていた建物だったのが幸いです。とはいえ、崩れたままは危ないので直してもらっています」

「そう」

「復活祭の時期に、よく職人をあれだけの数手配できましたね」

マーリカは驚いてつい口に出して言ってしまった。復活祭の時期の職人達は行事のための設営で各地に駆り出されているか祝祭時で休暇のどちらかであり、どちらにしても飛び込み仕事は受けられない。

「顔見知りの近隣領地の方の伝手《つて》で。兄上、先程の学園祭の案内の心当たりですが、平民特待生でも構いませんか」

「気にしないよ。幼い頃から教育を受けている貴族でもなかなか試験に通らないと聞くし。かなり優秀な学生なのだろうね」

フリードリヒの言葉に優秀なんてものじゃないと、マーリカは胸の内で呟く。

シャルロッテから見せてもらった課題は高等教育の水準だった。

（中級官吏の中でも優秀なバッヘム主任秘書官だって、中等教育を学問で修めるのが平民ではお金も時間も限界だったらしいのに）

優秀さは保証しますと、フリードリヒにヨハンは答えた。

「なにしろ学年首席で、私も一度も彼女を上回ることはできていません」

（首席？　それも彼女……ということは女性？）

「それはまた。なるほど、色々と楽しいところのようだ」

ふっと愉快そうに笑ったフリードリヒになんとなくざわりと胸の奥が疼《うず》いて、なんだろうとマーリカは胸元に軽く手を当てる。

それはほんの小さな疼《うず》き。

マーリカ達が貴賓室に落ち着いた後、一度貴賓室を出て戻ってきたヨハンに、彼が連れてきた少女達を紹介されることがなければ、仕事かなにか他のことに紛れてかき消されていたに違いない。

貴賓室の中央で細長いローテーブルを囲むように、向き合う長椅子のソファと一人掛けのソファ、それぞれ一人ずつ掛けてマーリカ達はお茶を飲んでいた。

フリードリヒとクラウスが長椅子に向き合い、マーリカが一人掛けに腰掛けていた。

マティアスは学園の建物が見える位置がいいと、一人離れて窓辺の席にいる。

マーリカ達の視線を集める、丁度彼女の向かいにあたる場所にヨハンと二人の女子学生が立っていた。

生徒会役員だとヨハンが紹介した、一人は優雅な、もう一人は可憐な少女。

優雅な少女は視察の案内役で、名をヘルミーネ・フォン・メクレンブルク。

明るい茶色の髪が美しく薄い紫色の瞳が高貴な印象を与える、宰相メクレンブルク公の次女である公爵令嬢だった。

「学園にご滞在中、マーリカ様にご不便がないようにと姉のクリスティーネからも申しつかっております。なにかご要望がありましたらなんなりと仰ってくださいませ」

夜会の場で挨拶したクリスティーネもそうであったが、指の先まで神経の行き届いた優雅な所作にはマーリカもしばし見惚《みと》れてしまう。

「フリードリヒ殿下もお久しぶりでございます。前にお会いしたのはわたくしのデビューの夜会でしたから。あの時は緊張しきって……通りがかった殿下に泣きついてしまって」

「女の子は変わるよねえ。いつでも華麗なるクリスティーネ嬢の後を引き継げそうになって。辺境伯家に移っても夏にはまた戻ってくると言っていたけど」

「わたくしが王都の社交に戻るのは来年ですから」

フリードリヒとヘルミーネのやり取りを側で眺め、やはりメクレンブルク公爵家のご令嬢方とは親しいのだなとマーリカは思った。

(わたしがいなかったら、お二人は兄妹になっていたかもしれない)

ヘルミーネの姉、クリスティーネは辺境伯家の跡取りと婚約しているけれど、フリードリヒの婚約者候補と見做されていた。幼馴染であり、家柄、資質、容姿のどれをとっても第二王子妃にふさわしく、懇意にしている令嬢であったから。

決まりそうで決まらず、曖昧に保留になっていたのは不思議だけれど、メクレンブルク家が宰相家であることを考えると色々とあったのかもしれない。

マーリカがフリードリヒの婚約者になるにあたっては、メクレンブルク公や当のクリスティーネも支持しているが、なんとなく釈然としない思いもある。

先日も南の辺境伯領へ移る前の挨拶で面会依頼が届いて、王家の庭でお茶の席を設けてフリードリヒと会っていた。筆頭秘書官を引き受けているアルブレヒトが公務で不在だったから、マーリカがその時間を工面し手配した。

(友人で、理想の隠居生活を最も遠ざける相手って殿下は言うけれど……)

フリードリヒと交流する令嬢は多いが、ほぼ手紙のやり取りに限られていて定期的に会うのはクリスティーネくらいだ。フリードリヒでなければ駄目な公務が立て込んでいる時でも、彼女の面会依頼には彼は時間を割く。

筆頭秘書官だった頃はマーリカもしばらく恋仲だと思っていた。

彼女の誕生日の頃にお相手になにか手配するか尋ねたら、ものすごく不快そうに顔を顰《しか》めて濡れ衣だと言われて驚いたくらいである。

「そうだマーリカ、ここではどちらの立場をとるのだい？」

突然の、柔らかな疑問の声にマーリカは我に返って、窓辺へと首を回した。

「そちらのお嬢さんは公爵家のご令嬢らしいが、お前の世話をする口ぶりでいるようだし」

マーリカ達とは同じテーブルには着かず、外が眺められる席で彼女達に斜めに背を向ける形で大人しくお茶を飲んでいたマティアスの言葉に、えっと彼女は首を傾げた。

そういえばそうだねえと呟いたフリードリヒに、そもそも視察の補佐で来ているのだから公務補佐官でしょうとマーリカは答える。

唐突になにを言い出すのだろう、この従兄《いとこ》は。

「そう。ではこの師も変わりなくただの同行者でいるとしよう」

（マティアス兄様は少し自重してください）

言葉にはせずにマティアスにマーリカが内心でそう言ってカップを口に運ぶ。

そんな彼女を眺めていた、フリードリヒはわずかに首を傾げた。

「でも君、講演もするよね」

「官吏としての話が主です。この学園は将来要職を担う優秀な人材を養成する場所でもあるのですから。ですので、ヘルミーネ様もそうお気遣いなさらず」

マーリカが軽く微笑めば、「はああっ、わあぁ、やっぱり」と、明るく澄んだ声が貴賓室に響いて、その場にいる者達の視線が一斉に小柄な少女へと集まった。

「やっぱり、わたしマーリカ様のっ……」

「ロッテさん」

こほん、と。ヘルミーネが小さく咳払いする。

声を上げた少女が首をすくめ、ピンクブロンドの珍しい髪色をした頭が揺れた。

ヨハンの隣にいる、もう一人の可憐な少女。ロッテ・グレルマンという名の彼女は、ヨハンの話によれば平民特待生らしいが、とてもそうは見えない。

深緑の生地に金ボタンを縦二列に並べ、金のラインが目立つ踝丈のワンピースドレスという学園支給の制服がよく似合っている、華奢《きゃしゃ》で、色白の榛色の目をした美少女である。

「でもわたしが第二王子殿下を担当するのはどうかと……ヨハン殿下より成績がいいだけの平民ですから」

「……君、その情報をそこに織り込む必要はあるのか」

「文官組織の親玉ってお聞きしましたし、一応売り込んではおこうかと」

「親玉ではなく、長だ……」

「ふむ……私が親玉ねえ」

ぽつりと繰り返すフリードリヒに、彼と向かい合う長椅子のソファに座って目を伏せて黙っていたクラウスが言い得て妙だなと呟く。気紛れな言動で現場を振り回す点では、長よりそちらの方が合っているとマーリカも思う。

「売り込みということは、文官志望?」

「はい。上級官吏なら人生安泰一発逆転ですから」

「なるほどねえ」

「兄上に売りこむ気ならもっと言い様があるだろう」

「ヨハン殿下は平民人生舐め過ぎです」

「人生安泰は大事だよ。私もそれは常々考えている」

腕組みしてうんうんと頷《うなず》くフリードリヒに、いますぐにでも楽隠居したいなどと言い出さないかマーリカはひやひやする。将来有望な学生に第二王子は公務へのやる気がないなどと思われては王家の威信に関わる。

「ほらあ」

「民や国全体のことを考えている兄上と君を一緒にするな」

(ヨハン殿下、残念ながらその人は楽をすることしか考えていません)

どうやらヨハンがフリードリヒのことを完璧な王族と尊敬しているのは、シャルロッテの話の通りであるらしい。

「貴族の常識と若干食い違うところはありますが、人物と優秀さは保証します。政策論の授業でも彼女の着眼点には私も学ぶところがある」

(ロッテ嬢の方が民や国のことを考えているかも……)

そうでなければ、政策論での着眼点に学ぶところがあるなどと、ヨハンが思うことはないだろう。

「なんですかその〝残念美少女ですが、根はいい奴です〟みたいな言い方」

「誰もそんなことは言っていない。兄上は寛大な方であるし、ヘルミーネのようにとまでは言わないが学園の生徒たる淑女にふさわしい礼儀は守りたまえ」

「お二人ともそこまでです。フリードリヒ殿下だけでなく、公国の方もいらっしゃる前で」

ヘルミーネが額に手を当ててまったくと零すのを目にしながら、マーリカもいささか二人のやりとりに驚いていた。

王立学園は、将来有望な様々な立場の若者が交流し、視野を広げ、切磋琢磨《せっさたくま》することを標榜《ひょうぼう》する選抜制の特別教育機関であるが故に、学生の立場は家門や階級の区別なく対等とされてはいるものの、王子と平民の少女のやりとりとしては忌憚がなさすぎる。

（なんとなく……親近感というか、似たやり取りを知っているというか）

「ふっ、くくく……」

その容貌同様、無駄に耳馴染みのいい美声をしている人の笑う声に、マーリカは学生達から彼女の左斜めの位置で長椅子を一人陣取っているフリードリヒへ視線を移した。

「兄上？」

「いや、ヨハン。ここまで来た甲斐があったね。王城にいては見ることができないものが見られた。ロッテ嬢だっけ？　私も案内役は君がいい」

「はあ」

「なにしろ私には、保身の欠片もない容赦なさで仕えてくれている人がいるからね。まったく問題ない」

もしかしなくてもマーリカのことを言っているのは、彼女をちらりと見てにっこり笑んだフリードリヒの顔を見ればわかる。心外である。

（殿下がきちんとすべきことをしてくれれば、わたしだって不敬なことを言ったりやったりしないで済むのですけど？）

マーリカとしては承知しかねるフリードリヒの言葉ではあったが、それとは別に彼が言った、〝来た甲斐〟については彼女もなんとなくわかるような気もする。

（私達を迎え入れてから、ロッテ嬢を紹介するまで、本当に隙のない王子ぶりだった。ご兄弟の間でもそうだったのかもしれない）

それに、とマーリカはフリードリヒがこの学園に来た真の目的を思い、ヨハン、ヘルミーネ、ロッテの順に彼らを見て喟然《きぜん》として嘆息する。

（人材が揃い過ぎている。これはもう完全に仕事する気はなく、学園祭を満喫することだけに殿下は振り切るに違いない）

ヨハンの視察に対するそつない用意に、見るからに応対慣れしたヘルミーネの案内があればマーリカとしては大助かりだ。

宰相であるメクレンブルク公のご令嬢であれば、技能修習で受け入れている文官や技官を統括する公国の特使の立場で、王立学園の修繕事業の成果を見に来ているクラウスの案内役としても申し分ない。わざわざフリードリヒを間に立てる必要もない。

さらに第四王子のヨハンに気後れせずに接するロッテは貴族令嬢ではないから煩いことも言わないだろうし、フリードリヒにとってこれ以上ないほど都合がいい案内役である。

（学年首席の特待生な生徒会役員なら、ヨハン殿下の人選でなくても平民なのに何故殿下の案内をなんて難癖もつけにくい）

明日からまったくの別行動となりそうだ。そうなることももちろん想定はしていたけれど、夕食の後は各役割を仕切る者達を集めて、警護について確認しておかなければとマーリカは黙考する。

王族や高位貴族の子女が多数在学する王立学園だけあって、学園祭といえども警備体制はしっかりしている。

出入りは厳格で学園関係者の申請により発行される招待状がなければ入れず、その招待状もどの生徒や教員のものか照会できるようになっている。出店業者も事前に申請した人員と物品でなければ出入りできないが、万全を期さねばならない。

（別行動か……）

なんとなくマーリカはロッテを見た。

可憐で人から愛される朗らかさはマーリカにはないものだ。

言葉遣いやヨハンと気安い様子はともかく、立ち居振る舞いはそれほどおかしくない。彼がロッテを紹介した際に見せた淑女の礼も、姿勢の良さも、何気ない仕草も付け焼き刃のものではない。

（そもそも王立学園に入る前に教わる機会はあまりなかったと思うのに、成績といい大変な努力なしには……）

「私はこの学園で学んでいないから、君がいいと思うところを案内してくれたらいい」

はい、よろこんでとフリードリヒに答えたロッテに、そこは承知しましたとか畏《かしこ》まりましたと返事をするところだとヨハンが注意する様子が微笑ましい。

なのに、どうしてだろう。

またざわりと、胸の奥が疼《うず》くような感じを覚えてマーリカはわずかに目を伏せた。

（考えてみたら、社交以外で殿下が他の文官……違った、ロッテ嬢は学生だった。他の人を指名するなんてなかった気がする）

煩わしいと思う時もあるのに、それも単純な役割分担でそんなことを考えるなんてどうかしているとマーリカは瞬きして、伏し目になっていた視線を持ち上げる。

「マーリカ、どうかした？」

ふと、フリードリヒと目が合ってしまって、彼が尋ねてきたのに対しなんでもと彼女は短く答える。

「疲れているのではないか？　移動中、早朝から深夜まで休む間もなしで」

「いえ、そんなことは」

一通りの挨拶や軽い雑談も一区切りついてしまって、少々時間を持て余す雰囲気になりかける。

貴賓室内の沈黙をどうしようかとマーリカが思案した時、丁度よくヨハンから客室の案内を指示された学生がやってきて、部屋が整ったことを知らせた。案内もしてくれるらしい。

安堵の息を吐いてマーリカは立ち上がり、ヨハンに近づくと礼を述べる。

「学園行事があるところ、ご協力とお気遣いありがとうございます」

「兄上に協力するのは当然のこと。エスター＝テッヘン公務補佐官にそのように言っていただくことをした覚えはありません。では我々もこれで」

ごく普通の言葉であり、むしろマーリカを尊重していて口調も柔らかなものである。

それなのに、何故か、ぴしゃりと目の前で扉を閉められたような、そんな拒絶の意思を感じてしまって、マーリカは呆然と二人の少女を連れて貴賓室を出ていくヨハンを見送る。

（なに……？）

マーリカ――と、不意に肩を軽く叩かれてはっと彼女は我に返り、長椅子の席にいるのではなく、すぐ側で彼女を見下ろしていたフリードリヒに驚いた。

「え、殿下っ」

「……やっぱり疲れている？」

珍しく気遣うような表情でいるフリードリヒに、マーリカは彼が肩に触れる前にも自分に声をかけていたらしいことに気がついて慌てて首を小さく横に振った。

「そう？」

「はい」

彼のすぐ後ろでクラウスも渋い表情を浮かべてマーリカを見ている。マティアスはまだ窓辺の席で寛いでいた。

「教授殿は適当に過ごすということだから、護衛と侍従を一人ずつ残すよう指示した」

「まったく、どこにいても気儘だから困る」

「アンハルトの部下を付けているから心配ないよ」

一体どれくらいぼんやりしていたのか、そんなやりとりがあったことなど一つも聞こえていなかった自分に呆れると、マーリカは右頬を軽く打つように手を当てる。

「申し訳ありません。少しぼんやりしておりました」

「それを疲れたというのだと思うよ」

「そうですね。ええ、そうかもしれません……」

学園長との夕食まで休むといいと命じられ、明日以降も構わなくてもいいと言われて、マーリカはフリードリヒの顔を見る。

「さすがにこんなところまで視察に来て、ずっと側につけとは言わない」

「ですが」

「今晩の夕食会以外に私でなければならない仕事はここではない。明日以降は夕方に報告だけをしてくれたらいいよ。でないと私が好きにできない」

「……殿下」

結局それかと、マーリカはフリードリヒを軽く睨んだ。空色の瞳がなにもかも見透かしたように彼女を映している。軽く微笑むように目を細めた彼にマーリカはため息を吐いた。

ここまで費用と人員をかけてやって来て、好き勝手に遊ばせるわけにもいかないけれど、かといってフリードリヒが満足しなかったら、出店リストを手に入れて後日回ろうなどと言い出しかねない。

悩ましいと思いながら、マーリカは学生に案内を頼んでフリードリヒ達と貴賓室を出た。

九　もしもと誤解とすれ違い

王立学園での滞在予定は七日、早くも三日が過ぎている。

マーリカにとって、官吏になってこれほど規則正しく時間が過ぎていく三日はなかった。

起床は七時で朝食が部屋に運ばれるのが八時頃。

朝食をとった後は執務室として借りている別室へ移動して、今回の視察での各役割の責任者またはその補佐と、前日の報告やその日の予定などの確認を半時間ばかり行う。

九時から正午まで視察に関する記録など書類仕事をし、昼食後は四時までクラウスと共に修繕箇所の検分に出て、修繕事業の資料とヨハンから提供された資料を元にヘルミーネの案内で各所を順番に回り、通りがかりの学生や教員から話を聞く。

その後、フリードリヒの客間で報告を行い、夕方の五時に鳴る、終業と閉門を知らせる鐘の音を聞く頃には業務は終了している。

なんて素晴らしい定刻内勤務――であるはずなのに。

「なんだか、体が重い……」

早めに休んでよく眠ったはずなのにとマーリカは王立学園の客間のベッドで目覚めて、上半身を起こすと首を横に振った。ナイトテーブルにおいた銀時計の時間を確認すれば朝食の時間までまだ三時間もある。

「まさか超過勤務に体が慣れ過ぎて、調子が狂っているとか……？」

寝直そうかと一度考えたけれど、却ってよくなさそうに思えたので彼女は起きることにした。王宮のマーリカ付の侍女が一人来てくれているが、まだ朝早い時間で、さすがにもう少し後にならないとこない。衛兵は部屋の外で交代勤務のはずである。

マーリカは部屋の洗面台に置いてある水差しに水が入っていることを確認すると、顔を洗って身支度をした。ドレスと違い、人の手を借りなくても着ることが出来るのが男装の利点である。もっとも貴族の男性は侍従の手を借りて着ているだろうけれど。

「そう考えると、殿下は一人で身の回りのことが出来る……」

着替えやら入浴やら色々と世話をされるのが当然なフリードリヒではあるけれど、いなければいないで文句も言わずにシャツや上着のボタンも留めるし、紐も自分で結べる。

そんなごく個人的なことを知っているのは、馬車の事故に巻き込まれたマーリカが離宮で療養していた間、フリードリヒも休暇と言ってろくに人も付けずそこにいたからである。

(着替えどころか、女性の髪も編めてコテまで巻けるようだし)

なんでも彼の妹、第一王女のシャルロッテの髪を時折結ってあげていたらしく、侍女の仕事を奪ってなにをしているのだと思うが、兄妹の微笑ましい交流であるらしい。

(シャルロッテ王女殿下以外にやったことはないって、わたしの髪を編みながら言っていたけれど……ってなにを考えて……)

マーリカは両頬を手で押さえて、首を振った。

「あれは、わたしが事故の後に臥《ふ》せっていたからで……あれっ、く、櫛《くし》！　櫛はどこへ？」

部屋の隅にあるドレッサーの上に見当たらず、引き出しを開けてしまった覚えのない場所にあった櫛と、鏡に映った自分の顔を見てマーリカはため息を吐く。

（この視察の仕事に入ってから、どうかしている）

フリードリヒは彼の目的を満喫しているようで、修繕箇所の検分の途中、建物の窓や切れ間、通路を歩いている際に時折その姿を遠目に見掛ける。

ロッテと気が合うようで、楽しそうになにか話しながら出店《でみせ》ばかりでもなく、学生が各教室を使った催し物や、学問の成果を発表しているところも回っているようである。

本来の目的の方は言うまでもなく、報告の際に日替わりで渡される菓子や加工品や、彼の部屋の書物机の上のメモが日に日に増えていることからも、それがうかがえる。

仕事もそれくらい熱心にやってくれればと思うところであるが、遊んでいるようでそうでもないことになっているのが複雑だった。

この三日でフリードリヒによって追加された案件が二つある。

きっかけは、土地の名物料理で出店していた店主の話からだと聞いている。

『……その名物料理の店の店主の自慢話を延々聞かされてねえ。まあ聞いている間、これもぜひあれも美味しいからとおまけしてくれるから、またロッテ嬢が話を引き出して』

昨夕の報告の場で会うなり、そんな話をしてきたフリードリヒにどちらの報告の場だと思いながらマーリカは最初聞き流そうとした。

『そしたらさあ、店主の子供の頃の方がもっと美味しかった、父親と比べて腕が落ちるどころか色々工夫もしているのにと嘆きだしてね。宥めるのに大変だった』

『はあ、大変でしたね。本日は本校舎内の礼拝堂を確認いたしました。天井画は報告通りに顔料も合わせており……』

『マーリカ、流れるように仕事の話に持っていくのは実に君らしいけれど、まだ話は終わっていない』

『失礼いたしました。礼拝堂は問題ありません。老朽化が激しかった柱も上手く途中で石材の色を装飾的に継いで外観上の違和感は極力抑えられておりました』

『うん……でね、腕は先代に引けを取らないと自負している。材料は同じで質が落ちたわけではない。同じ井戸の水を使い、配合や火力などは工夫を重ねている。それなのに昔の、先代が作っていた味には届かないなんて聞いたら気になるじゃない』

『はあ』

『そしたら、ロッテ嬢が――水では？　って』

材料の質が落ちていないのなら水質ではないかと言い、丁度いい人がいるとフリードリヒの手を取り、本校舎の片隅にある小部屋まで引っ張っていったらしい。

『地質研究をしている学生がいてね、自領で地滑りが多いから防災目的で始めたはずが、いまではすっかりのめり込んでいるらしい。これがなかなか有益で、こちらの依頼と引き換えに研究成果を買い上げることにした』

『は？』

『王領だけでなく近隣諸侯の土地も含んで、目をつけた場所を調査する度に地形図を自作していたのだよ。実に精緻《せいち》なものをね。本人は自分の興味と研究以外の考えはなく、これまで立ち入り許可を出した領主も、変わり者の学生が崖や岩を調べたいと言ってきたくらいにしかおそらくは思っていない』

（知らない内に、広域の地質調査と一帯の水質調査が動いている……）

しかし、実際に水質がどうなっているかはともかく、現状に沿った近隣領地も含む、精度の高い地図は間違いなく有益である。もし資源になりそうなものでも見つかれば儲《もう》けものだ。

王都から遠すぎることもあって、この王領は陸の孤島のような学園城塞都市以外は王家の保有地というだけで、森林資源の保全くらいしか手をかけられていない。

王立学園以外はあまり顧《かえり》みられていないから、文官組織の記録保管庫にも年次報告くらいしかなく、この視察がなければマーリカも関心を持つことはたぶんなかった。

バーデン家や北隣の大国ラティウム帝国との取り決めで割譲《かつじょう》された土地も接しているから刺激したくないというのもあるのかもしれない。

『ロッテ嬢、ヨハン殿下が人物と能力は保証すると人選した通りのようですね。希望通りに学園推薦枠に入れるといいのですが』

『学園推薦枠ねえ。貴族でなくても上級官吏であれば社交界に顔を出せる……ヘルミーネとも懇意のようだし……』

なんの気になしにロッテについて思ったところを言っただけだったが、マーリカの言葉になにか思案するようにぶつぶつと呟きだしたフリードリヒを見て、またなんとなく胸の奥がざわつく感じを彼女は覚えた。

『殿下？』

『ん？　可愛らしいからね。人見知りのヨハンの対人防御も突破しているようだし』

『人見知り？』

そうは見えなかったとマーリカが言えば、フリードリヒは苦笑した。

『たしかにヨハンの言う通り、いい子だよね』

にこにことした表情でそう言ったフリードリヒに、薄っすらと漂う煙のような嫌な考えが彼女の思考に入り込む。

偶々《たまたま》マーリカが貴族女性で一人しかいない上級官吏であったから、他にも同じような人がいたら、また違っていたのではないか。

フリードリヒは、令嬢としてのマーリカを望んで求婚したのではない。むしろその点に関しては薄い。求婚の際、彼はマーリカに彼を側で支える臣下として、第二王子妃の職を提示したのだから。


フリードリヒへの報告の際のことを思い返しながら、マーリカは髪が邪魔にならないように結い上げた。結い上げて、櫛と一緒にしまってあったリボンを結んで留める。

フリードリヒから渡された、彼の持つ色に似た水色に金糸の刺繍がされたもの。

（執着が重いし、わたしに気持ちもあると……思ってはいるけれど……）

婚約してから、彼がマーリカに甘やかに接しようとするのをつい回避してしまうのは、あの腹立つほどの顔の良さで迫られていることに堪えられないのが一つ。

それともう一つ、フリードリヒがマーリカでなくてもよかったと思った時に取り返しがつかなくなってはと、どこかで考えている。

未来の第二王子妃としての立場が固まっていくにつれ、その考えはマーリカの中で色濃くなりつつある。

考えがあるようなないような、それでいてなにもかも彼の予測通りに物事が運ぶと知っているようにも見えるフリードリヒだから、確信が持てない。

(他に彼の条件に合う人がいても、わたしは選んでもらえていた?)

渡されたリボン一つとっても、マーリカのことを思ってくれているのが伝わるようなものであるのにと、考えを振り払うように彼女は頭を軽く振った。

「少し外の空気でも吸ってこよう」

仕事をしている間はこんなことを考えなくて済むけれど、この学園に視察にきてから官吏になってかつてないほどの健全勤務になっている。

衛兵には開門前であるし教員寮の周りだから大丈夫だと持ち場を離れぬように言って、マーリカは外に出た。

教員寮と本校舎の間を学園の敷地のより奥へ向かって歩く。

歩いているうちに、初日にフリードリヒが気に留めた落雷で崩れた倉庫が見えて、彼女はなんとなく近づいた。

「落雷なんて、使われていない建物でよかった」

そうでなければ大変なことになっていると、建物の崩れた壁を見上げる。

向かって左端に塔が付属した建物は、小屋というには大きく、別棟というには小さい中途半端な大きさだった。この城が砦の城だった頃も見張り台と武器か食料を保管するような場所だったのかもしれない。

「落雷……」

マーリカは周囲を見回した。

倉庫は、他の建物に囲まれたような場所に建っていて、たしかに塔は周囲の建物より少しだけ高い。けれど大きく崩れているのは塔ではなく倉庫の部分の低い位置の壁である。

焦げたような跡はあるが、落雷にしては崩れ方がおかしい。

崩れている場所をもっとよく見ようとマーリカが近づこうとした時、「そこでなにをしている」と咎める声に反射的に彼女は振り返り、そこに思いがけない人物がいた驚きに目を見開いた。

「……ヨハン殿下？」

振り返った先には、不審そうに顔を顰《しか》めマーリカを睨《ね》めつける第四王子のヨハンの姿があった。

「ヨハン殿下。どうされたのですか？　このような朝早くにこのような場所で」

「それはこちらの台詞《せりふ》だ」

――たしかに。

この場合、このような朝早くにこのような場所で、どうしたのかと問われるのはマーリカの側である。

「えっと、散歩です」

「散歩？」

「ヨハン殿下は？」

「……まあ、散歩だ」

マーリカもだが、ヨハンもそれしかないだろうなと思いながら、彼女はそうですかと相槌を打った。そして丁度いいので倉庫が崩れた時の話を聞こうと考える。

「ヨハン殿下、こちらの建物ですが、落雷ということでしたがどういった状況だったのでしょうか。雷がどう落ちたのかご覧になりましたか？」

尋ねたマーリカを何故かヨハンはじっと無言で見た。

かなり長い間。そうして大きなため息を吐く。

「ヨハン殿下？」

「嵐の夜に外に出ている者がいるとでも？　窓も鎧戸《よろいど》を閉めていて見た者などいない。音は聞いたが。そのようなことを兄上に話していた時、貴官はいなかったか？」

「おりました。ただ、こうして近くで建物と損傷箇所を見てあらためて確認したいと思いまして」

「なるほど。この早朝に偶々《たまたま》ここにきて、私と遭遇し、それで？」

なにか気に障ったのだろうか、なんとなく険《けん》のある言い方である。

初対面での好青年な彼の印象と、王子でいながらマーリカに対する礼儀も欠かさない態度の記憶が残っているだけに、余計にそう思える。

考えてみれば咎めるように呼び止められた時から、視察初日のような柔らかさはない。

（そういえば、ヨハン殿下は人見知りで対人防御がどうとかフリードリヒ殿下が言っていたような……これが本来のヨハン殿下？）

「そうだな、いまは兄上もいないことだし」

「あの、ヨハン殿下？」

「エスター＝テッヘン家がなにを企《たくら》もうと兄上には通用しない」

「は？」

「調べはついている。事故で兄上の気を引くなどと姑息なことを」

「あの、なんのお話でしょうか？」

本当になんの話をしているのかわからない。事故とはあの馬車の事故のことだろうか。

なにかマーリカの自作自演のような物言いだが、あの事故では死にかけているのである。

もしフリードリヒの気を引くためというのなら、そんな馬鹿なことはしない。

「はっ、護衛が付けられてすぐの時期に浅はかなことだ。助けられることは織り込み済みだったのだろう？」

「ヨハン殿下。恐れながらなにか大きな思い違いをされています」

「あくまで違うと言うのなら別にいい」

「あの、本当にわたしはなにも……」

「どちらにせよ、貴官を兄上の婚約者などと認めるつもりは元よりないのだからな」

「え？」

フリードリヒと同じ。

明るい青い瞳が、はっきりとした敵意の色を浮かべてマーリカを睨みつけている。

「ヨハン殿下……？」

「そうだろう？　社交界にも出ていない、これといった基盤もない伯爵令嬢など。官吏として兄上を支えるなど他の者でもできる。実際、貴官と会うずっと前から兄上は第二王子として素晴らしい功績を上げてきているのだから」

――お気をつけください！　ヨハン兄様が意地悪く当たってくるかもしれません。

――ヨハン兄様は、フリッツ兄様のことを本当に超人のような素晴らしい王族と思い込んでいますから、なにかおかしなことを語り出しても聞き流してくださいませ。

視察前の、ヨハンの妹である第一王女のシャルロッテからの忠告の言葉がマーリカの脳裏を過《よぎ》っていったが、違うとマーリカは思う。

意地悪でも、おかしなことを語っているのでもない。

ヨハンの言葉は、どれも事実だ。

少なくともマーリカは彼に反論できない。反論できる材料がない。

「もしくはそれも大陸各地にその家系を広げ、各国の力関係に干渉するエスター＝テッヘン家の陰の影響力を隠すためなら、尚更認めるわけにはいかないが」

（それはヨハン殿下の勘違いだから絶対にないけれど……）

しかし、エスター＝テッヘン家について、そのような穿《うが》った見方をする人もいるとしたら、外交を担うフリードリヒの足を引っ張りかねない。

社交界にも出ていない、これといった基盤もない伯爵令嬢。

官吏として支えるなど他の者でもできる。

ヨハンの言葉がマーリカの頭の中を駆け巡り、黙ったままでいるしかない彼女に心底失望したようにヨハンは再びため息を吐いた。

「まさかだんまりとは。話にならない。この三日兄上を楽しませ、同時に兄上のためになることもしているロッテ君や、貴官の補佐につけた公爵令嬢のヘルミーネの方がまだ役に立つのでは？」

冷笑するヨハンにそうかもしれないと、胸の内でマーリカは彼に答える。

「どちらにせよ、聡明な兄上が籠絡されることはない」

籠絡などするつもりもした覚えもないが、ヨハンの言葉は一つの真実を示しているようにマーリカには思えた。

ヨハンとどう別れ、どう歩いて教員寮に戻ってきたのかあまり覚えていない。

気がつけばマーリカはフリードリヒの部屋の前にいた。

早朝に彼の部屋にやってきたマーリカになにか緊急の事態が起きたと取ったのか、なにを尋ねることもなく衛兵がドアを静かに開き、少しばかり躊躇《ためら》ったがこれで踵《きびす》を返すのも不審極まりなく黙ったまま彼女は室内へと進む。

フリードリヒは眠っていて、なんの憂いもないようなその様子にマーリカは詰めていた息を吐き出す。

（なにをしているのだろう……わたし）

フリードリヒが目を覚ます前に部屋を出ようと、静かに彼に背を向けようとしたマーリカだったが、不都合なことに彼が人の気配に目を覚ます方が早かった。

仕方なく、彼女は踵を返しかけたのを戻し、彼が眠る寝台に向き直る。

「ん……なに、なにかあった？」

うーっ、と呻《うめ》いて、フリードリヒが寝具から右腕だけを出し、いい加減な動作で手招きする。彼はあまり朝が強くはない。まだ眠いらしい。

放っておいたらそのうちまた眠ってしまいそうだが、きちんと目が覚めた後に問い詰められるのも困るため、マーリカは彼の寝台へと近づく。

（ああそうだ。倉庫の件がある。緊急と言えることかは別だけど）

ひとまず口実となるものを頭の中で用意して、彼の枕元に跪《ひざまず》くように身を屈《かが》めようとしたら止められた。すぐまた眠ってしまいそうに思っていたが、フリードリヒは目を開けて起きていた。横になったまま眠そうではあるけれど。

「どうしたの？」

使われていない倉庫の崩れ方が、落雷にしてはおかしいことに気がついた。

伝えるべきことはそれだけである。だからどうしたといったことだが、万一を考え取り急ぎ報告に来た。不審な点は不審として対処するとだけ言って去ればいい。

なのに、何故か言葉を紡《つむ》げない。

もっと他に言いたい、聞きたいことがあるといった思いが邪魔をする。

けれどそれはマーリカの中の問題であって、こんな早朝に叩き起こしてぶつけるようなものでもなく、戸惑いと困惑の中で黙り込むマーリカを怪訝そうに見て、フリードリヒは軽くうねる淡い金髪を掴みながら上半身を起こした。

跪《ひざまず》こうとしたのをフリードリヒに止められて、中途半端に身を屈めていたマーリカは、彼を見下ろしていたのが彼に見下ろされる形になる。

「……ひどい顔色をしているけれど、もしかして寝ていない？」

「いいえ、日が変わる前には休んでいます」

「なら、怖い夢でも見た？」

尋ねてすぐそれで来るわけはないかとフリードリヒは言い、その声が聞こえたのとほぼ同時にマーリカは彼に寝台の上へと引っぱり上げられた。

「寝込みを襲いにきた、とか？」

胸の辺りから彼の寝台の上に乗り掛かったようになってマーリカは、寝具に左頬をぺたりとつけて小さく首を振る。

「だろうねえ」

「……んか、は」

「ん？」

「殿下は、なにを選んで、わたしを……？」

フリードリヒの返事はなく、少し間を置いて衣擦《きぬず》れの音がして、結わずに残した髪が右頬に流れているマーリカのこめかみに吐息がかかる。

右耳に、起きたばかりで少し低く籠《こも》ったような声が囁いた。

「選んでない」

マーリカは首を起こし、彼女に伏せた頭を戻したフリードリヒを見上げる。

微かな苦笑を浮かべ困ったような顔をしている彼に、マーリカは表情を歪《ゆが》めてしまう。

「マーリカに選んで欲しい。それだけ」

それは、望んでおいてずるい――反射的にそんな憤りに似た思いが込み上げ、マーリカは立ち上がった。

「マーリカ？」

「そうですね……悪い夢でも見て、どうかしていました」

たしかに選んだのはマーリカだ。第二王子妃という職を提示され、側にいてほしいと言葉にして言われる前に。

婚約は成立している。破棄されない以上は周囲が認めても認めなくてもその効力は変わらない。

（殿下がわたしを不要と仰るまでは、勝手に職を辞して離れないって、自分で言っておいて……情けない）

お休みのところ失礼しました、と言ってマーリカはフリードリヒの部屋を出た。

十　なんだか間が悪い

　フリードリヒにも言われたが、そんなに自分はいまひどい顔をしているのだろうか。

　マーリカは教員寮の廊下で彼女を見るなり、痛ましげに顔を顰《しか》めた再従兄《はとこ》のクラウスのじっと物言いた気な視線から窓を見ることで逃れた。

「マーリカ」

「クラウス兄様のおかげで予定よりずっと順調に進んで、今日明日には終わりそうですね。七日目の昼に発つ前日はゆっくりできそうです」

　クラウスの一歩前をマーリカは歩く。廊下の要所にいる衛兵に時折労いの声をかけながら、歩幅の大きい彼と並ばないよう彼女は廊下を早足に進んだ。

「マーリカ」

「そういえばマティアス兄様はどうしているのでしょうか。さっぱり姿を見ませんけれど」

　廊下と螺旋階段の境に立つ衛兵に目礼して、階段を降りる途中でマーリカは、彼女の斜め後ろから突き出すように伸ばされた腕に足を止めた。

　コツンと足音を小さく鳴らし、マーリカを阻んだまま階段を降りて二段低い場所に立ったクラウスを彼女は見る。高低差で目線の位置はそれほど変わらない。

「……顔色が悪い」

　両頬を手で挟むようにされては逃げられない。

クラウスと目が合いそうになるのを避けてマーリカは目を軽く伏せ、階下を見下ろす。

衛兵は階段の上下にいて、丁度死角になる位置だから、ここでマーリカを止めたのは故意である。

「寝不足で……」

「嘘をつけ、素晴らしき定刻内勤務なんて言っていただろう」

小さな頃から付き合いのあるクラウスは誤魔化せない。マーリカは観念した。

「少し、考え事をしていて。クラウス兄様が心配するようなことでは」

「本当に、あの第二王子がいいのか？」

「え？」

「夜会の時から、ずっとお前を見ているが……あの第二王子でいいと思い込まされているのではないか？　そうではないと言うのなら私が口を挟むことではないが」

マーリカとしてはまったく予期してもいない方向から、クラウスにフリードリヒとのことを心配されて呆然と彼を見つめる。

「……それは、きっと逆です」

フリードリヒの側こそ、マーリカがいいと思い込んでしまっているのかもしれない。

社交界の中で進められる縁談の候補に挙がってくるような令嬢と異なり、彼の公務を直接補佐できる女性であるという点で……と、胸の内でマーリカは答える。

「マーリカ？」

「本当に、クラウス兄様が心配するようなことでは。今日確認する場所は大時計塔です。教員寮から少し離れていますから、あまりゆっくりしているとヘルミーネ様を待たせてしまいます」

頬に触れているクラウスの手を剥がすと、マーリカは微かな笑みを彼に向けて階段を降り、艶やかな銀髪のすぐ側を通り過ぎる。

「マーリカ、婚約を白紙にしたくなったら我慢する必要はない」

すれ違い様に聞こえた低くひそめた声の言葉に、さすがにそれは行き過ぎだとマーリカは呆れて振り返った。

「そんなことはないですけど、たとえそうでも王家との婚約を白紙になんて。滅多なことは仰らないでください」

「新興の王家など、かつては古き国々の王すら指名できたエスター＝テッヘン家にとってはなんでもない。ましてお前は〝本家の姫〟だ」

呆れるしかないことを口にするクラウスにマーリカは信じられない思いで瞬きをして、彼の顔を見た。ひどく真面目な表情をしているが、本気で人に話せば笑い者になるような話である。

「いつの時代の話ですか……古代に星の数ほど冠《かんむり》を集めた貴族が滅んで、唯一女系で細く血を繋いでいたのがいまのエスター＝テッヘン家の祖って、本当かどうかも怪しい話」

そこまで遡《さかのぼ》ることなく、はっきり事実が確認出来るエスター＝テッヘン家自体の話で言えば、昔々の大昔にはそれなりの貴族ではあったらしい。しかし、まだ貴族の数自体が少なかった頃である。

その後、いくつもの世の騒乱や争いの波の中でどんどん力を失い、いまや見る影もなくただただ古くから続いているだけの家だ。

（様々な国が大きくなったり小さくなったり、出来たり滅んだりする中でしぶとく生き延びてきた

のはすごいのかもしれないけれど。王子妃教育でもそう言われたし)

「まさかクラウス兄様がその話を持ち出すなんて……」

昔から過保護だと思っていたけれど、とマーリカは階段を降りていく。

クラウスもさすがに突拍子もないことを言ったと思ったのか、それ以上なにも言ってはこなかった。

「マーリカ、これから検分?」

(どうして、今日に限ってこんなところにいるの――)

教員寮を出たところで護衛騎士がつくことになっていた。

真っ先に目に映ったのが臙脂《えんじ》色の近衛騎士の制服に合わせたような、赤髪の美丈夫のアンハルトの後ろ姿で、クラウスがいるとはいえフリードリヒ付の彼が今日の護衛かと思ったらやはり違った。

さらにその前方に、淡い金髪が目立つ人がいたからだ。

金釦《ボタン》をあしらう濃紺のコートを羽織って、その下に朱色にやはり金の刺繍が入った服をまとったフリードリヒである。

「はい、本日は大時計塔に」

「ああ、あそこはなかなか面白いよ。私も昨日見てきたのだけど時計裏や一階下の金属歯車の時計機械なんて、あれはなかなか分解し甲斐がありそうだ」

「……直したばかりの場所を壊してどうするのですか。そもそも、遊びではなく仕事で確認いただきたいのですが？」

「顔合わせるなり機嫌が悪いね。少し顔色も悪いけど働き過ぎでは？」

「殿下がそれを仰いますか……」

今朝、彼の部屋でのことなどまるでなかったような普段と変わらないフリードリヒの様子に、人の気も知らないでとマーリカは拳を握りしめたくなる。

「今日はどちらへ？」

「前庭の遊歩道。五日間、日替わり出店する場所があってねえ……聞きしに勝《まさ》る美食の遊歩道《プロムナード》、実に素晴らしい。二巡したい店もあるしロッテ嬢がいてよかったよ。さすがに私ひとりでは限界がある」

「楽しそうでなによりです……」

（本当にっ、人の気も知らないでっ――――！）

にこにことご上機嫌なその笑顔を殴りたい。そもそも検分箇所の資料は渡しているのだから、行くなら誰かに言付《ことづ》けて連携してくれたら、今日の仕事は大幅に短縮されたはずなのにとマーリカは胸の内で文句を言って、周囲にいるべき人物がいないことに気がついた。

「ロッテ嬢は？　姿が見えませんが」

「ああ、私が早く来たのだよ。君の方が早く教員寮を出ていくから」

「えっ」

「君に聞きたいことがあってね」

至極真剣な顔と言葉の調子に、マーリカは今朝に関係することかと少しばかり構えながら、なんでしょうかと返事をする。

「出来立てが美味しいものがあるのだが、温かいのと冷たいの、どちらがいい？」

「――は？」

マーリカは怪訝に顔を顰《しか》め、思い切り首を傾げた。

まるで外交の場で二国から迫られ、どちらと手を組むべきかとでも相談するような深刻な声音で、まったくもってどうでもいいような質問である。

「ヘルミーネにも連日こちらに付き合わせているから、差し入れでもと思ってねえ」

うーんと唸《うな》って、あれこれ思い浮かべているらしく、天を仰いで目を閉じたフリードリヒに本当にそういうことだけには気が回りますねと、マーリカは冷淡に返した。

実際、彼は家族への差し入れや、大臣達への誕生祝い、交流ある令嬢達へ季節のカードを送るなど、そういったことには実にまめである。

家族に対しては直接会う時間が少ないこともあるし、それ以外に対しては王族として周囲の者を気遣う義務の一つであることは理解しているが、ご自分の仕事にも同じくらい気を回してほしいものである。

「特権でマーリカの好きそうなものを選んできてあげよう」

言いながら人好きのする笑みで近づいてきたフリードリヒに、まったくなにを得意げにとマーリカは小声で呟いた。

「特権って、なんの特権です」

「特権は特権だ、これでも私は結構偉いのだよ……、っと」

フリードリヒの腰のあたりでカチャリと金属の音がして、彼はわずかに顔を顰《しか》めると、面倒そうにため息を吐いた。

「本当、邪魔なのだけどこれ。第一、私、持たせる方が危ないと言われているの知っているくせに」

じとっと睨むような目をフリードリヒはアンハルトに向けたが、彼は特に反応せず受け流した。

やれやれとフリードリヒは足に当たったらしい鞘に収まった剣に触れる。

珍しく帯刀しているのは万一の用心のためだ。警備体制は万全とはいえ、人が多く、護衛も慣れていない古城の中であるからで、フリードリヒは要らないと言ったが、彼付の護衛騎士班長であるアンハルトが許さなかった。

それにしても、剣技は得意ではないとフリードリヒから聞いてはいたが、持たせる方が危ないなどと言われている程とは少しばかり意外だとマーリカは思った。

怠惰ではあるが、フリードリヒは何事もそこそこつなくこなす。

「用心というけれどさ、私がこれを使うような状況に陥る時点で、全員なにかしら処分を受けることになりかねないってわかっている?」

「もちろんです。そのようなことにならないように皆努めています」

「だったら要らないと思うのだけど……」

「殿下！」

「はいはい、わかった。今回かなり好きにさせてもらっているから言うことはきく」

反抗期の子供かといった言い方で、フリードリヒがマーリカを遮《さえぎ》った時、薄紅色の髪を揺らして深緑色の学園の制服姿の少女が彼女達の許に駆け寄ってきた。

「ええっ、皆様どうしてお揃いで？」

「ちょっとね。時間通りだよ、ロッテ嬢」

全然そんな気がしない……と呟くロッテにマーリカはそうだろうなと思う。

王族をお迎えに上がったら、待ち構えられていたようなものである。

ロッテの側で考えたら、少しばかり気の毒だ。

少し遠巻きにもう一人控えていた近衛騎士がいるのに気がついたマーリカは、彼がこちらの護衛だろうと目配せして、フリードリヒに軽く礼の姿勢をとった。

「では殿下、わたし達は失礼いたします」

「ヘルミーネによろしく。階段が急だから気をつけて」

（殿下が昨日いらして確認箇所も見てくださっていたなら、今日、ヘルミーネ様に案内いただく箇所も仕事もいくらか減っていたのですが？）

ロッテがいる手前、マーリカはフリードリヒへの非難を込めてじっと見つめるに留めたが、彼は正確に彼女の考えを読み取ってくれたらしい。

「次は知らせる……王子を睨まない」

「ロッテ嬢、よろしくお願いします」

はい、と元気よく返事をしたロッテにフリードリヒを預け、マーリカはクラウスと大時計塔へと向かった。

「本家で会った時から思っていたが、人心を惑わす王子だな……」

向かう途中で呟いたクラウスの言葉に、マーリカは聞こえなかったふりをした。

マーリカが事故に遭って療養していた際、フリードリヒはクラウスやマティアスと会っているが、そこでどんな話をしたかについては聞いていない。

（ちゃっかり求婚についての話も父様としたみたいだけれど。変なところで要領がいいのだから）

大時計塔の前に到着してマーリカは塔を見上げた。

ここの検分を終えればあとは簡単に見回れば済むものばかりだと、彼女は仕事へと頭を切り替えた。


たしかに大時計塔は、フリードリヒの言う通りに特に時計裏やその一階下の時計機械が見応えのある場所であった。各階、時計や鐘楼《しょうろう》の鐘を鳴らすための振り子や重りなどがあり、大きなからくり玩具と思えなくもない。

フリードリヒはおそらくそのように思ったのだろう。

屋根の傷《いた》みや雨漏りなどで内部の時計機械の傷みも酷く、改修工事に費用も時間もかかった場所である。いまはほぼ正確に時を刻んでおり、始業と終業の時を知らせる鐘もこの塔の鐘であった。

工事記録と修繕箇所を照らし合わせていたら時間はあっという間に過ぎて、塔を出ればもう夕方に差し掛かっていた。

差し入れがどうのと言っていたフリードリヒは、結局姿を見せなかった。

「生徒会室かもしれませんわね。ヨハン殿下が今日は一日そちらにいると仰ってましたし、わたくしもマーリカ様の案内を終えたら立ち寄る予定でしたから」

ロッテから聞いてそちらへ行ったのではないかと言ったヘルミーネに、なるほどとマーリカは思った。差し入れはおそらく菓子だろうから、たしかに時計塔よりそちらへ向かうかもしれない。

「そうなのですね。本当に毎日午後付き合わせてしまって。おかげで明日には終えられそうです」

「お役に立てたのならなによりです。学園祭といっても昨年も午後は生徒会の仕事をしていましたもの。最終日は演奏会がありますから、午前中は器楽の練習ですし」

「ヘルミーネ嬢はなにを嗜《たしな》まれているのですか？」

「弦です。フェルデン卿。ですので、その……初日にクラッセン教授とお会いした時はわたくしもうとても緊張してしまって……」

一度だけ、知人の侯爵夫人のサロンで教授の演奏を拝聴したことがあると、白い陶器のような頬を少しばかり紅潮させて話したヘルミーネに、それを先に聞いておけば、マティアスとお茶の席でも設けられたのにとマーリカは残念に思った。

フリードリヒとはまた種類の異なる自由気儘さのマティアスは、日中どこにいるのか全く姿を見かけない。

「そうと知っていれば、奴を捕まえておくのだったな」

マーリカと同じことを考えたらしい、クラウスがそう呟けばとんでもないことだとヘルミーネは淑やかな彼女らしからぬ声を上げた。

「大丈夫です。お気遣いは無用ですわ。王立科学芸術協会《アカデミー》の教授にこれ以上は望みません」

これは相当、弦楽の名手としてのマティアスが好きらしい。

「そういえばマーリカも言っていたが、あいつはどこにいる？」

「さあ。一昨夜にお見かけした時は、実に快適で眺めのいい場所を見つけたと言っていましたけれど。どちらかは」

「ああ、それは……あっ」

「ん？　ヘルミーネ嬢はマティアスを見かけたのか？」

「あ、ええ、いいえ……どちらかの廊下を歩いていらしたのを見たような、見なかったような？」

片頬に手を当てて、マーリカ達を案内中は明確な受け答えをしていた彼女にしては随分と要領を得ない返事をするヘルミーネに、マーリカは首を傾げる。

「どちらかの廊下、ですか」

「その、はっきりと思い出せなくて……」

「本当にあいつはどこをふらふらと」

「無関係な部屋などに、勝手に入っていないといいのですが」

「あの、よろしければお二人もご一緒に生徒会室へいらっしゃいませんか。ヨハン殿下が色々とお茶を揃えていますの」

フリードリヒもいるかもしれないからと、ヘルミーネに誘われる。

早朝ヨハンがフリードリヒとの婚約を快く思っていないことや、エスター＝テッヘン家に対しなにか誤解があることを知ったマーリカではあったが、まさかそれを理由に断るわけにもいかず、クラウスと共に彼女は頷《うなず》いた。

連れ立って本校舎へと入り、しばらく廊下を歩いていたマーリカだったが、ふと窓ガラスに映る自分の姿が目に留まって足を止めた。

窓ガラスを鏡に首を動かし、髪を結い上げている頭に触れる。

「マーリカ様？　どうかされました？」

「あ、いえ……リボンが……」

「あら」

髪に結んでいたリボンがない。

大時計塔の検分の際はあったはずだ、歯車の部屋でクラウスに引っ掛けそうで怖いと注意されたから。

「どちらでほどけたのかしら。申し訳ありません。気がつきませんでした」

「たぶん大時計塔の中かと」

「では誰か行かせましょう」

「心当たりを見てきます」

「一人でか？」

「大した距離ではないですから」

護衛はクラウスのためにつけている、離すわけにはいかない。

「なら私も行こう」

「いいえ。フェルデン卿にお手間をとらせるわけには参りません。生徒会室の場所はわかりますから、お二人は先に行ってください」

身内だけの時ならともかく、ヘルミーネもいるところではクラウスは公国の特使である。落とし物探しに付き合わせるわけにはいかない。

「少し見てくるだけです。見当たらなければすぐ戻りますから」

なんだか今日は間が悪い。

ヨハンも、フリードリヒも、気まずいことがあったその日にまた会うことになるし、おまけにリボンまで失くすとは。

（たかがリボンとするには重い一品すぎて、どこかで落として自然に紛失したらなんてちらっと考えたこともあるけれど……いまでなくてもいいのに）

その意味、凝り方、扱いとそのどれにも執着を感じる、失くしてもまた次がすぐやってくると想像できる呪物のような一品ではあるが、やはり本当に失くしたとなれば気が引ける。今朝のこともあるから尚更だ。

出がけに顔を合わせたフリードリヒは、まったく何事もなかったかのようだったけれど。

それに贈り物を失くすとはと、ヨハンの心証をこれ以上悪くしたくもない。

そんなことをつらつらと考えながら、マーリカは本校舎から外へ出た。

十一　大詰めを迎えるには早すぎる

外に出れば昼の光は黄昏時《たそがれどき》の光になりつつあった。

マーリカは陽が傾きかけている空を仰ぎ、逆光のシルエットとなった大時計塔の尖った屋根を見ると、王立学園の庭の通路を早足で歩く。まだ暗くなるには間があるけれど明かりを持っていない。あまりゆっくりともしていられない。

大時計塔へ戻って、マーリカは先刻検分した場所を探す。

塔の内部はそれほど広くない。色の異なる大理石で床に幾何学模様を描く一階は簡単に見渡せるが、彼女の落とし物は見当たらなかった。

上を見れば、真四角の塔の壁をぐるりと巡る階段と通路が螺旋を描いていた。

狭くやや傾斜が急な階段を二階へと登り、周囲を見回していたマーリカは、吹き抜けの上部、振り子や時計の重りが吊り下がる隙間から、見慣れた淡い金色がちらりと見えた気がした。

（もしかして、フリードリヒ殿下？）

ヘルミーネは、フリードリヒは彼女やヨハンの予定をロッテから聞いて、差し入れのために生徒会室へ向かったのではと言っていたが、やはり大時計塔に来たのだろうか。

階段から頭を乗り出すように首を傾げ、マーリカは上階を見上げる。

姿は見えないが、人が歩く床の軋みが微かに聞こえる。誰かいるのは確かだ。

マーリカが下の階にいるのに気がついていないのかもしれないと、彼女はさらに上へと塔の階段を登っていく。時計機械室のある階で、薄く開いた扉の隙間へ入っていく金髪の人影を見てフリードリヒの名を呼びかけ、彼女は慌てて口を閉じた。

淡い金色は短く波打つ彼の髪ではなく、肩先の長さに揃えて真っ直ぐなヨハンのものだったからだ。

(何故、ヨハン殿下がこちらに？)

そろりとマーリカは彼が入っていった時計機械室へと近寄るが、扉の隙間から小声で話すヨハンだけではなく中年男性の声も聞こえてきたため、ますます声が掛けられなくなる。

なにか密談めいた雰囲気に、立ち聞きする気もないため戻ろうとマーリカは判断する。あまり時間をかけていたら、過保護な再従兄《はとこ》のクラウスが護衛騎士を連れて迎えにくるかもしれない。

そう踵を返しかけたマーリカだったが、薄く開いた扉の陰に彼女の探し物を見つけた。

(あった――)

しかし、薄くとはいえ外開きの扉の陰である。

これ以上近寄れば、時計機械室の中にいる人達に気づかれてしまうかもしれない、と考えかけてマーリカは別に気づかれても問題はないかと思い直す。

ヨハンの後をつけてきたわけでもないし、彼と誰かの話を立ち聞きするつもりもなく、ただ落としたリボンを探しにマーリカはここに来ただけである。

とはいえ、マーリカやエスター＝テッヘン家に対しなにか誤解しているらしいヨハンと、こんな場所で再びなにか誤解されそうな形で顔を合わせたくもない。忍び足で彼女は時計機械室へ近づくと、薄く開いた扉の手前でそっと床の音を立てないように屈んだ。

壁際に身を潜め、静かに腕を伸ばしてさっとリボンを拾い上げて胸元へ引き寄せ、しばらくじっと室内の気配に意識を傾けて、特にマーリカに気がついた様子はなさそうなことにほっとする。そしてふと、扉の隙間からヨハンと向かい合う黒っぽい地味な服にくすんだオリーブ色のマントを羽織った人物の顔が視界の端に映って、彼女はあれと思った。

（どこかで、見た覚えが……）

誰だろうと思いながらマーリカが屈んでいた腰を持ち上げた時、「エスター＝テッヘン家が……」と、ヨハンに話すざらりと低い声が彼女の耳を打った。

立ち聞きする気も盗み聞きをするつもりもなかったが、不意に聞こえた己の家名にマーリカはその場から動けなくなる。

（なに……？）

「しかし、どうにも腑に落ちない……」

続けてぼやくようなヨハンの声が聞こえた。疑念を宿した声音にマーリカは拾ったリボンを上着のポケットへ収めると、壁の端にぴったり張り付くようにして扉の隙間から時計機械室の中を覗き込むように横顔を向けた。

ヨハンになにか誤解されるだけではなく、単純にここにいると気づかれてはまずいことになりそうな気がする。部屋の中にいるのはどうやらヨハンと中年男性の二人だけらしい。室内の大部分を占める時計機械の歯車がかちかちと規則的な音を立てているのに紛れて、中にいる二人の会話が聞こえてくる。

「貴殿等の話では、彼女が人を雇い事故を自作自演したということだったが」

「ええ、お疑いなら逃げた一味の者の一人を捕らえてあります。引き合わせることもできますが？」

「はっ、その者が貴殿等の用意した者でなく、本物かどうかどうしてわかる」

「それは、ヨハン殿下にご自身の目で確かめていただくしか……」

「怪しいものだな。今朝、彼女に確かめてみたが、彼女は私がなにを言っているのかわからないといった様子だった。王宮と疎遠な伯爵家三女など兄上の婚約者として認める気はないが、その必要もないのに陥《おとし》れる気もない」

「高潔ですな。さすがは外戚の公爵家の者すら裁く、フリードリヒ殿下の弟君だけはある」

壁際に身を潜め、マーリカは耳にした会話の内容にこれは一体どういうことと、にわかには信じがたい思いだった。

誰かが悪意を持って、マーリカやエスター＝テッヘン家に対し疑念を抱くような話をヨハンに吹き込み、陥れようとしている。

それにやはりヨハンと話す人物に見覚えがある。

（誰……少なくとも文官組織の人ではない）

マーリカが仕事で関わる人々は、会議や催し物の準備の場など、直接言葉を交わすことなくその場にいた人も含めれば大変な数になる。

しかし、多くの部局に出入りして連絡事項を伝え、連携を支援する調整官の職務に約二年間従事していたマーリカは文官組織の官吏の顔であれば大抵はわかる。

さすがに全員とまではいかないけれど、少なくともヨハンと接触しマーリカの馬車の事故の話ができる立場の者なら絶対にわかるはずだ。

何故ならあの事故は、強硬派で鉄道利権の条約をよく思わないメルメーレ公国の第一公子一派の貴族の逆恨みで引き起こされたもので、国家間の関係を考慮して、王太子ヴィルヘルムが指揮する諜報部隊によって情報は公にはならずに処理されたのだから。

（知っているとしたら間違いなく高官職以上。副官や補佐官を含めても顔がわからない人なんていないもの）

だとしたらどこで見た誰なのだろう。

記憶を辿ろうとしたマーリカだったが、細く開いていた扉の蝶番《ちょうつがい》が不意に軋む音を立てたことにはっと息をのんだ。すぐさまその場から離れようとした彼女だったが、ヨハンが誰だと声を上げる方が早かった。

「そこでなにをしている！」

ヨハンの声でこの言葉を聞いたのは、本日二度目である。

「エスター＝テッヘン公務補佐官……？」

名前まで呼ばれてしまってはどうしようもない。

マーリカは、はいと答える。

「何故ここにいるのかは知らないが丁度いい、入れ」

ヨハンに命じられ、マーリカは時計機械室に入った。

かちかちと時計機械の規則的な音がする部屋の中、ヨハンと彼女と向き合う人物から少し距離を置いてマーリカは立つ。

「大時計塔の検分途中に落し物をして探しにきていました」

「それで壁際に身を潜めて、私とこの男の会話を聞いていたわけか」

「最初からそのつもりだったわけではありませんが、探し物をそこの扉の陰に見つけて、お二人の会話が聞こえてきてこの場に居続けたことは認めます」

「ふん、言い訳がましくはあるが正直だな」

「誤魔化すようなことではありませんから」

腕組みしたすらりとした立ち姿がフリードリヒと似ているのは兄弟だなと思いながら、マーリカはヨハンに答えた。立ち姿は似ているが表情は随分と異なる。

斜に構えた皮肉な笑みを浮かべるヨハンに、若さゆえの虚勢を感じる。

「ヨハン殿下こそ、このような場所でなにを？」

そうヨハンに尋ね、マーリカは黒っぽい服装をした中年男性を見た。

「見てわかるだろう。密談だ」

「今朝は……ヨハン殿下の仰っていることがよくわかりませんでしたが、そちらの方からお聞きしたことだったのですね」

努めて冷静にマーリカが言えば、そうだとヨハンが答える。

まさか誰かに陥れられかけていたとは知らなかったから、朝、ヨハンに詰め寄られた際はわけもわからず狼狽《ろうばい》し、自分の中で気にしていたことと結びつけて気落ちもした。

けれど、悪意によってヨハンが疑念を抱くよう仕組まれてのことなら話は別である。

放置しておくわけにはいかない。

マーリカを陥れるということは、それは間違いなく彼女の婚約者であるフリードリヒをも傷つけようとする悪意であるからだ。

「だとしたら、その方のお話は事実無根です」

「私にはどちらの言い分も怪しく聞こえる」

「では、申し上げます。誰があの〝無能〟の気を引くために、死にかけるような真似などするものですかっ！」

「なっ……」

ヨハンと、彼に疑念を植え付けようとした男に、マーリカは冷めた眼差しを向ける。

本当にまったく冗談ではない。なんの陰謀か知らないけれど、人を陥れるというのならもっとましな話をしてほしいし、王族ならそんな話で簡単に惑わされないでほしい。

「人が四十七連勤後にやっと取れた長期休暇で帰省しているというのに、どう調べ上げたのか領主の娘も知らないご当地土産《みやげ》を所望《しょもう》するような人ですよ」

「貴官は……いや其方は、なにを言っている？」

戸惑った様子で尋ねてきたヨハンに、決まっていますとマーリカは答える。

「いかにヨハン殿下が仰っていることが有り得ないことか、実例を挙げて説明をしているのです」

「説明……」

「ええ。わたしの家族への気遣いを装い、勿忘草《わすれなぐさ》の刺繍をしたハンカチまで事前に用意して〝忘れるな〟ってどう思います？　上官が休暇中まで精神的束縛をする行為は明らかに強制事案《パワハラ》です。しかも一見気遣っているようにも見えて証拠にならないところが、本当にずるい」

「や、それは……其方が兄上をあまりに曲解しているのではないだろうか？」

さすがにそれは気の毒な……とのヨハンの呟きに、そうでしょうかとマーリカは反論する。

「ご当地土産の消費期限まで考慮して、王都に戻る日数を計算された上で指定してくるような方ですよ」

「う、うむ」

「それからドレスを贈られたのですが……」

「兄上も……そういうものを贈ろうと考えるのだな」

「周囲の物の大きさとの比率で人の寸法を目算で割り出して工房に発注し、仮縫い段階でほとんど直す必要ないほど精緻な代物なんてもはや破廉恥事案《セクハラ》です」

「たしかにそれは、好意ゆえでも妙齢の女性に対してどうかとは思う」

「それもありますが……そんな計算能力があるのなら、財務書類の確認などすぐでしょう！　それをぐずぐずぐずぐずと七日も渋ってて」

「怒りどころはそこなのか⁉　噂に違わぬ仕事熱心さだな……」

ああ、思い出したら本当に腹が立ってきたと、マーリカは胸の内でひとりごちる。

七日の間にどれだけ財務局から嫌味を言われたか。嫌味だけならマーリカの仕事の内であるから構わないけれど、部下の、秘書官詰所の、設備費を削るとまで言われた。

最終的に第二王子執務室予算を増やして補ったけれど。

「ヨハン殿下、これでもわたしがフリードリヒ殿下の気を引くために事故を自作自演したと思われますか？」

「説明というよりは業務上の愚痴だが、むしろ説得力はある……」

「まだお疑いでしたらわたしの家についてお調べください。ヨハン殿下の仰る通りの影響力を持つ家なら、姉二人の結婚支度金で危うく傾きかけたりなどしません。親類を通じて家財を放出してなんとか。余ったお金も治水事業に全額回しています」

帳簿も金銭のやり取りを示す証書もすべて提出できる。治水事業で依頼した職人達への支払いも記録されているはずだ。

田舎はすぐ誰それさんの口利きや調子の良い口約束で、後から揉め事になりやすいため、エスター＝テッヘン家はその手の記録だけは完璧なのである。

「もっと取り澄ました説明なら違っていただろうが……わかった」

ご理解いただけたようだと、マーリカはほっと息を吐いた。

「ところで、ヨハン殿下」

マーリカは、彼女がヨハンに説明している間にじりじりと後ずさり距離を取ろうとしていた男を見た。やはり見覚えがある。

「わたしが事故を自作自演し、エスター＝テッヘン家がまるで大陸の影の支配者でもあるかのような疑念を殿下に植え付けようとした、こちらの方はどなたでしょうか？」

尋ねて、マーリカは自分が口にした言葉に引っ掛かりを覚えた。

（事故……？）

マーリカの視線から顔をそむける男を、じっと彼女は見つめた。

事故……実家の伯爵領から王都へ戻る途中の駅で、馬車の馬を替える際に転倒事故を起こすよう馬車に細工された。さらに人に見つかりにくい林道を走るために、御者《ぎょしゃ》まですり替えられた。

（そうだ、事故だ……馬を替えた時の……身なりがあまりに違うからわからなかった）

「その男は、バーデン家の――」

「貴方は、あの時の――」

ヨハンとマーリカが同時に口を開いた刹那、ダンッと床を強く踏む音がして男が物凄い勢いで正面から二人に向かってきた。

（なにか、持ってる――！）

ひらりと幅広なマントの袖の中に鈍器のようなものが見えた瞬間、マーリカは考えるより先に動いていた。突然の男の行動に驚いて身を引いて固まっているヨハンの腕を掴み、彼女は力任せにそれを引いてヨハンを部屋の扉へ向かって引き倒すようにして庇う。

「うっ……！」

額の左端を鈍器で打たれた強い衝撃に襲われ、マーリカは呻《うめ》きよろめいた。

左側の視界がさっと赤く染まる。

それでもヨハンは無事かとマーリカは目を忙しなく動かし、扉の側で尻餅をついている彼を見つける。

「おいっ！　エスター……っ！」

ヨハンが上げた声に、再び後ろから襲いかかってきた男に気がついたマーリカは振り返って、男が工具かなにか鈍色《にびいろ》に光るものを振り下ろしてきた腕を、とっさに止めて叫ぶ。

「ヨハン殿下、立ってくださいっ！」

必死で男に抵抗して、男を力一杯押し退け、少し距離を取って、マーリカはヨハンを振り返る。

「逃げてっ！」

「馬鹿を言うなっ！」

マーリカの言葉に突き動かされるように立ち上がって助けようとこちらに足を踏み出すヨハンに彼女は首を振って声を荒らげる。

「馬鹿はっ……殿下ですっ！」

よろけながらマーリカはすぐさまヨハンに近づくと、ありったけの力で彼を部屋の外へと押しやって叫ぶ。

「この人だけでなかったらどうするんですっ！」

マーリカの言葉にヨハンがはっとしたように目を見開き、慌てて階段を見たのに彼女は頷《うなず》いた。

ここは塔の上階だ、もし他にも仲間がいて下からきたら逃げ場はない。

「先に……逃げてください……」

ふらつきながらヨハンを追って部屋を出たマーリカは扉を閉め、その背で扉を押さえて床に滑り落ちるように腰を落とす。

荒い息を吐きながら血が流れる額の傷を押さえて扉にもたれ、まだ躊躇《ためら》っているヨハンに朦朧《もうろう》としてきた意識の中で彼女は声を振り絞って彼を促す。

「早くっ!!」

「――――っ！」

バタバタと慌ただしく駆け降りていく足音を聞いてマーリカは安堵の息を吐く。背中に扉を開けようとする力がかかり、押さえていられたのはそう長い時間ではなかった。

後ろから男に蹴り倒され、衝撃を感じるより先に額を打ちつけた鈍い音が内側に響いて、彼女は床にうつぶせになって倒れる。

――第二王子……だったはずがっ。

遠のく意識の中で忌々《いまいま》しげに呟かれた言葉を聞き、男の狙いがヨハンでないことをマーリカは知ったが、それ以上はなにもできなかった。

――だが、この女でも……大詰めはこれからだ。

(だめ……)

男の足先で仰向けになるよう転がされ、危険が迫っている主《あるじ》の名を口にしかけたその途中でマーリカは意識を失った。

十二　最悪な状況になっている

どうしてこんなことになった――。

夕方の閉門を知らせる鐘が鳴り響く中、無我夢中で走りながらヨハンは呟いた。

バーデン家の使者が兄フリードリヒの婚約者への疑念を彼に吹きこもうとしたのは、フリードリヒに対しなにか企んでいたからだろう。

あの家は王家の厄介な外戚で、フリードリヒとも三年前に確執と言えるものがあるからヨハンも半信半疑であった。

「外戚の公爵家でも裁こうとする若い王子の気概《きがい》に当主も心動かされた」などと言っていたが、そんな調子のいい言葉をまさか鵜呑みにするほどヨハンも愚かではない。

だが一方で、兄の婚約者に対する不信感もあった。

婚約の話を聞く以前から、敬愛する兄が突然抜擢した秘書官を調べないヨハンではない。

エスター＝テッヘン家は王宮と疎遠で資力も取るに足らない地方のただ古くから続くだけの伯爵家。

何故こんな家の娘が突然、兄の目に留まって筆頭秘書官になったのかわからない。

おまけに婚約者になるにあたっては、宰相に騎士団総長、大臣達がこぞって推挙し、高位令嬢達もそれを認めている。いくら秘書官として献身的にフリードリヒの公務を支えていたからといっても、秘書官一人の働きなどたかがしれている。

ヨハンには、どう考えても異常としか思えなかった。

おまけにその家系、大陸の主だった国に広がる縁者とその所領を地図と重ねてみれば、これは飛び地の大国だと愕然《がくぜん》とした。

それぞれの家はただの一諸侯に過ぎず、なかには爵位を失ったものもいるがだからこそ不気味であった。

これだけの広がりがあるのにすべての家が権力の中枢と距離を置いている。

一族が掲げる家訓だという言葉にたどりついた時、ヨハンは背筋に嫌な震えが走ったのをよく覚えている。


——諍《いさか》いなど他家に任せ、一族和合と相互扶助《ふじょ》の下《もと》、我らは栄《さか》える。


なんなのだろう、このエスター＝テッヘンという一族は。

取るにたらない本家の伯爵家も、どんな戦乱や混乱の世も乗り越えて細々と生き延びている家だと考えるとなんとも不気味に感じられる。

ヨハンがマーリカに言った、バーデン家の使者から聞いた話が信じられるだけの材料もあったのである。

もっとも、そんな家であれば姉二人の結婚くらいで傾かないなどといった、家の恥のようなことまで晒すマーリカの説明で否定されたわけだが。

「たしかに……私が考えたような家であればそれは有り得んな……」

それに彼女は身を挺《てい》してヨハンを逃した。まさに王家に仕えし臣下であることを体現したわけである。

ヨハンと三つしか違わない女性であるというのに。

あの判断力と胆力《たんりょく》でフリードリヒを支えているのだとしたら、どんな理由を重ねても彼女を否定できない。

あのような貴族令嬢は、フリードリヒの周りには他にいない。

「私が……兄上が選んだのだというヘルミーネの話を信じていれば……」

王立学園にいてもヘルミーネは社交界の噂話に詳しい。婚約の公示がされてすぐに王都に広まっている話を彼女から聞いたが、どうせ王宮や社交界の適当に美化された話に違いないと思っていた。

そんな噂でも広げなければ第二王子の婚約者など到底なれないような弱小伯爵家の娘なのだから。

認めるほかなく、失うわけにはいかない。

本校舎を抜け正門に行けば衛兵がいるはずだ。教員寮にはフリードリヒに随行する近衛騎士もいるはずだが距離がある。

「あれ？　ヨハン殿下ー！　そんな血相変えてどうしたんですか？」

中庭を抜けようとした時、前方から聞こえてきたあまりに暢気そうな少女の声にヨハンははっとした。日が暮れかけているなかでも、その珍しいピンクブロンドの髪色は目立つ。

「ロッテ君っ！」

ヨハンは走る速度を上げて、深緑色の学園の制服を着た小柄な少女へ近づく。彼女のそばには兄のフリードリヒとその護衛騎士もいるはずである。

息が切れて倒れそうに苦しかったが、ロッテのところにたどりつけば、思った通りに近衛騎士の制服を着た者がいた。

「ちょっ、どうしたんですか⁉　本当に！」

「あ……あ、にッ……あにう、っ……えっ、はッ……」

地面に膝と手をついてヨハンは倒れ込んだ。そのまま肩で息をするヨハンに狼狽《ろうばい》するロッテに、彼は途切れ途切れにフリードリヒの所在を尋ねて咳き込む。口から垂れてきた唾液が地面にぽたぽたとこぼれた。

「どうされました⁉」

王子にあるまじき醜態を晒すヨハンに即座になにか起きたと察したのだろう。ロッテの側にいた赤髪の近衛騎士が抱え起こしてくれたのに、ヨハンは取り縋《すが》ってぱくぱくと口を動かす。

「っ、時計……」

「時計？」

「……っぐ、だぃ……大時計塔だっ。エスタッ、テッヘン……補佐官がッ――」

げほげほっとヨハンは再び咳き込んだ。

襲われかけた動揺と酸欠でくらくらするが、ヨハンを逃してくれた人はもっと酷い状態のはずである。

頭から流れる血で顔半分を染め朦朧《もうろう》としながら、逃げろと叫んで、信じられない力でヨハンを突き飛ばしたマーリカの姿を思い出し、ヨハンは奥歯を食い締め顔を上げた。

「エスター＝テッヘン公務補佐官が襲われた！　大時計塔の機械室で私を庇って！」

「なっ……！」

「――マーリカが？」

背後から聞こえた、聞き覚えのあまりない声にヨハンは振り返った。

夕闇深まるなかで長い銀色の髪が光っているように見える。

公国の特使である長身の男が見下ろしていたのにヨハンは頷《うなず》いた。

「クリスティアン子爵！」

「すぐ手配する」

固く鋭い声と、公国の特使が連れていたらしい護衛騎士に指示する声が聞こえて、赤髪の騎士の腕から、ヘルミーネとロッテの華奢な四本の腕にヨハンは体を支え直された。

「ヨハン殿下、お怪我は？」

「私はない」

「とにかく、生徒会室へ行きましょうっ」

ヘルミーネとロッテに寄りかかり、ヨハンは立ち上がる。

学生三人を任せられたらしい護衛騎士がこちらへと誘導するのに従って、ヨハンは足を動かした。


大時計塔から生徒会室にやってきた赤髪の近衛騎士アンハルトと、公国の特使クラウスによると、大時計塔には誰もいなかったという。

「床にわずかな血痕は残されていましたが」

「あの塔の上から運んだとしたら、なにか目的があってのことだろう。ただ殺す気で攻撃してきたのならヨハン殿下に逃げられている状況で運ぶ必要はない」

作業用の大机の椅子に落ち着き、ヘルミーネが入れたお茶を飲んで、ひとまず平常心を取り戻していたヨハンは二人の報告を聞いて、安堵とも焦燥《しょうそう》ともつかない深いため息を吐いた。

マーリカが生きているらしいのはよかったが、悪い状況であることには変わりない。

兄フリードリヒの姿もないらしい。

一緒にいたはずのロッテの話では、ほんの一瞬彼から余所《よそ》へと視線を移した間でもういなくなっていたということだった。

護衛騎士のアンハルトによると、フリードリヒの逃亡癖は幼い頃からの筋金入りで、要人警護の訓練を受けた護衛騎士であっても簡単に撒《ま》かれてしまうとのことだった。

マーリカによる説明といい、まったく知らなかった兄のとんでもなく迷惑な一面にヨハンは再びため息を吐く。

たしかに、現場の官吏から〝無能〟などと言われてしまうのも無理はない。

「こんな時に兄上は一体どこへ……」

「ヨハン殿下、それについては申し上げにくいが経験上ものすごく嫌な予感しかしない」

「ん？」

大時計塔にマーリカがいなかったと報告した時以上の渋面《じゅうめん》を見せたアンハルトの言葉に、ヨハンは眉間に皺を寄せた。

「そうだな……あのよくわからない洞察力と行動力のある第二王子ならたしかに」

アンハルトの言葉を聞いて黙考していたクラウスの同意するような呟きに、ヨハンの側に並んで座っていたヘルミーネとロッテが首を傾げる。

「なんですの」

「嫌な予感って？」

少女二人の疑問には答えず、クラウスはヨハンへと目をやると、次にアンハルトの顔を見た。

「初日から、誰よりも早く気がついていた」

「変なところであの方は目敏《めざと》い」

「気がつく？　なんの話だ、フェルデン卿？」

「落雷で崩れたらしき倉庫、正確には修理をしていた職人。あの者達はおそらく労働階級の者ではない。手や体つきがそういった者達とは異なる違和感に、私も検分で何度か通りかかるうちに気がついた」

「知っていて、黙っていたのか！」

「手配したのはヨハン殿下では？　明らかに怪しい者達を手配した相手に尋ねるとでも？」

どこの者かもわからず怪しい動きをしないうちは泳がせていたと、平然と話すクラウスにぐっとヨハンは言葉を詰まらせた。

クラウスの側からすればそうするのが妥当だろう。ヨハンでもそうする。

「たしかに、だが手配したのは……違う」

「そういえば、ヨハン殿下は近隣領地の伝手だと仰っていましたね」

アンハルトがヨハンに尋ねるのに彼は頷《うなず》いた。

特に慌てた様子も見せないからどうやら彼も、クラウス同様に察してはいたらしい。

これが経験の差なのだろうか……ヨハンはいまのいままでまったく気にも留めていなかった。

「あいつだ……エスター＝テッヘン公務補佐官と私に襲いかかったバーデン家の使者」

「バーデン家……？」

「学園祭の時期にあのような建物を放置していては危ないが、この時期職人を急に手配できない。こんな陸の孤島ではなおさらだと話したら公爵家の伝手があると」

「そう言えば聞いていなかった、マーリカを襲った男は王国の貴族なのか？」

ヨハンがアンハルトに話す言葉を聞いて、今度はクラウスが尋ねる。

再びヨハンは頷《うなず》いて、おそらくはと答える。

「公爵家から多額の寄付金を学園に届けにきた使者だ。私のところに王宮から届いた文書についても知っていたから彼《か》の家に仕える貴族ではあると思うが……だが確たる証拠は」

「……どういうことだ？」

考え込む様子を見せたクラウスに、アンハルトが目を細める。

「フェルデン卿は、エスター＝テッヘン殿を襲った者に心当たりがあるようだな」

「いや……」

「悪いが悠長なやり取りをしている時間はない。心当たりや知っていることがあるなら直《す》ぐにでも話すことをおすすめする。嫌な予感がすると言ったはずだ」

「なんの話だ？」

「貴殿も言っただろう、初日からフリードリヒ殿下は気づいていたようだと。ただでさえ凶悪なまでの引きと運の強さであるのに、わかって動いているなら絶対最悪な状況になるに決まっている」

頭を抱えだしたアンハルトに、その場にいる全員の怪訝そうな眼差しが集まる。

最も不可解さをその表情に浮かべるクラウスが他国の王族の心配をする義理はないと言えば、まったくわかっていないないなとアンハルトは唸《うな》った。

「どういう意味だ？　エスター＝テッヘン公務補佐官は⁉　それに兄上もっ」

まさか、その者たちにもう……と、呟いたヨハンに、それはないとアンハルトは顔を上げた。

「エスター＝テッヘン殿はおそらく人質でしょう。経緯から考えて当初はそれはヨハン殿下の予定だった。護衛が常に付き人目も引く視察の同行者より、学園の生徒として自由な行動がとれるヨハン殿下の方が狙いやすいですから」

「私が……まさか兄上が視察に来るのを狙って？」

「もしバーデン家が噛んでいるなら殿下の詳細な予定は知り得る情報です。用意はそれなりに周到ですから、動けなくする以上の危害を加える可能性は低いでしょう。しかし、これ程あからさまなことをするのは少々疑問です」

色々と不可解な点もあり頭が痛い……と、額を押さえるアンハルトにヨハンは正直腹が立った。

武官として冷静さを保ち動じないにしても、いささかのんびりとしすぎではないかと。

そのような苛立ちが伝わったのだろうか、アンハルトがヨハンを再び見る。

「恐れながら、フリードリヒ殿下の心配ならご無用です。剣など基本の型すら怪しい上にご幼少の頃から鍛錬と名のつくものは怠けに怠けておりますが。怠けたいがために相手を瞬時に行動不能にする特殊な戦闘術をお持ちです」

「え？」

「私が最悪だと申しましたのは相手の側です。余程の手練《てだ》れを揃えても仕留めるのは難しい方だというのに。ヨハン殿下の話を聞くにどう考えても素人《しろうと》でしょう？」

（仕留めるのは難しいとは……貴殿は兄上の護衛ではないのか？）

いくら侯爵家嫡男でフリードリヒ付の近衛騎士班長であるといっても、その言葉は不敬どころではないとヨハンは思ったが、いままで知らずにいた完璧だと思っていた兄のまったく完璧ではない情報が多すぎて処理が追いつかない。

「公国にとって不都合がなければよいが」

ちらりとアンハルトがクラウスへと目を向ける。

この男は護衛の近衛騎士班長だが、父親が騎士団総長だけあって妙な迫力があるなと、そんなことをヨハンは思った。

「詳しくは話せないが……クリスティアン子爵」

んっと、クラウスが軽い咳払いをし、マーリカの身の安全にはかえられないとばかりに話しだす。

公国より親類を優先させるような言葉にヨハンは驚いたが、なにか話してくれるのなら余計なことは言わない方がいいだろうと口を挟むのは控えた。

「人事交流制度と合わせて、私は公国外へ逃亡した不穏分子《ふおんぶんし》の調査の命も受け特使としてきている。クリスティアン子爵、もし貴殿の言う最悪な状況の線が濃厚であるなら彼等の捕縛もしくは保護を要請したい」

「あいにく私にその権限はない。ただの近衛騎士班長だ。この場でその権限を暫定的《ざんてい》にでも持つとすれば……」

ヨハンへ視線を戻したアンハルトは、生徒会室の床に跪《ひざまず》いた。

「ヨハン殿下。事態収束のための行動許可を」

——重い、そうヨハンは思った。

こんな国家間の関係を左右しかねない判断を迫られることになるなんて、マーリカと話していた朝には想像もしていなかった。

いま思えば公国との人事交流制度のきっかけとなった条約締結も、王宮からの知らせにそんな話が突然出てきたと思ったら翌月にはもう締結の目処《めど》が立っていた。

あれもこのような突発的な出来事だったに違いない。

フリードリヒは第二王子として、いまのヨハンと同じ十八歳で公務についている。

以降、何度も華々しい功績を上げてきたが、運にしろ、意図してにしろ、常にそこには第二王子という立場においての判断とそれに伴う結果の責任を負っている。理解しているつもりであったその重さをヨハンはいま実感していた。

(この重圧は王族にしかきっとわからない。恐ろしいが……私も王子なのだ)

いまこの場で、事態収束の判断ができるものは自分しかいない。己の未熟さがいまの状況を引き起こしたのであれば、その責任は負うべきだ。

「……許す」

「ありがとうございます。後は我々と——エスター＝テッヘン殿にお任せください」

「彼女は人質で救出される側だろう。なにを言っている」

「エスター＝テッヘン殿ほど、フリードリヒ殿下の方向修正と事後処理に長ける官吏はおりませんよ」

ヨハンを労い安心させるように苦笑してみせたアンハルトに、まったくとヨハンは額を押さえた。

「兄上は一体これまでどんな迷惑をかけてきたのだ……」

第二王子を支えるなど官吏であれば誰でも出来ると言ったが撤回する。

兄フリードリヒの側近が、実質大臣達であるのも納得である。

これまで耳にしてきたフリードリヒの功績の陰に、こんな事態が頻繁に隠れているというのなら、護衛騎士はもちろんとてもじゃないが並の官吏の能力や覚悟では務まらない。

「私は、卒業したら予定通りに大兄上の下につく……」

そうヨハンは体の底からの疲労感を覚えながら、力無く呟いた。


頭が……疼《うず》くように痛いとマーリカは真っ暗な意識の中で呟いた。

それに体の節々がぎしぎしと固く、縛られたように動けない。

「うっ……」

倒れた時に切ったのか口の中が錆《さ》びた味で気持ちが悪いと、呻《うめ》きながらマーリカは目を覚ました。

目を覚まして――意識を失ったままでいた方がよかったかもしれないと後悔する。

薄暗い、石造りの部屋にいる。狭くはないが広いともいえない場所である。

それから、どう考えてもマーリカを助けてくれるとは思えない、顔半分を布で隠した男が……数えて五人。

おまけに椅子の背もたれに背と手首を固定されている。

左右の足は、椅子の脚を添木《そえぎ》にするようにして縛られていた。

(口は塞がれてはいないけれど……)

どれほど時間が経ったのかはわからない。

だが、意識を失う直前に鐘の音が聞こえた気がする。

だとしたらおそらくまだここは学園の中のはずだ。学生にも教員にも学園祭に招かれた招待客とも思えない男達が、閉門後に学園の外へ意識のないマーリカを運びだすのは難しい。あまりに目立つ。

(口を塞がれていないということは、叫んでも外にはわからない？　人が周囲にいないような建物かもしくは地下……？)

幸い、彼等はマーリカが目を覚ましたと気がついていない。

目だけを動かし、彼女は必死に状況の把握に努める。

岩を積んで漆喰《しっくい》で塗り固めたような壁。窓が見当たらないところを見ると地下が濃厚そうだと考えて、マーリカはさらに絶望的な気分になった。

こんな場所、気づいてくれる人がいるとは思えない。

(ヨハン殿下は上手く逃げられただろうか)

少なくとも大時計塔にこれほどの人数はいなかった。

周囲にヨハンの姿はない。別室に捕まっている可能性もあるけれど、縛られたマーリカ一人に五人も見張りをつけるとは思えない。

（おそらくここが彼等の根城《ねじろ》で、だとしたらヨハン殿下は逃げられた……？）

マーリカは少しばかりほっとする。

ヨハンが逃げることができたのなら、近衛騎士や衛兵が動いている可能性が高い。

ひとまず心配は彼等がマーリカを見つけてくれるまで、無事でいられるかに絞られる。

「目が覚めたようだな」

いつまで無事でいられるかは……わからないけれど。

背後から聞こえた声に六人目がいたと思いつつ、心の中でマーリカは考える。

「さっきは随分と勇ましかったが叫んでも無駄だ、外には聞こえない」

「あ、貴方は？　ここは……、どこでしょうか」

（えっと、たしか……こういった場合、むやみ騒ぎ立てたり取り乱したりするのは厳禁）

誘拐時は大人しく、状況を把握し、適度に従順に、相手を刺激しない程度対話を試みる。

相手に、自分も同じ人間であることを忘れさせないこと。

年一回、親族持ち回りで一季節、親族の子供が集まって一緒に過ごして学ぶエスター＝テッヘン家の勉強会。

そこで教えられるのは、各親族が住んでいる国の歴史や礼儀作法だけではない。

誘拐時の心得や、森や山で遭難した際の対処術、簡単な護身術なども子供同士が組になって演習込みで教わる。大人に抵抗できない子供を狙う人攫《さら》いはどこの国にも存在する。貴族の子供の身代金狙いが多いが、様々な目的の人身売買など平民の子でも油断はできないから必要な知識なのだとは思う。

（まさか、実際にそれが役に立つ機会が巡ってくるとは思わなかったけれど……）

巡ってきてほしくはない実践機会だ。

それにこういった場合、女性はより恐ろしい危機が想定される。

男装しているが、男性に化けているわけではないため、マーリカが女性だということは見ればわかる。

（そもそも、わたしを狙ってきたの……二度目だし）

ヨハンと話していた男の顔をマーリカは思い出した。

あの馬車の事故の際、馬を替えた時にその世話をしていた男だ。

マーリカを狙った犯人は捕まったと聞いているから捕まったのは御者なのだろう。馬車の駅にいた者は事故現場から場所も離れているし、言い逃れもできる。

（でもだとしたらおかしい）

実行犯は公国貴族に雇われた悪人だったはずだ。

男が襲いかかってくる直前に、ヨハンはたしかにバーデン家の使者と言った。

（どういうこと？　何故、公国貴族とバーデン家が……それにわたしを狙う意味もわからない）

「答えると思うか？」

「わっ……わたしが意識を失う前っ、本当は第二王子だったはずと……あれはっ、どういうことですか？」

背後からの声は、まさにマーリカに襲いかかってきた男の声だ。

低くざらっとした声で、高圧的な話し方ではあるけれど荒《すさ》んではいない。

公爵家の者とヨハンが思っていたくらいなら、貴族かそれなりに教育を受けた者であるはずだ。

一体なにが目的なのだろう。とりあえず目が覚めたマーリカをいたぶって楽しむつもりではなさそうなのは幸いだ。そのつもりならとっくに殴られ蹴られるなどしているだろうし、もっと最悪下劣な想像するのも恐ろしいことだって有り得るが、いまのところそういった気はなさそうである。

「気丈なことだな。普通の令嬢なら、泣くか喚《わめ》くか、震えて声も出せないところだ」

若干の呆れをにじませて、背後の男が喋った。

「まあ、身を挺して王子を逃すくらいであるしな」

「わたしはっ、王家に仕えしエスター＝テッヘン家の者です。ヨハン殿下をお守りするのは臣下として当然のこと。貴方もそうなのでは？」

「む？」

「メルメーレ公国の方ですよね？　なぜ王国の公爵家の者としてヨハン殿下に接触したのですか？なんのためにわたしを……なにか余程の理由があ、っ！」

「うるさい！」

椅子の背もたれを蹴り倒されてマーリカは石の床に横倒しになる。

左耳と頬をしたたか打ち、口の中を少し噛んでしまって彼女は顔を顰《しか》めた。

かつん、と足音が耳元で聞こえ、「おい、起こせ」と背後にいた男が言って、一番近い位置にいた別の男がやってきて二人がかりでマーリカを元の体勢に戻す。

倒しておいて、また起こしてくれるとは親切だ。

（あ、いや、また蹴り倒して楽しむというのなら勘弁してほしいっ）

「お前は餌だ。第二王子を呼び出す。あの王子でそうするはずが、第二王子の側付きのお前が来たからな」

それから、マーリカが呆れるほど聞いてもいないことまで男は喋ってくれた。

彼等は公国を追われた第一公子派の公国貴族であるらしい。

国境で接しているバーデン家が彼等を庇護《ひご》し、離宮に軟禁状態の第一公子を救い出すための手助けや資金援助をするかわりに第二王子フリードリヒ・フォン・オトマルクを害する依頼を受けたという。

彼等にとっても、鉄道利権に関する条約締結や第二公子を後継者に決定づけた憎い隣国の王子であるから、抵抗はなかったらしく果たして両者の利害は一致して手を結んだ。

「そんな時に、わざわざ第二王子の方から都合よく出向いてくるという情報が入ってきた」

ここまで聞いてマーリカは、目が覚めた時とはまったく種類の違う絶望的な気分になっていた。

（都合が良すぎる――――！）

柄が悪いのかいいのかわからない男達のいる部屋を、虚ろな半眼でマーリカは眺める。

手首を背もたれに固定されていなかったら、間違いなく頭を抱えているところだ。

（殿下が突然王立学園の視察を言い出したのはわたしの事故の後。わたしの実家でクラウス兄様達と出会って、公国と非公式の会談をした後……）

それ以上、考えたくない。

けれど考えてしまう。

ここ何ヶ月かの間のフリードリヒの言動を。

公国との人事交流制度関係の書類の処理をやたらぐずぐずすと渋り、やる気がでないとぼやき、マーリカにバーデン家の話をし、さらにはクラウスとマティアスの二人を王立学園の視察に同行させた。

（これは……）

フリードリヒは愚かではない。むしろ怠惰極まりないこと、振り回される側の気持ちや都合を考えることや調整に必要な時間の概念が根底から欠けていることが本当に惜しまれるほど優秀で、特に彼自身が気を向けたことにはマーリカも驚くような才気を発揮する。

（運の良さや引きの強さだけより、もっと最悪な……わかってやっているやつ！）

それをこんな序列三位の公爵家と隣国のお家騒動まで巻き込んでやられたら……その後処理は尋常じゃなく大変なことになる。文官組織はもちろん、今回は武官ももしかすると宰相他重鎮も巻き込む大事になるかもしれない。

そうなった時、フリードリヒ自身も問題になるが、側に付いているマーリカも責任を問われることになる。

「あの……すみません……」

「なんだ」

「いまの進捗状況を……教えていただけないでしょうか」

「は？」

「いまの進捗です！　フリードリヒ殿下とはもう接触しているのですか⁉」

「え、いや……まだ……」

マーリカが意識を失った後、彼等は彼女をこの場所へ運ぶ一方で、深夜にこの場所とは別の場所へフリードリヒに一人で来るよう書いた手紙を用意し、学園祭の来場者を装って通りがかりの学生に声を掛けてロッテに渡すよう手配したらしい。

ロッテは学園祭の案内係でフリードリヒの側にいるから、彼女によって手紙の内容はフリードリヒに伝わる。

「だが、どうも……向こうも第二王子を探している様子だ……」

「どういうことです？」

「知らん。地下の入口から外の様子を確認した際に、第二王子がどこにもいないと話し声が聞こえて……」

とにかく元々そのような手筈《てはず》でいて、しかし当初人質にしようとしていたヨハンに逃げられ、すぐに学園全体厳戒態勢となると大慌てでここに身を潜めたらしい。

（本来は、こういった悪事に無縁な人に見えるけれど……）

マーリカ達が視察に訪れる前から学園に入り込むような周到さもある、それなのにいくら予定が狂ったとはいえ動きが雑すぎる。

第一、その段取りだとロッテが手紙の中身を最初に見るから、フリードリヒ以外にも内容が伝わる。周囲が王子を一人で行かせるはずがない。

（なにか事情があってこんな暴挙に出ている？　黒幕はバーデン家？　わからない……）

なんだかちぐはぐだ。

「では、まだフリードリヒ殿下と貴方達は接触しておらず、仮にその手紙がロッテ嬢か他の人の手に渡っても、ここは露見しないということですね？」

「あ、ああ……」

「おいっ！」

マーリカに気圧されたように彼女を起こすのに手を貸した男が首を縦に振って答えるのを、彼女の背後にいる男が咎めた。どこにもいないといった言葉を聞いて、マーリカの中で不安がどんどん増していく。

マーリカの経験上、フリードリヒがふらふら姿をくらます時はろくなことがない。

いつのまにか〝美食王子〟なんてふざけた名前で王都流行誌《ジャーナル》に下町美味探求《B級グルメ》の連載枠を持つにいたるなどその最たるものであるし、夏の夜会を抜け出して王都の下町のカフェにまさかの正装姿で単身寛いでいたこともある。

（暗殺されたいのかと怒ったら、危機的状況になれば助けてくれるよく調教された護衛がいるから大丈夫なんて、妄言《もうげん》のような言い逃れをするし）

本当にそんな護衛がいるのなら、とっくに王太子のヴィルヘルムはフリードリヒの行動を把握しているはずで、王宮の逃走ルートも封鎖されるはずである。

子供だってもう少しましな嘘を吐くと、小一時間ほど説教することになった。

「悪いことは言いません、わたしを解放してください」

「なにをふざけたことを」

「ふざけるなんてとんでもない。わたしはむしろ貴方達の味方です。利害の上では。そもそも尋ねもしないことをべらべらと喋って。こういうことに慣れていないのでしょう？　人を雇いもせず……なにか事情があってのことなら……っ」

「なにを意味のわからないことを——！」

再び椅子ごと蹴り倒される。

今度は右側で、さっきより勢いが強い。

「ぐっ……」

胸をしたたかに打って、けほっとマーリカが咳をすれば、結い上げた髪を掴まれて首を軽く持ち上げられる。

今度は起こしてはもらえなさそうと思いながら、マーリカはそれでも彼女の髪を掴んでいる、彼女の背後にいた男への説得を試みる。

「殿下が来ていない、いまなら……まだ穏便に処理する余地がっ」

ごっと、右のこめかみが石の床とぶつかった音がして、マーリカは視界に飛んだ火花に目をつぶった。

頭がぐらぐらする。

これはちょっとまずいかもしれないと思いながら、なおもマーリカは続けた。

「あ……なた達は、フリードリヒ殿下を甘く見過ぎて……あの人は……」

言い終える前に、右耳をつけている石の床から伝わってきた音にマーリカは深く嘆息した。

遠く上から下へ降りて近づいてくる足音。

遅かった。

学園は広く、しかもここは地下だと聞いた。

一体、どうやって見つけたのだろう。

(本当に、無駄に引きが強い――)

頭の奥を揺さぶられているような眩暈《めまい》がする。

油断すればまた気を失ってしまいそうだけれど、絶対にそれは駄目だとマーリカは顔を顰《しか》めながら目を細める。

何故なら霞《かすみ》がかかったような視界に、薄暗い部屋の中でも目立つ淡い金髪の色が見えるから。

「うーん、七人とは困った。差し入れの数が足りない」

百歩譲って、見つけてくれるのはいいとして。

どうして一人でのこのことやって来るのか、より最悪な状況になるだけである。

「……殿下」

マーリカは心底から彼を殴りたかった。

十三　今度こそ本当にわたしの文官人生終わる気がする

頭が痛い、ずくずくずくずくと後頭部と右のこめかみが疼《うず》いている。

けれど、それ以上にこの状況がより頭が痛い――と、椅子に縛り付けられ横倒しになった格好でマーリカは首を曲げて唸《うな》った。

「殿下……どうして……」

これが舞台で演じられるお芝居であるならば、なかなかいい場面になるのかもしれない。

悪漢に攫われた令嬢が危機一髪というところで姿を現した王子……場所と人物配置と立場だけを見ればそうなる。だが、残念ながら現実は大いに違った。

「二時間待ちの焼菓子があってさ、待っている間にロッテ嬢達とはぐれてしまってね」

薄暗い地下室がしんっと困惑を帯びて静かになり、誰も彼もがフリードリヒを見て呆けたように停止している。

呆気《あっけ》に取られる気持ちはマーリカもわかるし、これが普通の人の反応であると思う。

呼び出そうとしていた人が、身を潜めていた場所に自らのこのこやってきただけでも驚きだろうし、その上、室内の状況など完全に無視して学園祭の出店《でみせ》を回っていた話を友人知人に聞かせるように話し出したのだから。

（殿下の有り得ない振る舞いについていけず、皆が思考停止している……）

それに彼の見た目がまた、現実感のなさに拍車をかける。

美の女神に愛されたなどと言われているフリードリヒである。

薄暗い地下室の中にいて、彼の周辺だけ何故かほのかな光が当たってでもいるかのようにきらきらして見えるのは、淡い金髪で金糸の刺繍がされた艶やかな絹地のコートを着ているためだけではないだろう。

きらびやかな王城の中にいても、雑然とした下町にいても、薄暗く黴臭《かびくさ》い地下室の中にいても、フリードリヒはフリードリヒである。人目を引く美貌と泰然自若《たいぜんじじゃく》とした様子が、なにを考えているのかわからない、只者ではないと思わせる王子。

（御年二十六にしてこの無駄に人の畏怖心を煽《あお》る揺るぎない感じは、感心もするけれど）

大時計塔でどこか王族として侮られぬよう虚勢を張っているようにも感じられたヨハンの姿を見たばかりのマーリカなので余計にそう思う。

「目当てのものを入手して大時計塔に行ったけど誰もいない。ロッテ嬢に、彼女とヘルミーネが今日の夕方に生徒会室に集まる予定だと聞いていたから、そちらへ誘われたかなと立ち寄ってみたけれどやっぱり誰もいない」

「……殿下」

マーリカを攫い、フリードリヒを害そうと企んでいた者達は公国貴族である。

殴られたり椅子に縛られて蹴倒されたりと結構酷いこともされているけれど、悪事をし慣れているようにも思えない。立場の弱い者に対し居丈高に強く当たる延長程度の暴力であり犯罪は素人といった感じをマーリカは受けた。何故、自らこんなことをしているのか不可解ではあるけれど。

（そんな人達が殿下とこの状況に、とっさに反応できるわけがない）

「マーリカはどこにいるのかなって、他の修繕箇所でまだ報告受けてないところを辿ってもやっぱりいないから、これは崩れた倉庫かなと来てみたら、なにか引きずったような跡と倉庫の中の石畳の間に君のリボンが挟まっていた」

どうやらマーリカを捜索しているだろう護衛騎士達とフリードリヒは、互いにすれ違うように動いていたようだ。

それにここは、落雷にしては怪しい崩れ方をしていた古い倉庫の地下であるらしい。

（何故、これは崩れた倉庫かなと思ったのか……お聞きしたい）

そう考えた理由があるはずである。頭痛の煩わしさもあって顔を顰《しか》めたマーリカの心中を読んだように、フリードリヒはその理由を話した。

「砂袋一つ二つ担いでよろけるなんて、明らかに労働に慣れた者の動きじゃない職人が集まっていたからね……私は下町に時折出かけているから彼等との違いはすぐにわかる」

得意げな顔をして言うことかと、マーリカは胸の内で毒づく。

そもそもそんな重要事項、どうして黙っていたのだと問い質《ただ》したい。頭がくらくらするのは石の床に打ちつけた衝撃がまだ残っているからだけではないとマーリカは思う。

「それでマーリカ、どういう状況？」

「……最悪な状況です。殿下が一人でいらして」

床に横倒しになっているマーリカがフリードリヒを睨み上げてぼやくように答えれば、その言葉にはっと我に返ったように公国貴族達が身構えた。

反応が遅い、とマーリカは思う。

そもそも六人もいて、何故この部屋に全員固まっているのだろう。

もし自分であれば地下への階段下に二人、この部屋の入口に二人配置する。侵入者が階段を降りきるところでまず仕留め、仕留め損なっても迎え撃てるようにとマーリカが考えていたら、フリードリヒが再び話しかけてきた。

「なにかまた剣呑なことを考えているね」

「どうして崩れた建物の、床の隙間にリボンなんて怪しい場所へ……単身でのこのこいらっしゃるのかと」

「中のクリームが温かいうちが美味しいのだよ。怪しかったから入口に置いてきたけれど」

「配慮の方向を間違えるにも程があります」

あくまで差し入れなのか、とマーリカは小さくため息を吐き、あらためて室内にいる男達の様子を確認した。

暢気に話すフリードリヒに却って慄《おのの》き動けないでいるが、もうそろそろそうでもなくなるに違いない。

「殿下、お逃げください」

「――フリードリヒ殿下、ですね？」

何故なら、人は状況に慣れる。

床に転がっているマーリカの頭のすぐ後ろに立っている、大時計塔で彼女に襲いかかった男がフリードリヒに問いかける。

「そうだけど」

「殿下！」

誰がどう見ても王族にしか見えないフリードリヒではあるけれど、なに馬鹿正直に答えているのだとマーリカが咎めたのと、彼の返答を合図に剣を抜く音がして、室内の男達が一斉に各々が持つ長さや形状もまちまちな刃物を彼に向けたのはほぼ同時であった。

なにも頓着《とんちゃく》せずにフリードリヒは部屋の真ん中付近まで進み出ていたから、完全に五人の男達に囲まれた形になっている。これでもう、穏便な処理はできないとマーリカは嘆息した。

ふむと、自身の状況を把握したようにフリードリヒは自らの顎先をつまむ。

「あまりこういうのはおすすめしないよ。手を組む相手もよろしくない。バーデン家がヨハンに接触するなら、おおよそ私狙いと想像付くけれど……らしくもない」

フリードリヒはそう言って、軽く肩をすくめて彼に切っ先を向ける男達を見回すように首を動かした。

「どう考えても利用されていると思うよ」

「我々には我々の目的がある」

「あー、そういう感じ……」

ものすごくやる気のないため息混じりの、投げやりな調子にも聞こえるフリードリヒの呟きにマーリカは眉間に皺を寄せた。

他国の王子に剣を向けた瞬間、彼等は終わりだ。

たとえこの場を逃れても追われていずれは捕えられ、処刑を待つ身となるだろう。

（やっぱりなにか掴んだ上か考えるところがある上で、殿下は……本当にこんな大変な事態は避けたかったのに……、っ、痛っ！）

首領格の男に再び髪を掴まれ、頭を引き上げられたマーリカは髪を引っ張られる痛みに歯を食いしばって男を横目に睨みつけた。

男がなにをしたいのかはわかっている。

「わたしは人質になりえませんよ」

「婚約者のはずだ」

「だからです」

国を動かす王族である我が身と、一臣下に過ぎないマーリカと、その優先順位に迷うようなフリードリヒではないはずだ。彼や彼の責務を支える役目を将来担う婚約者であるならなおさら、この場合は誰よりも軽く見捨てるべきである。

それができないようなら、そんな主《あるじ》はマーリカの方から願い下げだ。

マーリカはちらりとフリードリヒのコートの腰を見た。帯刀はしている。

どれほど扱えるのかはわからないけれど。

「黙れ！　女が偉そうに口を挟むな！」

状況的には有利であるのになにを苛立っているのか、激昂した男の声に一度床にマーリカが倒された時に起こすのを手伝った者が一番に動いた。

巻貝のような形の護拳《ごけん》の付いた柄《つか》の細剣《レイピア》で突こうと、フリードリヒに向かって踏み込んだが、寸前で大きく一歩脇に彼に避けられて的が外れた男は前のめりによろける。

よろけた男のもつれかけた足首に、フリードリヒが足払いをかける。

剣を掴んだまま男は転んで床に倒れた。

「あ、あ……ぐぁぁ……っ、がぁっ……」

床に倒れたにしては大袈裟な苦悶《くもん》の悲鳴が上がって、なにが起きたと驚いたマーリカが目を凝らす。俯《うつぶ》せに床に倒れている男の頭がフリードリヒの片足に踏まれて押さえつけられており、剣の柄を握っている手はフリードリヒの両手に包むように掴まれていた。

床から天井に向けて、男は腕を伸ばすようにフリードリヒに拘束されている。その剣の切っ先は、フリードリヒを背後から狙っていた別の大柄な男の左目に刺さる寸前で止まっていた。背をのけぞらせ片目を失う難を紙一重で避けた大柄な男は半歩後ずさる。

床に伏せた男は激しく身悶《みもだ》え、片腕は自由なはずなのに起き上がれずにいる。

（な……に……？　これ……）

再び床から苦悶の声が上がる。悲鳴を上げるはずである。柄を握る指を護拳の中で捻《ね》じ折るように、フリードリヒによって関節の曲がらない方向へと捻《ひね》り上げられているのだから。地味なやり方だがあれは痛い。

起きあがって抵抗したくても彼の足に頭から首の付け根を床に押さえつけられ、もがくことしか出来ないでいる様子である。指の痛みに悶え、石の床に擦り付ける顔面はきっと傷だらけになっているだろう。

ふとフリードリヒと目が合って、空色の瞳が細まったのにマーリカは思わず顔を顰《しか》めてしまった。正当防衛とはいえ、人の頭を踏みつけることにも、指を捻《ね》じ折ることにも、躊躇《ためら》いの欠片もない様子のフリードリヒの方が悪人に見える。

「貸して」

背後の大柄な男に切っ先を向けて牽制したまま、指を捻《ね》じ折った男の剣を取り上げてフリードリヒは踏みつけていた男の頭から足を外した。そんなことをしたらすぐさま反撃されるとマーリカは危ぶんだが、無用の心配だった。

反射的に男の肩が持ち上がった途端、浮き上がった男の顎先を蹴り上げて気絶させ、そのまま後ろへ体を捻って、背後にいる男に飛びかかるように彼の武器を持つ腕の付け根に奪ったばかりの剣を突き下ろす。

振り返った勢いと、フリードリヒの体重を乗せて床に縫い止めるように肩関節を刺された大柄な男は、バランスを崩してどしんと背中から倒れた。後頭部を石の床に打ちつけた頭が跳ねる。おそらく脳震盪《のうしんとう》を起こしているはずだ。

呻《うめ》いている男を、顔を上向けたままフリードリヒは鼻先から見下ろし、突き立てている剣を捻《ひね》った。骨が削れ、腱《けん》が千切れる嫌な音を掻き消す、獣の咆哮《ほうこう》のような悲鳴が地下室に響き渡り、剣が突き立てられている肩口から流れ出る血で、灰色の床が見る間に赤黒く染まっていく。

カシャンと床に倒れた男が手放した十字柄の剣が転がり、叫び声などまるで聞こえていないような表情でフリードリヒは倒した男から離れて床に落ちている剣を拾い上げると、そうするのが当然とばかりに呻《うめ》く男の左右の膝を順番に刺して足を潰した。

びっ、とわずかに飛び散った血がフリードリヒの滑らかに白い頬を汚す。

あまりの情景にさすがのマーリカも彼等から視線を外す。確実に人の急所ばかりを容赦なく無慈悲に狙うフリードリヒに、本当にどちらが悪人だかわからない。

「な、なん、な……」

マーリカの髪を掴んでいる男が意味をなさない声を発し、フリードリヒを囲む残る三人が各々の剣を構えたまま彼を凝視し、戦慄の表情を浮かべて固まる。

(殿下が執務室や王城から抜け出しても、クリスティアン子爵がどこか暢気に構えていたのは……剣を持たせた方が危ないって、こんな……!)

あっという間に、己の剣に手をかけることもなく二人である。

平然と顔色一つ変えず、相手を動けなくすることだけに特化している。

えげつないにも程がある――と、マーリカは胸の内で呟いた。

「君たち、公国貴族でしょう。バーデン家も大雑把なやり方を取ったものだ」

十字柄の剣を手に、フリードリヒはマーリカのいる方向へと足を進める。

止まれ……と、マリーカの耳元で震える低い声がして、椅子の背もたれの後ろでガチャリと重さのある嫌な音がした。

聞こえた音がなにか気がついたマーリカが声を上げるより早く、ダンッ……ダンッ……と狭くも広くない部屋に耳を塞ぐような銃声が響き、ばらばらと天井を固める漆喰の砕けた粒と粉が降ってくる。

その粉塵《ふんじん》と火薬の匂いにマーリカは首を振ってくしゃみをした。

「止まれ」

ごりっと、右耳の上に押しつけられた銃口の熱を感じて、マーリカは不快に表情を歪める。

本当に今日はマーリカにとって厄日としか言えない日である。

それにマーリカの髪を掴んだまま離さないでいる首領格の男は、ことごとく選択を間違えている。

(この男は、馬鹿だ)

フリードリヒを止めたいのなら、銃をマーリカに向けても意味がない。彼にも言ったようにマーリカは人質にはなり得ないしなる気もない。王家に仕えし臣下と認められた時に覚悟はしているつもりである。けれど実際に、若干錯乱しかかっている男に銃を押し当てられて冷静さを保てるほど、マーリカも気丈じゃない。

心臓がばくばくと音を立て、縛られている手の指先が痺れ冷たくなるのを感じ、血濡れた額に嫌な脂汗が浮かぶのを感じる。本当はいまのいままでだって冷静じゃなかった。冷静そうに思えることを考え続けることで、取り乱すのを抑えていただけである。

怖い――。

「殿下、どうしてさっきこの者が撃った後の間にここを出なかったのですっ!」

マーリカは恐怖の声を上げげそうになるのをフリードリヒへの文句に変えて、かろうじて表面を取り繕った。相手の嗜虐心《しぎゃくしん》を煽るようなことやフリードリヒに助けを乞うような態度を見せるなんてもってのほかである。

「少し考えはしたけれど、今度は私の背中に穴が開くだけだろうから」

「明らかに不審な所に一人で来るからっ!」

男が銃を出したことで、フリードリヒに対し動けずにいた他の男達の表情から彼への怯えが抜けつつあることに、なんて単純なとマーリカは思うが、その単純さがマーリカとフリードリヒの状況のまずさを表してもいた。銃を向けられればさすがにフリードリヒも自由に動けない。まだ剣を彼に向けている者達は三人残っている。

「いま怒っても仕方ないよ。リボンは持ってきてしまったし。アンハルトが差し入れに気がついてくれるといいけれど。もしくは銃声が聞こえたことを願うかな。まったく……っ」

突然、間合いを詰めてきた一人に、フリードリヒは持っていた十字柄の剣を両手で棍棒《こんぼう》の如く振り下ろした。厚みのある重い剣は鈍器としても使える。

フリードリヒは持っていた剣を捨て、剣を構える腕を彼に打ち据えられた痛みと痺れで上手く剣を操れなくなっている相手の腕を掴むと大きく右に薙《な》ぎ払い、彼の脇腹を刺そうとしていた別の男の左肩から右肩を一直線に切り裂く。

（人の腕ごと剣の柄にするって！）

「う、う……動くなぁッ！」

マーリカに銃を押し当てている首領格の男が再び声を荒らげたが、その時にはもう彼以外の男達はほぼ鎮圧されていた。

先ほど両肩を結ぶように一直線に深く切られた男はもちろん、彼を切り裂いた剣の持ち主はフリードリヒに掴まれた腕の肘を本来曲がる方向とは真逆に折り曲げられ、そのために取り落としかけた細身の剣はフリードリヒの手に渡る。彼は拘束していた男の首の後ろに剣の柄を打ちつけて失神させると、両肩を切られてうずくまっている男の両足首に剣の切っ先を向けて切りつけ、残る最後の一人に向かって槍《やり》のように持っていた剣を投げた。

真っ直ぐな鋭い刃を持つ細身の剣は、正確に少し離れた位置にいた最後の一人の利き腕の方を貫き、他の者達が倒されていることもあって、完全に戦意を喪失させた。

（たしかにこれは、剣技じゃないけど……苦手とかそんな話とは違う！）

あらかじめ決められていた一連の流れのように、男達が呻《うめ》き、倒れていった。

フリードリヒが彼の剣を抜こうとしないのは、彼が倒した者達と同じ隙を作らないためなのかもしれないが、しかし、心配しなくても誰も彼のような攻撃も防御もしないとマーリカは思う。

マーリカに銃を突きつける主犯格の男は脅しすら忘れ、フリードリヒ以外に立っている者がいなくなった部屋に茫然としている。

「アンハルトが遅い……」

ぼそりと呟いたフリードリヒに、なに癇癪《かんしゃく》を起こしかけて……と思いながら、マーリカはいつからか自分の体が小刻みに震えていることに気がついた。

抑えようとしても止まらない。

さすがの彼女も疲弊し限界が来ていた。

突然、鈍器を持った男に襲いかかられたことや、ヨハンを庇って怪我を負いながらも抵抗して捕まったこと。

マーリカの目の前で繰り広げられた、一歩間違えれば、床に倒れて血を流していたのはフリードリヒだったかもしれない争いの光景。

そしていまも、拘束され銃を向けられ続けていることに。

「殿下、今なら戻れるかと……」

緊張に掠れた声でマーリカは呟く。呼吸が浅い。上手く息ができない。

フリードリヒがマーリカにたどりつくよりも、弾丸の方が速いのは明らかだ。

後処理で文官人生が今度こそ終わりそうな気でいたけれど、その前に人生が終わってしまうかもしれない。

正直、非力な令嬢らしく気を失えるものなら失ってしまいたい。

だがそうなれば、銃は間違いなくフリードリヒへと向けられることになる。

彼の臣下としても、婚約者としても気を失うなんてことはマーリカには出来ない。

「さっきと大して変わらないよ」

どうしてこの状況で、まったく普段と変わりなくやる気のない様子でにっこり微笑んでいられるのだろうとマーリカはフリードリヒに思う。

あっという間に男五人を倒し、その返り血まで浴びながら。

白い頬を返り血の赤が点々と濡らし、なまじ美貌であるだけに言い知れぬ凄みがあった。

彼が手に嵌めている白革の手袋はすでに赤黒い血で染まっている。

フリードリヒについて、喜怒哀楽が少々ずれた感性アレな特殊性癖だと思っていたマーリカではあるけれど、これではどう考えても真性危ない人だ。

それなのに、彼の暢気そうな調子の言葉に、ほんの少しだけ冷静さと気丈さを取り戻せたような、もう少しだけがんばれる気がマーリカはした。

「それに生存率が高いの、こちらでは？」

「動くな！」

男が髪を掴み直した痛みにマーリカは目を細め、顔を歪めながら、真っ直ぐにマーリカに近づいて来るフリードリヒの言葉にたしかにそうだと思った。

首領格の男がマーリカを人質として脅している間、フリードリヒは安全である。

「止まれ！」

フリードリヒに見せつけるように、マーリカのこめかみに銃を押し当て直して男は叫ぶが、フリードリヒは小さく肩をすくめただけだった。

「いいのかっ！」

こめかみに押し当てられた銃口が揺れている。マーリカが体を震わせているためだけではなく銃を持つ男の手も震えていた。近づいてくるフリードリヒを明らかに恐れている。

まずい、とマーリカは直感的に思った。

フリードリヒに銃を向けさせてはいけない。

マーリカが先に撃たれた場合、次を撃つ間でフリードリヒは背後を気にせず逃げられる可能性がある、けれど彼が先に撃たれれば取り返しがつかない。

その後に残されるマーリカもきっと助からない。

「……投降してください」

どんな言葉に刺激されるかわからないほど神経を昂《たかぶ》らせている男に対し、ごくりと緊張に喉を鳴らしてマーリカは男の気を引こうと説得の言葉を口にする。

「黙れ……」

ガチリと銃の撃鉄《げきてつ》を起こす音が伝わり、思わず首をすくめてしまいながらもマーリカは男への説得を続ける。

「人質にはなりえないと言ったはずです」

「うるさいッ！」

「人の忠告は聞くものだよ」

すらりとフリードリヒの剣が鞘から抜かれ、その切っ先が男の鼻先より少し上を捉え、皮を裂いて鮮血が散ったが、興奮しきった男は動じずフリードリヒを睨みつけて叫ぶ。

「動くなと言っているっ‼」

マーリカのこめかみへの圧迫がふと軽くなった。

「殿下――っ！」

マーリカの髪から手を離し、両腕を伸ばしてフリードリヒに銃を向けた男に彼女は声を上げた。

床に膝を落とし、椅子を背負う形で前屈みの格好となったマーリカは、首を伸ばした視界の端にぶるぶると震え揺れている男の腕といまにも引き金を引きそうな指を捉えて、だめっ、と首を横に振る。

その時だった――。

フリードリヒの信じられない言葉が、焦るマーリカの耳を打った。

「撃つなら撃てばいいのに」

「殿、下……？」

「はァ？」

フリードリヒの声にただ反応して発したような男の怪訝そうな声に、フリードリヒは剣を構えたままちらりと背後に倒れる男達を顧みて、男を見下ろす。

「結構、倒してしまったからねえ……これはちょっとよろしくない」

フリードリヒの言葉の意味を捉え損ねて、マーリカは眉根を寄せる。

なにを言っているのだろう、この人は。

「なにしろ君たちとバーデン公との繋がりは、ヨハンやマーリカと君たち自身の証言にほぼ限られるだろうし。名を騙《かた》られたと主張されたらねえ……そのための君たちだろうけれど。バーデン公がそこまでして私を廃《はい》したいというのなら、それも民意というものだ」

まあどのみち君は処分されると、フリードリヒはわずかに笑みをにじませた声音で男に語りかけた。

「撃たれてもすぐ死ぬわけじゃない。撃って私に斬られるか、撃たずに拘束されて処分されるかなら、君が目的を果たすためにすべきことは自明では?」

本当に、なにを言っているのだろう……この人は。

殿下、と。

震える声でマーリカはフリードリヒに呼びかけた。

しかしまるでその声が届いていないかのように、フリードリヒは男に切っ先を突きつけ愉悦《ゆえつ》の笑みを浮かべている。

「保身を優先してもいいのに……実に惜しまれる」

「……黙れ」

「君もマーリカと同じなのだろう?」

塔の中で襲われた時よりも、目を覚まして囚われていると認識した時よりも、銃を押し当てられた時よりも、マーリカは狼狽《ろうばい》していた。

止めなければならない。

そんな言葉だけが頭に浮かぶ。

フリードリヒを、止めなければならない——。

「間もなく護衛のアンハルトが部下を引き連れてやって来るだろうが、引き金にかけた指を曲げるくらいの時間はまだある。失敗できないのだろう。これほどの距離なら外すこともそうはない」

マーリカは、彼女のすぐ側で屈んで銃を構える男を見た。

まるで魔に魅入られでもしたような表情でフリードリヒを凝視し、慄いている。

「大国の王子である私を害してでも、守らなければならないものがあるのだろう？」

はあはあはあ……と、男の息が上がっていく。

ふと、マリーカは屈んだ男の背丈が、椅子に縛られた彼女とほぼ同じことに気がついた。

令嬢としては高すぎる背丈を気にしていたけれど、今日ばかりはそれがよかった。

はーっと、息を吐いてマーリカは腹筋に力を込めた。

（本当にっ、この無能は——！）

心の中でフリードリヒに叫んで彼女は、縛りつけられた椅子の角で男の頭部を狙い、彼を押し潰さんと大きく肩を揺らした反動をつけて勢いよく倒れ込む。

ダン——ッ……！

地下室に銃声が反響し、しんと静まりかえる。

「殿……か……殿下っ！」

飛びかかる際に固く閉じた目を開けて、視界に映った床に伏せているフリードリヒの姿にマーリカは叫んだ。少し間を置いて、彼の頭がもぞっと動いたのを見て彼女は安堵の息を吐きだす。

男は、椅子に括《くく》り付けられたマーリカの下で伸びていた。彼女に倒れ込まれて、床に側頭部を強く打ちつけたらしく、完全に気を失っている。

銃は彼の手から離れ、床を滑ってフリードリヒの足元にあった。血濡れた手袋が床に投げ捨てられ、銃を拾い上げるすらりと形の良い手にほっと彼女は再び息を吐く。

すべてが終わったところで、バタバタと慌ただしくこちらへ向かってくる複数の足音が聞こえて、マーリカはぐったりと脱力した。

「……危ない」

乗っかっている男の体から床へ、顔から落下しそうになってマーリカは、濃紺色の絹のコートを羽織った胸元に受け止められる。

短剣も持っていたらしい。ぷつっ、と縄が切られた音がして、背中と手首や足の圧迫が緩んだと同時にマーリカの視界がぐらりと傾《かし》ぐ。

視界の端に映った赤髪の近衛騎士に銃を渡し「あとは任せる」と命じる声を聞きながら、横抱きに体を抱えられた感覚にマーリカは緊張の糸が切れて遠のく意識の中で、散々ですと呟いた。

十四 後始末をしても仕事だけが増えていく

天空の城とは、山頂付近、春や秋の頃に発生する雲海に古城が浮かぶ様をいう。

王国三名景と呼ばれる風景の一つだ。

本来はこの王立学園を遠目に見渡せる別の山から眺める景色のことらしいけれど、天空の城の側から雲の海を眺めるのも十分絶景だとマーリカは思う。

虹色に輝く雲がまさに大海原《おおうなばら》の如く果てなく続いている――。


囚われていた古い倉庫の地下室から救出され、緊張の糸が切れて気を失ったマーリカが目を覚ました場所はフリードリヒの部屋となっている教員寮の客間であった。

空が白みはじめた薄明かりの中、ゆったり広い寝台の真ん中に一人寝かされていることに気がついて彼女は慌てて身を起こす。全身清められて清潔な麻の寝巻きを着ており、怪我の手当もされている。

部屋を見回し、すぐにソファの上で毛布に包《くる》まって眠るフリードリヒの姿を見つけた。

背もたれにいい加減に引っ掛けた、刺繍を全面に施す室内着のガウンが半ばずり落ちているのが先に目に入って、そのすぐ下に彼は寝転んでいた。

主をソファに追いやってその寝台を使っていたことと、すやすや安眠している彼の様子にマーリカはなんとも形容し難い気分で顔を顰《しか》める。

朝の光がやけにまぶしく感じて寝台を降り、窓に近づいて外を見てみたら、雲の大海原が広がっていたことに驚いて掃き出し窓からバルコニーへとマーリカは出た。

近づいたフェンスの縁に手をかけ、下を見てみたが雲に阻《はば》まれて地面はうっすらとしか見えない。マーリカは背を少し丸めて、フェンスの縁に組んだ両腕に顎先をのせた。

遠くたなびく光る雲をただ眺める。まだ夜は明けたばかりでとても静かだ。

頭がぼんやりしていてなにも考えられない。

一日で色々なことがあり過ぎた。出来事の一つ一つを思い出して振り返るのもなんだか億劫でしばらくの間じっとしていたら、少し肌寒くなってきた。

けれども動く気になれない。いつしか腕を枕に顔を伏せ、うとうとと微睡《まどろ》みかけてもいた意識の中でどうしたものかとマーリカが迷っていたら、不意に肩から毛布をかけられ、かけてくれた人の体温に背後から包まれる。

「危ないし冷えるよ」

優しく囁く声に答えたくなくて、マーリカは微睡《まどろ》みから覚めることを拒否した。下ろした黒髪に顔を埋《うず》められ吐息が軽く首筋を撫でても、やっぱり彼女は拒否した。

覚めたくないし、答えたくもない。

一言でも答えれば、きっと怒涛《どとう》の勢いであふれ出す文句とも怒りともつかないものをそのままぶつけてしまう。

日頃から不敬極まりないことを散々言っているけれど、仕事を進めるためだと相手も承知の上でわかっていて言うのと、ただただ感情任せに言うのとでは違う。

そんなことはしたくない。

ましてこんな美しい雲の海が広がっている朝に。マーリカは首を振った。

「マーリカ」

とうとう名前を呼ばれてしまった。仕方なくマーリカは伏せていた顔を上げて振り返る。マーリカが動くのを待っていたように、腕を軽く引かれて立ち位置が入れ替わる。

呼ばれてしまっては答えるしかない。だってマーリカの名前を呼んだ人は、彼女が仕えるこの国の第二王子である。

フリードリヒ・アウグスタ・フォン・オトマルク。

マーリカを映す、空色の瞳を見たらもう駄目だった。

息を吸い込み、口を開いたけれど、言葉よりも先に手が出てしまった。

力の入らない手で何度も、その白く滑らかな頬を叩きながら、マーリカはひっ、うっく、と小さく嗚咽《おえつ》を漏らしてしまうのを止められなかった。心の中がぐちゃぐちゃだった。

一つだけはっきりしている。全部に怒っている。本当に全部に。

考えを黙っていたことも、それが彼なりの気遣いでもありそれだけでもないことも。

公私一緒くたに色々なことをいっぺんに、マーリカや現場の文官武官だけでは済まない迷惑な形で処理することになるとある程度見越して動いていたことも。

単身で怪しいとわかっている場所にマーリカを助けに来たことも、どちらが悪人なのだかどう考えても怖いのは貴方の方だと言いたくなる様子だったことも、身を危険に晒したことも、どうしてそんなことをするのか訳がわからないことも……。

なにもかも、全部全部全部全部だ。

少し困ったようにマーリカにされるがままになっている彼は、誰よりもマーリカのことを理解してくれている人ではあるけれど、どうして怒っているかは絶対にわかっていない。

「ごめん、わからない」

頭ごと両腕に抱き込まれて、マーリカは決壊した。

幼い少女が泣き出した時のような声を上げた後、ぐすぐすとしゃくりあげる合間で「殿下が……」とか「この無能っ」とか「絶対シメる」とか、およそいままで言ったことのある彼を誹謗《ひぼう》する言葉は全部言った気がする。

「コロス……」

「私が色々と間違えて駄目になったらね」

しゃくりあげている間、何度も目元や頰をなぞっては頷《うなず》く言葉を囁いてくる唇に、こんなに怒っているのに、どうして怒っている相手に宥《なだ》められているのだろう理不尽だとマーリカは思う。

「言えばもっと怒りそうな気がするけれど、とにかくマーリカを巻き込んだ全員許す気はなかったのだから仕方がない」

動いて泣いて、少しばかり力が込められるようになってきた拳を握って、清潔な絹のシャツを着た肩を一殴りすれば、痛いと苦情の声が聞こえたけれどマーリカは無視した。

頭を抱えられていた腕が解かれて、彼女は少しだけ身を引く。

「マーリカは意外と手が出るよね。私を悪し様《あざま》に言う言葉のバリエーション豊かなのに」

「怒らせることばかりっ……言ったり、やったり……なにもしなかったりっ、話してくれなかったり……投げだしたり……するから……っ、ですっ」

「そう」

「はい」

ぐすんっ、と涙声を取り繕うように洟《はな》をすすって返事をし、目元を手の指先で拭って、マーリカはフリードリヒを見た。

彼は寝巻きではなく、室内着のシャツとトラウザーズに着替えていた。

そういえば、ソファの背もたれに掛けてあったあのガウン。

私用の来客応対もできそうな豪華な刺繍の入ったあれを、寝る前までは羽織っていたのだろう。

きっとマーリカの頭の怪我を見て、彼女が眠っている夜の間、側について様子を見てくれていた。

怪我をしているとはいえ、婚前の男女である。

おそらくは彼の部屋に休ませていたマーリカに対する配慮で、あんな事件の後に休むのには適さない、寛ぎ過ぎない印象の室内着を選んだ。妙なところで細やかに気を遣う。

「……ずっと王子でいたいものだね」

不意にぽつりと呟かれた言葉が、雲の海に吸い込まれていくようにマーリカには聞こえた。

「その間、ずっと怒られるのだろうけれど」

苦い微笑みに、マーリカはわずかに俯いた。

あの時、フリードリヒは挑発でもなんでもなく、公国貴族に自らを撃たせようとしていた。

「ああいったのは、止《よ》してください」

「大した腕じゃないことは最初の威嚇《いかく》でわかったし、至近距離でもぐらぐら震えていては撃っても

当たるものじゃないよ……公国も文句言えないし、バーデン家も王家を非難できなくて面倒がない」

「殿下」

「仮に私に当たってもあの距離なら剣で斬って道連れにできる。いい加減、アンハルトも来る頃合いだったし、あとは兄上やマーリカが上手くやってくれる……なんて、少しばかり考えたけれど。生憎《あいにく》、私は痛いのと苦しいのは嫌いなのだよ」

「殿下……」

「それなのに、拘束されている身でいまにも銃を撃とうとしている相手に飛びかかるのだから、勇敢にも程がある」

「……もういいです、殿下」

わかってしまうから、嫌になる——と、マーリカは彼をうかがうように見る。

あの時、彼はなにも考えてはいなかった。

強《し》いて言うなら、あっさり己の危うさを葬るかといった、ただの〝衝動〟。

そうしても不審に思われなさそうな状況だったから。

以前、フリードリヒから聞いた、幼い頃に女神の廊下《ギャラリー》で壁画の中に描き込まれた女神の糸を切る鋏《はさみ》と、それを手に取ろうとする何者か《彼》の影。

正しく王子であり続けることと、無自覚に逸脱するかもしれない自覚。

その二つがいつも彼の頭の片隅にはある。あの絵には彼が望まないものに誘《いざな》うなにかと、彼を彼たらしめているなにかがあるのだろうとマーリカは考える。

（先程わたしに話したことも本当で、痛いのと苦しいのは嫌いも……それも本当なのだろうけど）

あの公国貴族の男にマーリカが飛びかかろうと思いついたことに気がついて、引き返した。彼を止められた。

「マーリカは偉いね……あの状況でずっと臣でいた。まったく、弁《わきま》えすぎて人質として振る舞ってもくれない」

「……当然です」

フリードリヒの手がマーリカの頬に触れて、彼女は俯いたまま息を吐く。

「なんのために、わたしが好き好んで側にいるとお思いですか？」

「弁《わきまえ》えすぎているけれど、マーリカって結構私のこと好きだよね」

「ええ……ですから、何度でもフリードリヒ殿下を第二王子の仕事に連れ戻します」

これまで溜めに溜めてきたものが全部流れ落ちたような気分でマーリカは顔を上げて、少し腫れぼったく感じる目でフリードリヒを見た。

「この美しい景色を前に仕事だなんて、どうかしているよ」

「殿下、人が真面目に……」

「真面目だよ。私にしては珍しく大真面目に、マーリカでないと色々だめだと思っている」

フリードリヒの親指の先がマーリカの下唇に軽く触れて、彼女を見つめる空色の瞳が細められる。

「離宮に隠居する時は、マーリカも一緒にいて欲しいしね」

「まだ当分先の話です」

マーリカの目元や頬を宥めていた唇がさらに下へとおりて……重なろうとした寸前、彼女の華奢な指が彼を止めた。

「マーリカ――」

「その……外、で……人に見られてはなので」

「いまさら?」

フリードリヒの言う通りではあるものの、怒り任せに泣いて文句を言っている最中に宥《なだ》められるのと、恋人や婚約者としてのそれは、同じ距離で接していてもマーリカのなかで少し違うのである。

「室内に……戻りませんか?」

「いいけど、バルコニーと違って自制できる気がしない」

「は……?」

フリードリヒの顎先を押さえていた指が、彼にやんわりと外された。

マーリカが戸惑っている間に、頬から、口元の端へと順に口付けられて、下唇の先を少し食《は》まれる。

「逃す気ないけど、選んでくれるというのなら逃げないで」

囁かれてすぐ、ただ重ねるだけではなく何度も味わうように唇を啄《ついば》まれ、深くなっていく口付けにマーリカは目を閉じて彼に身を委《ゆだ》ねる。

どうかしていると思うけれど、迷惑で危ういところも含めて彼がいい。

「マーリカが欲しい」

熱いため息に、誘うようにマーリカは首を傾けて、再び重なる唇を受け入れる。

彼は望んでくれるから。彼に都合がいいばかりじゃないところも含めたマーリカを。

オトマルク王国、王都リントトン。

復活祭期間も終わり、きらめくような若葉が木々に茂る初夏である。

季節が移り変わっていくのは早い。

「もう無理……本当っに無理……」

第三王子執務室の隅に設置されている大机に突っ伏してマーリカは呟いた。

中継ぎのフリードリヒ付筆頭秘書官を引き受け、公務とも連携して対応している第三王子のアルブレヒトは同い年で、同じ仕事の苦楽を共有している。

いまやすっかり、互いに愚痴を言い合っては、励まし労い合う同志である。

「まさか王立学園の視察がこんな大変なことになるなんて、災難だったね」

はい、と。

小皿にのせた若葉色のクッキーを差し出してきたアルブレヒトに「ありがとうございます」と言って、マーリカは皿の上の一枚をとってかじった。

さくさくのクッキーは小麦の風味とバターの旨み、そしてちょっぴりほろ苦さを持った爽やかな甘みが美味しい。

色も形も初夏の若葉を思わせる焼菓子である。

「なんでしょうかこれ。美味しいですね」

色味も珍しいけれど、ほんのちょっぴりのほろ苦さが癖になる味だ。

「お茶なんだって。東方の島国の、お茶の葉を粉にしたものを混ぜたらしいよ。今年はこれが来るって〝美食王子〟が」

「〝美食王子〟……」

アルブレヒトの一言に、持ち上がりかけていたマーリカの気分は一気に急降下する。

まさにその〝美食王子〟こと第二王子のフリードリヒのために、三晩も小会議室に泊まり込みで詳細な報告書を作成し、ここ一ヶ月余りの安息日はすべて潰れたのである。

その間、法務局や武官組織へ何度も足を運んでは証言をし、宰相メクレンブルク公の召喚命令《よびだし》に応じ、高官会議での今後の対応の協議、関係各所への説明等で目まぐるしいことこの上ない忙しさだった。

第一王女のシャルロッテから誘われるお茶会の時間が、唯一の誰にも邪魔されない強制力を持つ休憩時間であり癒し……といった日々であったのだから。

「アルブレヒト殿下も大変だったのでは？」

「ま、いつも通りだよ。中継ぎの秘書官だけど僕はマーリカと違って、ある程度の案件の決裁も一応出来るから、兄上が渋っても自分で片付けられるものもあるしさ」

「それを聞くと、さっさと王子妃になってしまいたくなりますね」

第二王子妃には第二王子の公務に関する代行権限がある。

それに王子妃になれば、さすがにマーリカを補佐してくれる文官の一人くらいは付けてくれるのではないかなどと考えて、アルブレヒトが冷め切った渋いお茶でも口にしたような表情で彼女を見ていることに気がついた。

「どうしました？」

「マーリカ……兄上とは無事結婚までたどりついて欲しいけれど、兄上の仕事捌《さば》くために人生決めるのはよそうよ」

まったくもってその通りである。

マーリカは額を押さえて、はーっと深く息を吐いた。

「……そうですね。ちょっとどうかしていました」

「まあそれはそうと……よかったよね、ヨハン。お咎めなしになって。マーリカの証言で無罪ってなったんでしょう？」

「ヨハン殿下は誤った情報を渡されていただけで直接的にはなにも関係していませんから。その情報だって鵜呑みにはされていませんでしたし、どちらかといえば被害者です」

「まあ一方で、バーデン家は今度こそ終わりだね。お祖母《ばあ》様も離宮から王都郊外の修道院に移るらしいよ。お姫様待遇ではあるらしいけど」

「それでも七十を過ぎた方には厳しいかもしれませんね」

マーリカを襲った公国貴族の男にフリードリヒが言ったように、彼等とバーデン家の関係を立証するには、バーデン家に利用された形となった公国貴族やマーリカやヨハンの証言だけでは確たる証拠がなく難しかった。

当然、バーデン家は関係を否定し、バーデン家の名を使った陰謀を主張した、が。

「一学生の研究が不正の決め手になるなんてねえ。鉄鋼の産出量を誤魔化して、大公国との境に運び出していたなんて」

王立学園での視察の際、フリードリヒが地質学研究の学生から買い上げた研究成果は、バーデン家の所領にある鉄鋼の鉱脈範囲自体を不正に誤魔化していたこと、周辺の水質や地質に変化を及ぼす影響が、申告されていた産出量や廃棄物処理ではとても追いつかないことなどを示すものであった。

産出量を誤魔化し国境へ持ち出されていた目的は、現在調査中である。

調査の過程で、大量の火薬材料が分散して保管されていたことなども明らかになり、後から後から要調査な事案が出てくるため武官組織は近年ない大騒ぎとなっているらしい。

「大兄上がげっそりしちゃってるらしいよ」

「お気の毒に」

マーリカやヨハンを襲った第一公子一派の公国貴族達は、フリードリヒから受けた傷の治療をした上で取り調べとなった。

この件については、フリードリヒの立場や一歩間違えればオトマルク王国自体の信用も危うくなるところだった。

大国の第二王子が小国の貴族複数名とやり合い重傷を負わせた一方、当の王子は無傷。

第四王子を謀《たばか》ろうとし、第二王子の忠臣を人質として拐《かどわ》かしたとはいえ、過剰防衛や大国側の一方的な報復行為だったのではと、当事国間だけでなく国際的にも物議を醸す大問題になりかねないところ、フリードリヒが地下室に乗り込む前に公国の外交権付き特使が捕縛もしくは保護を正式に要請していた。

特使とはもちろんマーリカの再従兄《はとこ》のクラウスのことである。

クラウスが直接要請したのは近衛騎士班長のアンハルトだったのだが、彼の機転によりその判断は第四王子のヨハンへと委ねられ、実質的に決定を下したのはヨハンでひいては王族判断と見做され事実認定された。

認定されたのは、直接本件とは関係がない女子学生二名の証言が決め手となった。

たまたま生徒会役員の役目でその場に居合わせた王立学園の学生は、要請がされたその時間まで正確に証言し、フリードリヒの行動は公国の要請範囲内のものと処理された。

（本当に、運が良すぎる……）

シャク、と二枚目のクッキーをかじりながらマーリカは胸の内で呟く。

フリードリヒ自身も他国の貴族を一方的に打ち負かしたことをまずいと認識していたのだから、クラウスからの要請については完全に彼の運の良さである。

取り調べや裏付け調査で事実が整理され、フリードリヒが本当に単身で人質を取り銃を持った複数名を相手にしていたことや彼に打ち負かされた者達の容体が公表されて以降、この件で疑義を唱える声はなくなった。

むしろ、卑劣な複数の凶悪犯に対し一人で立ち向かい、四肢の機能に障害は多少残るが誰にも致命傷を負わせていない点で、勇敢かつ最大限人道に配慮した対処と賞賛の声まで上がり始めている。

バーデン家も流石にこうなっては王家を非難できない、というより最早非難できる資格は鉄鋼の疑惑の件で失っている。

公国貴族達は取り調べも終わり、怪我の回復を待って早晩、公国へ移送され裁かれることになっていた。

（でも殿下一人ではなく近衛騎士や衛兵が複数で争っていたら、大変なことになっていたかもしれない）

しかし、結果的に賞賛の声が上がっているだけで、王子が一人でふらふらとあの場へやってくるなんて軽率極まりない行動であることは間違いない。

二枚目のクッキーを食べ終えて、マーリカはため息を吐いた。

いつだったかフリードリヒから聞いた、よく調教された護衛がいるというのはやはり出鱈目《でたらめ》な話に違いない。

機密に近い護衛であるため、本当に余程の危機的状況でなければ彼を助けに動かないそうだが、あれは十分危機的状況だった。

そういえばヨハンも、マーリカにもそんな護衛がつけられているような話を彼女に詰め寄った際に言っていたが、そんな存在がいたらこんな怪我はしなくて済むはずだと彼女は額の端にうっすらと残る傷跡を指で軽く撫でる。

前髪の生え際に小指の半分程度の傷であるからほとんど目立たないし、マーリカはそれほど気にしていないけれど、彼女付の侍女達がこの世の終わりの如く悲嘆に暮れて大変だった。時間はかかるが結婚式を行う頃には消える、との医師の言葉でようやく落ちついてくれた。

「フリードリヒ殿下は、今回どこまで考えてやっていたのでしょうか……」

「さあねえ。兄上には有り得ない運と引きの強さもあるから」

本当にそこである。

そうなるように考えて動いていたのか、成り行きまかせで生じる不都合を打ち消すほどの強運と引きの強さなのかがわからないのがフリードリヒである。

それに、マーリカはちょっと引っかかっていることがあった。

——君もマーリカと同じなのだろう？

銃を向けた公国貴族への、フリードリヒの言葉。

マーリカもあの公国貴族には酷い目に遭わされたものの、そうせざるを得ない、なにか追い詰められた感じを受けた。強硬派とされる彼の主君はいまは離宮に軟禁状態の第一公子である。

バーデン家と手を組み、フリードリヒの命まで狙うことを、どうしてしなければならなかったのだろう。

勢力は衰え、離宮に軟禁とはいえ身の安全は保証されている。

いま考えると救い出すというのがよくわからない、その支援と引き換えに、下手したら王国と戦争になりかねないようなことをするなんてマーリカには理解不能だ。それはもう強硬派というより狂信めいた危険な一派である。

公国内では一応不穏分子扱いらしいけれど、しかしそれはあくまで次期君主争いの派閥抗争においてであるから少し話が違う気がする。

クラウスが特使としてオトマルク王国に来ていたのは、失脚したことで貴族の特権や財産の多くを失い国外へ出た彼等の動向を調査する密命のためでもあったらしいが、なんとなく腑に落ちない。

バーデン家も、いくら確執があるからといって王族を、他国の貴族のそんな過激派と手を結んでまで害そうとするだろうか。考え出すとなにからなにまで理解不能でなんとも言えない薄気味悪さを覚える。

（考えても仕方ない。この件はもうわたしの手からも離れたのだから）

ふるふると、マーリカはもやもやと不穏な気配をまとって浮かんでくる疑問を頭から振り払うように首を振った。

「マーリカ？」

「あ、いえ……その、ようやく視察の後処理が一段落したと思ったらもう王宮夜会の時期だなんて」

初夏を迎え本格的な社交の季節到来である。

ここから豊穣祭まで怒涛の繁忙期だ。

いやもう繁忙期とはなんなのだろう。常に繁忙な気がしているマーリカである。

「王宮夜会か……今年は騒ぎになるだろうねえ、バーデン家の領地召し上げの発表があるから」

正確な鉄鋼の鉱脈を含む地はすべて王家が召し上げ、王領として管理することになった。

加えてあの一帯の王領の管理組織が編成されることにもなり、管理官の一人には例の地質研究の学生の名も挙がっている。すでに打診は受けていることだろう。

卒業後の進路は安泰である。

何故かマーリカも編成検討事務局の末席に入れられているのは、釈然としないことではあるが。ようは管理組織が立ち上がるまでの雑用係である。

「なんだか気が抜けてしまっているのに」

「やめてよ、王宮も王都もここからが本番なんだから、燃え尽きないで」

「フリードリヒ殿下ではないですけど、安楽な隠居もちょっといいかもしれません」

「大変だ！　マーリカが兄上に毒されている」

失礼なとは思ったけれど、多少はそうなのかもしれない。

フリードリヒはいま不在だ。十日後に戻ってくる。

だから、アルブレヒトの執務室で、マーリカも彼ものんびり雑談休憩をとる時間がある。

「殿下がいないと平和で。ここ最近の忙しさもあって、少々放心気味になっているだけです」

「ああ、それはちょっとわかるけれど」

「それにしても、上官としてまたわたしの実家に謝罪に行くなんて……そんな必要ないのに」

「まあ、婚約者だし。マーリカのお父上は兄上にとっては義父になるわけだからさ」

これも王立学園で起きた事件の後処理の一環であり、そのことを知るアルブレヒトが誤魔化したなどと思ってもいないマーリカは、実家の者達が余計なことを言わないか少しばかり心配しながら三枚目のクッキーを摘《つま》む。

「たしかにこれは、甘いばかりでもない風味で流行りそうですね」

久しぶりの平和な休憩時間をマーリカが満喫する一方で、彼女がそれ以上の疑問を持たなかったことにアルブレヒトはほっと胸を撫で下ろしていた。

フリードリヒは、人事交流制度の本来の特使と交替する形で引き継ぎを終えて帰国したクラウスとエスター＝テッヘン家で落ち合い、クラウスに密命を与えた公国の第二公子と非公式会談予定である。

マーリカには言わなくていいよと、口調こそいつもの軽いものであったけれど、ばれたら後が怖そうだと思った危機回避能力の高いアルブレヒトなのだった。

「メルメーレ公国は時の君主の意向で宮廷が形成される。使用する言葉までも——と、聞くけれど。いまはどの言葉で話すのがいいかな。大公国語？　帝国語？　あるいは……」

このオトマルク王国の第二王子は、同じ言葉を前の非公式会談でも発した。

屈託のない様子で穏やかに微笑む金髪碧眼の美貌の王子。

フリードリヒ・アウグスタ・フォン・オトマルク。

この男の振る舞いは、相手の心を映す鏡のようなものだなとクラウスは思う。

後ろ暗いところがあればどこまでも見透かされるような恐ろしさを覚え、そうでなければただの無邪気な冗談に聞こえる。

多少意地の悪い冗談ではあるなと、クラウスは胸の内でひとりごちる。

歴史的に周囲の大国の勢力その他から常に干渉を受け、強者の手駒と成り下がり、庇護を受ける相手を取り替えてきたのがメルメーレ公国の歴史であり、諸侯として君主として一地域を束ねてきたシュタウフェン家の歴史である。

フリードリヒの言葉は、「いまはどの大国と手を取り合っている？」と同盟国への疑いや牽制にも聞こえる。

現君主の時は、豪快に笑い飛ばしつつもマーリカの乗った馬車が襲撃された件で、王国との無用な争いにならぬよう細心の注意と敬意と遺憾の意を示していた。

さて我らが次期君主殿はどうかとクラウスは、フリードリヒと向かい合う第二公子を見た。

フリードリヒと同世代で、彼と同じようにいつも穏やかな微笑みを浮かべているが、クラウスにはどうにも胡散臭《うさんくさ》く思える。

「もちろん我らがアレマーネ地域の。かつての帝国から離脱し同じ言葉を使う同胞ですから」

「ふうん」

アレマーネ地域とは、かつてその巨体を持て余した古ラティウム帝国から分離した複数の属国から形成される一地域であり一文化圏である。

その地域の大半がいまのオトマルク王国となっているが、メルメーレ公国もアレマーネ地域に入る。公用語もオトマルク王国と同じアレマーネ語である。

ただし、メルメーレ公国は常に周辺諸国の干渉や支配を受けてきたため、オトマルクと同じ言葉を使う同胞と言えるかどうかは怪しいところだ。

まるでオトマルク王国に擦り寄るような第二公子の言葉にクラウスは鼻白んだ。

当のフリードリヒは特に興味はないといった様子に見える。しかしこの第二王子の場合、たとえ大公国と手を結んで攻め込む算段中であっても同じような様子でいそうだ。

まったくどうしてこんなのらりくらりとした男がいいのだろうと、幼少の頃から大事にしていた〝本家の姫〟である再従妹《はとこ》にクラウスは胸の内でぼやく。

「まあ貴国とは、私の大祖母の頃からの付き合いだしね」

「そうですとも。それはそうとフリードリヒ殿下の語学堪能さは、本当にうらやましい」

何故、こんな非公式会談の場に、一介の書記官でしかない自分がいるのだとクラウスは苦々しく思う。

そもそも、第二公子派でもなく中立の立場に徹していたというのに。フリードリヒと関わったばかりに。

前の非公式会談の際に目を付けられたとしか思えない。あの頃から王国に伝手《つて》がある官吏と第二公子から声を掛けられるようになった。

(直情型で憂国の徒《と》である第一公子の方が、まだ好感が持てるのだがな)

公国内で〝穏健派〟として一部の官吏の熱狂的な支持を集めているのは第二公子であり、現君主の後継者として定められたのも彼である。

マーリカの襲撃を仕組んだ者が第一公子派閥の〝強硬派〟の貴族であったのが決め手となった。

王国主導の鉄道事業は公国に大きな利益をもたらすため、その利権も巡る条約に深く関わる王国貴族令嬢に危害を加えた派閥を持つ第一公子を選ぶわけにはいかなかったのである。

「この度は王国に多大なるご迷惑をおかけしました。以前のことがあったというのに慚愧《ざんき》の念に絶《た》えません」

「たしかに今回は色々と大変だったねえ。危うく私も王子でなくなるところだった」

フリードリヒの言葉に第二公子は顔を歪めた。本当に申し訳なく合わせる顔もないといった表情である。

〝強硬派〟の第一公子は離宮で軟禁の身の上だ。

ここ数年たびたび摩擦を起こしてもいて厳し目の謹慎処分といったところだったが、今回の王立学園の事件においては謹慎なんてものではきっと済まない。宮廷内では廃嫡の噂も静かに広まりつつある。

（〝強硬派〟なんて言うが、自衛力を高め経済的な中継点を狙う路線は、オトマルクの産業を掠め取るような考えにも見える第二公子より悪くないのだが。如才無い第二公子と違って、不器用で誤解されやすい）

いつまでも周囲の強者の干渉を受け続けてきた歴史をいまこそ断ち切りたいと常々主張する、第一公子の言葉がどうにも誤解を生んだり、歪曲《わいきょく》して伝わったりしてそうなってしまった。

末端の文官でしかない、クラウスにはどうにもしようのないことではある。

「滅多なことを仰られては。大陸の多くの国々と対等かつ友好的な交流を持つ王国は、貴方がこの数年で揺るぎないものにしてきたといっても過言ではない。もし貴方に万一のことがあればそれこそ……」

「それこそ？」

「さまざまな者や国が義憤に駆られ、そこへ思惑を持って便乗しようとする輩《やから》も出てくるでしょう。大陸は割れるに違いありません」

「すごいね、それは！　私に万一あれば多くの国が争う！」

手を打って声を上げ、フリードリヒは愉快そうに笑った。

大笑いと言っていい。

第二公子は眉を顰《ひそ》め、掴みどころの無い彼の言動にはそれなりに慣れたつもりでいたクラウスも、思わず口を引き結んで渋い顔をしそうになる。

「それほどに衝撃を受ける方は多いということです」

「……それはまた、おっかない」

人を困惑させる振る舞いをしたかと思えば、急に冷淡な調子で静かに呟く。

宮廷の応接間はフリードリヒの言葉でしんっと奇妙な静寂に包まれた。

その静寂を破る、わざとらしく取り繕うような咳払いをする第二公子に頓着せず、フリードリヒは掛けているソファの背もたれに頭を預けるように首をのけ反らせて背後に控えている護衛騎士に話しかけた。

「アンハルト、私になにかあったら大変だって。君、責任重大だねえ」

赤髪の護衛騎士にからかうように言って、フリードリヒは姿勢を直すと第二公子に向かってにっこりと笑んだ。

フリードリヒの護衛は大抵この赤髪の近衛騎士である。

近衛騎士班長らしいが、もっと上の指揮官でもいいような男だとクラウスは思う。

何故なら、彼の機転によって王国は国際上の体面を守ったのだから。

(おそらくは、この第二王子に気に入られて他の立場へ移ることが叶わないのだろうな)

気の毒なことだとクラウスはアンハルトに同情の眼差しを向けた。

さて、とフリードリヒが立ち上がる。

彼が立ち上がったのを不審に思ったのはクラウスだけではないだろう。

今後の王国の対応や要求の話をするためと考えて、クラウスはこの非公式会談を取り次いだ。第二公子もそのつもりで対応しているはずである。

だがなんの具体的な話もないまま、ちょっと雑談したくらいで帰るそぶりを見せるとは。

「なにかお気に障りましたか？」

「いいや。どうして？」

「いえ、その……」

「あっ、もしかして私が公国に無茶な要求や謝罪しろーって言いに来たと思っている？　しないよそんなこと。こちらもあまり事を大きくしたくないしね。それに悪いことばかりでもない」

「はあ」

この王国の王子の頓狂《とんきょう》さには、如才無い第二公子もついていけないらしい。

それほど接点があるわけではないが、ぽかんと呆けたような第二公子の顔をクラウスは初めて見た。

「そういえば、私は現当主としか親しくしていないけれど。君、〝穏健派〟なのだろう？」

「ええ、どういうわけかそう言われております」

「だったら、人を引き合いにそんな物騒な未来を語るのはよくない！」

「……っ」

「そもそも、私、正当防衛とはいえ貴国の貴族に酷いことしたからねえ。貴国の要請がなければ立場が危なかったかもって言ったのが、どうして私が殺されでもしたらって話になったのだっけ？」

うーんと、腕組みし、目を細めて考えるように唸ると、まあいいかとフリードリヒは人好きする笑みを第二公子へ向けて、いつか正式に王国に来るといいと言った。

「第二公子殿が来られるものならね」

「それは、どういう意味でしょう？」

「だって忙しいでしょう、後始末で色々と。同じく公務漬けの第二王子の身の上だからね同情するよ。隠居も同然な第一公子殿が羨ましいよね」

公務漬けではあろうが、その大半を人に任せていなかったかこの王子はと、クラウスは王国の王城にいるだろう再従妹《はとこ》を思った。

「彼とも一度会って話してみたいね。調書の一環で彼の施策についても聞いたところ、なかなか面白そうだった……こちらにも益がある」

「生憎と兄上の謹慎がいつ解けるか、私にもわからず……」

「それは残念」

軽い調子のやりとりであるが、大国の第二王子の発言に第二公子は困惑の表情を浮かべ、クラウスも同様だった。そんな相手の反応など意に介さず、ごく一般的な別れの挨拶をしてフリードリヒは彼の護衛騎士を連れて退室した。結局なにをしにきたのだかよくわからない。

（だが、やけに含みのあるような振る舞いだったな）

あの男の振る舞いは相手の心を映す鏡のようなものだなと、第二公子の前を辞してクラウスは思う。

後ろ暗いところがあればどこまでも見透かされるような恐ろしさを覚え、そうでなければただの無邪気な冗談に聞こえる。

クラウスが廊下の角を曲がろうとした時、第二公子のみが残った部屋でガシャンとグラスの割れる音が聞こえた。

「近頃さあ、ヨハンから頻繁に手紙が届くのだけどね」

「殿下、十日の不在のうちに色々と書類も溜まっているのですが？」

「手紙の内容がさあ。マーリカはどうしている、額の傷は消えているのか、もし残ってもあれは誇り高き名誉の負傷であるから気にすることはないだとか、兄上は将来の義姉上《あねうえ》を困らせてはいけないとか……君、ヨハンとそんなに親しかったけ？」

どうやらヨハンはマーリカが彼を庇って頭を殴られた時の傷が気にかかっているらしい。

出血は派手であったが、幸い傷は浅く跡も残らない。

手紙に書いて送ってあげようとマーリカは思いながら、本日二十七案件、とフリードリヒをじっと見つめた。

「ヨハン殿下でしたら、文通ならしておりますけれど」

「えっ、なにそれ、私は聞いてない！　私もマーリカと文通したい！」

「でしたらこちらを。わたしの注釈メモを付けております。急ぎの順で積んでいますので上から順に目を通してください」

それは私の知っている文通とは違う、とぶつぶつぼやきながら書類を取り上げたフリードリヒにやれやれとマーリカは肩をすくめた。

「あ、そういえば。マーリカがメクレンブルク公の説教部屋に行っていた間にね」

フリードリヒの言葉を聞いて、マーリカの顔から表情が消えた。

普段から、表面上はそれほど表情豊かとは言えない彼女であるけれど。

「説教部屋なんて言い得て妙なこと言わないでください……本当に心折られそうになるのですから」

「君、宰相になに言われているの」

「色々です、主に殿下で、概ね殿下のことです。わたしが宰相閣下のところへ行っている間になんですか？」

「あ、うん。法務大臣がきてね、マーリカ発案の、〝女性官吏の養成制度〟の導入決まったって」

「えっ」

絶対に三年はかかると思っていたのに、一年経たずして導入が決まるとは思わなかった。

女性の登用が多い事務官から下級官吏への昇格、女子教育は男性のそれとは一般的には異なるため、上級・中級官吏の登用に向けた見習官吏を設ける制度をまとめた書類をマーリカは昨年の夏に提出していた。

あれこれと悩み考えたものが実際に採用されるとなるとうれしい。

「それでね、発案者がマーリカで、いまの所女性の上級官吏ってマーリカだけだから」

発案したものが導入されるのはうれしいが、それを実現していくとなるとまた別である。

フリードリヒのその言葉には嫌な予感しかしない。

「やっぱり一番思い入れがある人にやってもらうのがよいだろうと、責任者はマーリカということになったらしい。ついでに私の秘書や補佐って万年人材不足じゃない。だから」

「だから？」

「見習官吏を受け入れることになった。というわけで、新人教育は任せる」

「は？」

マーリカは首を傾げた。

なにを言っているのだろう、この金髪碧眼の腹立つほどの顔の良さな第二王子は。

公務補佐官の仕事、大臣達との無駄に長い会議、第二王子妃候補としての社交もぽつぽつ始めていて、王子妃教育も完全に終わったわけではない。結婚支度のあれやこれもある。

「殿下……いまの業務に新人教育も任せると？」

「君、人員を欲しがっていたし」

欲していたのは即戦力の人員である。

一から根気よく教え育てていくことも大事なことは重々承知しているが、あいにくその余裕はいまここにはない。

なんでも今年の王立学園の卒業生の中で候補者を現在選考中とのことらしい。

本当にこの人は……このっ……マーリカは握った手をふるふると震わせる。

「ん、マーリカどうし……」

「この無能殿下っ！　人の仕事量をちょっとは考えろっ！」

第二王子執務室にマーリカの声が響いた。

閑話　現在、過去、それから

王立ツヴァイスハイト学園。

将来の国を担う優秀な人材の育成と確保を目的とした、王国最難関と評される高等教育機関。

義務教育の初等教育を終えた後、最低五年の学問での中等教育修了で入学資格が得られる他の高等教育機関とは異なり、十六歳以上二十二歳未満の者であれば、学歴階級性別を問わず、書類審査と厳しい試験に合格さえすれば入学できる選抜制の学園。

二年の学園生活で優秀な成果を上げた学生は、貴族であれば卒業後、最短出世コースや王族付女官や側仕えの枠、平民であれば本来高等教育を修了し登用試験を通らなければなれない上級官吏の学園推薦枠に入る機会が与えられる。

王族子女の研鑽《けんさん》の場でもあり、学園内ではどのような階級立場も対等とされている。

そのため、王族や高位貴族と接点が持てる、まさに〝人生一発逆転〟が叶う場所として入学希望者は年々増えている。

「学友として堂々近づけるわけですから……さもありなん、ですね」

フリードリヒ経由で大臣から回ってきた書類に目を通しながらマーリカは呟いた。

社交界と一口に言っても、王宮主催の大規模なものでなければ、その集まりは高位の貴族とそれ以外になんとなく分かれる。格式や礼儀作法、交わされる会話や情報の差に自然とそうなる。

ちなみにマーリカの実家、エスター＝テッヘン家は古い伯爵家で一応高位な貴族とされているが、田舎のぱっとしない領地で王宮とも疎遠なためか王都から招待状が届くことは滅多にない。王宮の夜会で見初められ公爵家と侯爵家に嫁いだ姉二人はすごい。

「ヨハン殿下の入学年など、尋常ではない倍率ですね」

定員数に対し、受験希望者数が百倍を超えている。

わかりやすいとは思うが、王立学園を視察中にマーリカが接した学生達が優秀そうな者ばかりだったのも事実だ。門戸を広げ、他の教育機関にはない特典と厳しい入学試験が功を奏し、王立学園は優秀な人材の育成と確保の目的を十分果たしている。

「王族は成績関係なく入れると思われがちだからね。だから入った後も気が抜けないのだって、アルブレヒトが。私は王族の進学が義務化される前でよかったよ。受かる気がしない……ねえこれ本当に今夜中？」

「本当に今夜中です。そもそも締め切りは三日前でしたが？」

この人の場合、受かる気がしないより、受ける気がしないだろうなと思いながら、マーリカは私室の寝台に寝転がり書類を散らかし確認しているフリードリヒに答える。

外はまだうっすらと明るいが、時間はもう夜の十時を回っている。

寝る時間の頃にようやく日暮れ、仄白《ほのじろ》い薄明かりに照らされる、オトマルクの夜らしからぬ夏の夜である。

「マーリカ！　ここ一週間は人生かつてないくらい私は仕事している！」

「それは認めますが、そもそもが人生かつてあってしかるべきであり、威張って言うことではありません。明朝に宰相閣下へお届けし、御前会議で陛下が最終決議される書類です」

フリードリヒが渋々確認している書類は、彼の兄である王太子ヴィルヘルムの署名入りの分厚い調査報告書も添えられた、資源採掘に関する規定と法改正案である。

マーリカが公国貴族に拉致監禁された王立学園の事件と、それに付随する形で発覚したバーデン家領内から産出される鉄鋼の虚偽申告や非合法の国外持ち出し未遂の不祥事から、もう二ヶ月以上が過ぎる。

一通りの後始末がつけば、今度はそれをふまえて改善や対策の仕事が待っていた。

フリードリヒでないと駄目な仕事がかなり積み上がっている。

「皆、異論ないなら、私が見なくてもいいと思うけど……」

「殿下の認めが絶対必要、多くの文官武官を繁忙に追い込んだ責任くらい果たせ！」

「ああっ、マーリカの私を見る眼差しが厳しいっ」

「……特殊性癖と差別する気はありませんが、今後の共存を考え、叱られて嬉しそうに戯言《たわごと》を口にするのは止《よ》してください」

結構本気で背筋がぞわりとして距離をとりたくなる。

同じ室内で距離をとってはいるけれど。

マーリカはフリードリヒの私室のソファで彼の仕事を監督し、その処理を待つ間に自分の仕事もしていた。彼の私室のそれぞれの定位置で各々の書類仕事に勤《いそ》しんでいる。

「失礼な！　私は特殊性癖ではなく、マーリカが癖……」

「多様性は尊重したく、それ以上口にするのはお控えください」

彼とは対照的に姿勢良くソファに腰掛けていた膝の上に書類の束を下ろしてマーリカは、夏の夜に氷雪混じりの風が吹く幻影をフリードリヒに見せる、冷ややかな眼差しと声音を向ける。

「はい……実に官吏らしい答弁だ」

国に王家に仕えし官吏たるもの、偏った見解はあまり述べられない。

フリードリヒが仰向けから腹ばいの姿勢になって、書類に携帯式のペン先を滑らせるのを視界の端に入れつつ、マーリカは彼女の書類の続きに戻る。

「それって例の見習い官吏の書類？　そういえば面談するのだっけ」

「はい。どちらかといえば補足資料の王立学園の特殊性が興味深い書類ではありますが」

マーリカが発案した女性官吏育成制度——特に上級官吏候補となる見習官吏登用制度は、まずは学園にその枠を設ける形で試験導入され、二名が内定している。

「公募期間が十日と短く、学園の教員が適性のありそうな女子学生に勧める方式をとったとはいえ、志高く野心家な若者が多く集まる場所でも内定二名は応募と同数とは」

「志と野心の方向性が異なるだろうからねえ。女官や女性王族の側仕えの伝手狙いか、学園を将来有望な伴侶を得る狩場として入る者が大半といったところかな」

この国で、貴族女性が女官や女性王族の側仕え以外で働くことは一般的ではない。

それに貧富の差や教育格差がある以上、平民の入学者は特待生にほぼ限られる。

毎年入学者がいるのは驚きではあるが、女性はかなり珍しい。

「彼女の受け皿になったらしいのは幸いです」

マーリカは膝の上の、内定者ロッテ・グレルマンの書類に目を落とし複雑な思いに駆られる。こちらの枠に入ってきたということは、入学時から首席だと第四王子のヨハンが語っていた彼女は上級官吏の学園推薦枠には入れなかったということである。

フリードリヒはもちろん、意外なことに人事院も特に縛りは設けていないのに、慣例的に男子学生から選ばれていることが思わぬ形で明るみに出た。

「大祖母様が女性王族に設けた制限の影響も多少はあるかもね」

オトマルク王国の女性王族は、政務への関わりが制限されている。王族規定にも明記されており、現にいまの王妃も王太子妃も関わるのは慈善事業や文化振興支援と式典の範囲だ。

「自分は死ぬまで権力の中心にいた人だったけれど」

「バーデン家から嫁いだ先代の王妃様やその親族に勝手をさせないため、でしたか」

「まあね。父上が王位につくまで色々大変だったらしいから」

上がそうなら下も倣《なら》う。単純にこの国の貴族社会は女性が表立って活動するのを好ましく思わないからと思っていたけれど、そのような背景もあるらしい。

(他の人がいては話せない、こぼれ話のようなものが聞けるのはいいのだけれど……)

さて終わったと、書類は散らかしたまま寝台を降りてマーリカのいるソファに近づいてきたフリードリヒに彼女はため息を吐く。彼は襟周りにフリル多めな丈長のシャツといった就寝時の格好をしている。婚前の節度もなにもあったものではない。

「ガウンくらい羽織っていただけませんか」

「暑いから嫌だ」

(呼べばすぐ人は来るし、廊下には衛兵もいるけれど、毎度私室に二人きりになるのは何故なのか……王族の私的生活の区画とはいえ、王宮使用人達は危機意識がゆるいのでは)

二人の関係の進展を願う王宮使用人達が、フリードリヒに命じられてもいないのに「お仕事の邪魔はできませんから」と、自主的に室外に控えているなどと想像もしていないマーリカである。

彼の部屋のソファなので当然ではあるけれど、遠慮のない動作でマーリカの左隣に座るフリードリヒに、唇を尖らせる気分で彼女は自分の書類仕事に戻る。

マーリカがなにも意識していなかった秘書官の頃は、彼女の簡易寝台と化していた大きさのソファなので、隣に座ってても人一人分の間は空けてくれている。大人ではなく子供一人分だけれど。

「わたしはまだ終わっていません」

頭の左側にフリードリヒの視線を感じ、言って、即座にしまったとマーリカは思った。

彼の書類を回収し、廊下を挟んで斜め向かいにあてがわれている自室へ戻れるのに、終わるまでここにいると言ったも同然。発した言葉は喉の奥へは戻せない。

「なら、待つよ。父上や特に文官組織の高官達はなんとかしたいと思っているから、第二王子妃になる頃には変わると思うよ……厄介な外戚も排除されたことだし」

想定通りの返事に続いた言葉にすぐついていけず、少し考えてマーリカは彼が側に来る前に話していた女性王族への制限の話かと思い至った。

フリードリヒの婚約者であるマーリカが彼の公務を補佐しているのは、もともと彼女が文官で、第二王子付筆頭秘書官だったことの延長である。

王子妃には公務の代行権限はあるが、あくまで非常時を想定したものと後で知った。

もっともフリードリヒに非常時なんて気はなさそうではある。第二王子妃を打診してきた求婚の文句に代行権限を含めていたのをマーリカは忘れてはいない。

「まあ……実際にわたしもこうして出仕を認められていますものね」

そしてあれもこれもと大いに働かされている。文官組織の人手不足は深刻なのである。

（あ、でも、会議に呼ばれるのは最近減ったかな）

王族補佐だからとむやみに拘束しては本来の仕事が滞るとなったらしく、無駄に長い大臣や局長級が中心の会議に招集されることが激減していた。

誰かが大臣達に言ってくれたらしく、感謝の祈りを捧げたいほどありがたい。

「王太后は諸侯の勢力調整で大祖母様が決めた政略結婚でね、大祖母様としても色々複雑だったみたいだよ。離宮で時折ぼやいていた」

少し遠い目をしたフリードリヒの横顔を、マーリカは書類を確認しつつも目の端に捉え、そうですかと相槌を打つだけに留めた。

知りたくはあるけれど、開示される以上の彼に興味本位で踏み込むつもりはない。

「ところで、マーリカ。君のそれは今夜中じゃなくていい書類だよね」

「待つと言ったそばから、邪魔しないでください」

うつむき加減で書類を読んでいた顎先をすらりとした指に持ち上げられて、マーリカはフリードリヒを軽く睨んだ。彼の言う通り今夜中ではないけれど、済ませてはおきたい。

「するよ。でないとマーリカはろくに休憩もしない」

「またそんな、適当なことを……」

ぼやきながらも、彼女はフリードリヒが用意した言い訳に甘えることにして、少し頭を傾けた。

これまでの仕事を通じてマーリカに友好的な同僚も少しずつ増え、会議招集を減らした誰かの話なんかも耳に入るようになっていた。

片手に頭を固定されて、唇を何度か啄まれる。

第一王女のシャルロッテから「王族男子は婚約したら手が早い」と聞いているけれど、マーリカの主張する婚前の節度は一応尊重してくれている。

節度の境界線はキスとハグまでで、それは譲れないらしいけれど。

彼女の髪には彼の執着を込めたような、呪物の如きリボンが結ばれ揺れていた。


「ああまったく。仕方なかったとはいえ、あの嫁の一族ときたら本当に……」

離宮の敷地を気の向くまま歩き、縞瑪瑙《しまめのう》の小石を拾って戻ったフリードリヒは、彼をここに連れてきた大祖母のいる部屋の前で彼女が低くぼやく声を聞いた。

彼女のいる部屋の窓から庭のバラが見える。とても綺麗なそれは、離宮を訪れてもなかなか執務室から出ることはできない女主人のために造られ育てられているものだ。

「まあいいわ。今回も、わたくしの可愛い黒馬が上手くやるでしょう」

いつもの朗らかな調子に戻った彼女は、フリードリヒに気がつき窓に面した執務机の席から振り返った。窓からの陽光に結い上げた淡い金髪がきらめき、ふくよかな身を包む深紅のドレスが衣擦れの音を立てる。

「庭でなにか見つけたの？　フリードリヒ」

「つるんとして模様のある石」

入室を許されたとフリードリヒは幼い足で彼の大祖母に駆け寄ると、うんしょと腕を伸ばして彼女の執務机に拾ってきた石をのせた。

まだ四歳になったばかりの彼だが、〝神童〟と大人達から目《もく》されている恐るべき知能ゆえに、ここが許可なくしては入れない部屋だと理解していた。

この部屋はフリードリヒの大祖母にして、オトマルクの女帝アマーリア・テレーゼ・フォン・ダンクヴァルト＝フローリアンの執務室である。

「あげる。黒い馬がいるの？」

「綺麗な石ね。けれど立ち聞きなんて油断のならない子だこと」

深緑の目を細め、老いても美しい笑みを見せた大祖母をフリードリヒはじっと見上げた。

アマーリアに両脇に手を入れられ抱き上げられ、彼女の膝の上に乗せられる。

後ろから両腕に抱かれたその胸に背を預けてフリードリヒは、母親の次に心地よいけど逃げられないなと思った。

（おおばあさまは、おばあさまと違って愉快で楽しい人だけど……）

フリードリヒの頭の中で、彼付の乳母や教師から聞いた大祖母の話の記憶が取り出され紐解《ひもと》かれる。

――かつての敵国ラティウム帝国から講和の証《あかし》として、十四歳で嫁いできた皇女。

当時オトマルクの王太子だった先々代国王との政略結婚。しかし、彼等は互いに愛情を持ち結ばれた。帝国皇女アマーリアはオトマルクの王太子妃、王妃、王太后、太王太后《たいおうたいごう》と、四代に渡る王のそれぞれの治世における立場でオトマルク王国の繁栄に尽力し、女性王族で唯一、この国では王だけに用いられる陛下の尊称がつく人となっている。

「おおばあさまは怒ると怖いよね？　怒っている？」

「怒っていないから、安心おし」

「うん。でも昨日の夜は怒っていた？」

「お前が夜更けに一人で部屋を抜け出して、〝女神の廊下《ギャラリー》〟みたいな人のいない場所にいたら、私でなくても驚きますよ。たまたま通りがかったのは幸運ね」

「だからここに連れてきたの？　お説教かな？　寝てはだめ？」

この離宮は亡き彼女の夫である早逝《そうせい》した先々代国王が私的に贈った、彼女の離宮だ。

離宮にいる間のことは王である父親には伝わらないと彼は察していた。昨日の夜から、彼が日常で接している気配がまったくしない。父親に伝えず連れてくることはないだろうから、たぶん間違いない。

(離宮では、父上よりおおばあさまの方が強い)

「……そうね。でもお説教とは少し違う。お前付の教師達はご苦労なことね」

澄んだ空色の瞳を大きく開けて、フリードリヒは首を回してアマーリアを仰ぎ見る。

そんな彼の頭を彼女は優しい手つきで撫でた。

「お前と内緒話がしたいの。王都でここだけは安心。眠くなったら好きにお眠り。まだ小さな体では色々と疲れるだろう」

「馬はいる？」

「ここにはいない。でも呼べば来るわね。お前は馬が好きなの？」

「黒いのは見たことが……ないから……」

頭をゆるゆると撫でられ続けていて眠くなってくる。フリードリヒは大祖母の言葉通りに安心して、もぞもぞと体の向きを変え、彼女の胸元に頬をつけて昼寝することにした。


「――幼い頃に二度ほど、父上と共に私の前に現れるなり、私を肩に担ぎ上げた黒髪の貴族がいたのをいま思い出した。エスターー＝テッヘン卿」

フリードリヒは通された応接間で相対する、彼の父と同世代の男に人好きのする微笑みを向けた。

彼は謝罪のためエスターー＝テッヘン家を訪れていた。

帰省から王宮に戻る途中で馬車が狙われ重傷を負ったマーリカを預かる上官として。

エスターー＝テッヘン家の当主は、マーリカから聞いていた暢気な田舎貴族の想像とは随分と違った。一言でいえば美中年。美形の家系といった噂は聞いていたが、黒髪黒目の麗しき男装の文官令嬢は父親似だった。色だけでなく眼差しがよく似ている。

「第二王子だよ、私。その頃はアルブレヒトもまだ生まれていない。肩から転げ落ちたら一大事なのに誰も止めないし、振り回しもしたよね。てっきり遠戚の誰かだと思っていた」

「手始めの会話は結構、フリードリヒ殿下」

「ではっ、娘さんを私に――」

「やらん」

「……王子の私に遠慮がなくて厳しいところまでよく似ている」

フリードリヒは拗ねた子供のように目を軽く細めて口を尖らせた。

「くれと言うならお断りします。マーリカがいいと言うのなら構いませんが？」

「一般的には拒否権ないのだけれど……」

「それくらいはなんとでもしていただかねば。王子でしょうに」

フリードリヒの背後で、堪《たま》りかねたようにぴりっと空気が尖る。すかさず彼は、「いいから」と言って、後ろに控える護衛騎士に肩まで持ち上げた手をひらひらと振った。

エスター＝テッヘン伯爵家当主。名をカール・モーリッツと言う。

正式な名前は長くて億劫で調べりゃわかると、挨拶は名と家名のみで省かれた。

フリードリヒは一応この国の王族で、相手は一地方領主のはずだが、徹底して対等もしくは少々格下扱いに思える対応である。公の場であればフリードリヒもさすがに流すことはないが、今日は第二王子の立場で来ているわけではなく、お忍び同然の訪問だ。

それに不快ではない。虚勢や作為的なものが微塵も感じられないからだろう。

彼としては、気楽に話したい人でもある。

マーリカの父親だからではない。

「善処するよ。私もマーリカが全部欲しい」

「父親を目の前に随分と臆面もない」

「貴殿にははっきり言わないと、勝手な解釈で方向づけされるだろうからね」

腕組みしてフリードリヒは考えを巡らすように、エスター＝テッヘン家の応接間の天井を見上げた。彼はきっとフリードリヒの大祖母のお気に入りだった。可愛い黒馬。

「臆面がないが、マーリカの選択次第となったか」

「父上達が心配するようにマーリカを辞めさせる気なんてないくせに。けれど私を使者として動かすことを父上達に選ばせた。本当に領地から一歩も出る気ないのだねえ」

「女帝という火の消えた王宮に用はないため。ゲオルクはエスター＝テッヘン家と殿下が衝突してはまずいと考える。殿下とてゲオルクらを煽られたはず」

（それは考えてなかったけれど……でも私の様子がおかしいと勝手に焦ってはいたかな）

フリードリヒはただ執務室で大人しく仕事をしただけだ。少なくとも十日放置しても大丈夫にしておかなければ文官組織全体に支障が出て、後でマーリカに絶対に怒られる。

調べ物もあった、メルメーレ公国のここ数年の情勢。

「私はね、私の安楽な隠居生活を阻む芽は可能なら潰すと決めている」

「なるほど……安楽な隠居生活。その方向づけは殿下一人では少々心許《こころもと》ない」

表情と佇まいだけはにこにこと、ご近所や地域の子供達に親しまれている田舎のおじちゃんといった様子のカール・モーリッツだが、発する言葉が全部フリードリヒの意図を汲み無駄なく彼を刺す。マーリカは性質も父親似だとフリードリヒは思う。

「……そうだね、私が正しく王子であることが大前提ではある」

「一つ課題を出しましょう、フリードリヒ殿下。古来求婚となれば邪魔したい娘側の父親による試練がつきもの」

「ふむ」

「娘が狙われた件。ひとまずのその根本的な解決」

そう言って、カール・モーリッツは部屋の隅に控えていた執事を呼び寄せ指示した。

すぐお呼びいたします、と答える声が聞こえたため誰か呼ぶのだろう。

数分後、フリードリヒが誰と顔を顰《しか》めてしまったほど、見目麗しい男が二人やってきた。

「クラウスとマティアス。共にメルメーレ公国の貴族で娘にとって再従兄《はとこ》と従兄《いとこ》にあたる。二人共、第二王子のフリードリヒ殿下だ」

唐突な引き合わせに、互いにどうもと通りいっぺんの挨拶を交わしながら、フリードリヒは少しばかり気が重くなった。彼の勘が、面倒事の気配がすると告げている。

マーリカ絡みでさえなければ、絶対に関わらないようにする類の気配が。

「メルメーレ公国君主と非公式会談の渡りは二人の家を介してつけました。小さな変化を拾う我らだが直接関わりたくないこともある」

「あのさ……いまからでも王宮に復帰してくれたら、外務大臣が泣いて喜ぶと思うよ？」

いくら親族に公国貴族がいるといっても、ご近所へ立ち寄る気軽さで非公式会談が調うのは異常だ。

「なに、今回は向こうが弁明の機会を欲していた」

人のいいおじさん顔でにこにこしていた美中年はすっと笑みを収め、底光りするような眼差しでフリードリヒを見た。なにもかもを飲み込むような黒い瞳だった。

「課題を解き、マーリカが殿下を選ぶというのなら祝福しましょう」

カール・モーリッツはフリードリヒに言い放った。

その後、フリードリヒは公国の宮廷を訪れ、君主だけでなくその家族も揃っていた会談を終えてオトマルクの王城へ戻ると、うんざりした面持ちで彼付の護衛騎士のアンハルトに公国の〝第二公子派と中立勢〟の動向注視を依頼した。

年が明け、マーリカが回復し、春が来て、王立ツヴァイスハイト学園の視察から戻って一ヶ月後。

再びフリードリヒはエスター＝テッヘン家の応接間のソファに掛けていた。

「ふむ。まずまず及第点。運任せの要素が多い分が減点です」

「ああそう。及第したならそれでいいよ……」

げんなりとソファの背もたれの縁に後頭部と上腕を預けて答えるフリードリヒに、実家のように寛ぐとカール・モーリッツは苦笑した。彼の希望で人払いし護衛騎士もおらず彼の執事もいない。

二人きりである。婚約者の父親と二人になってもうれしくない。

「王族と思えぬお言葉ですなあ」

「渋ろうと課題は解いたのだから祝福してよ」

「一度娘が選んだからと、それが未来永劫続くとでも？」

「嫌なことを言うねえ……善処するよ」

「ええ、ぜひ」

人のいいおじさん顔でマーリカの父親がお茶をすするのを眺めながら、この人を〝可愛い黒馬〟扱いする大祖母はやっぱり怖い人だったのだろうなあと、フリードリヒは今回もエスター＝テッヘン家の天井を見上げた。

「殿下、離宮の鍵はなくさずお持ちですか？」

「え」

「亡き陛下よりお預かりした書類がある。あの離宮を殿下の所有にする書類です。陛下は離宮を殿下の気を一時紛らわせる退避場所としたと。殿下の資質は方向性が重要と話していた」

「自分でもそのあたりよくわからないのだよ。気をつけてはいるけれどね」

「方向性が定まるなり、定めてくれる者を得たなら退避場所など不要だろうから、ただの離宮として殿下にあげるのだ、と」

陛下と尊称を用いるのは国王に対してだが、このオトマルクにはもう一人いる。

フリードリヒは無言で離宮の鍵を上着から出した。最初に離宮に連れられた夜にお守りだと渡されてから持っている。王族としてよろしくない部分があると忘れないように。

「ま、そのうち送りましょう」

「そのうちって……いつ？」

「そのうちは、そのうちです」

それが祝福するということなのだろう。厄介な花嫁の父である。


武官組織の倉庫、普段使わない備品棚の一つを動かすと奥に隠し部屋がある。

第二王子付の近衛騎士班長アンハルト・フォン・クリスティアンは、久しぶりに本業の肩書きで仕事をしていた。諜報部隊第八局長——秘匿されているが一応こちらが本業である。

公安と対諜報が担当なので、武官組織におけるメルメーレ公国やバーデン家の不祥事についての調査と対応は彼の領分である。連日、大量の調査報告の確認に明け暮れている。

メルメーレ公国の第二公子は現君主の妃の子ではない。

君主家の一員だが、母親の出自も低く、従順で一歩引いた家臣に近い存在だったらしい。

長子相続ではないものの、人々の関心は当初、第一公子に集まっていた。

次期君主争いなど起きるはずもなかったが、まだ少年の内から献身的に父親の仕事を補佐し、不器用で誤解を招きやすい兄を健気に擁護する立場をとり、謙虚に家臣達に気を配る第二公子の立ち回りに、じわじわと兄弟の評価は逆転していった。

派閥が兄弟で分かれても、兄が正統な嫡子であると周囲をたしなめていたらしいが、状況的に彼の支持をより強固にしただけだろう。

「そう仕向けた……と、推察される証言以外に、証拠がなに一つないのが恐ろしいな」

すべての調査報告を一通り読んでまとめながら、アンハルトはこめかみを揉んだ。

まとめたところで表には出せない、不毛な仕事だ。

「やはり王国主導の鉄道事業がきっかけか……」

兄弟の立場を引っくり返す地盤は出来ていた。会議の場などで兄の言葉尻を取り協調路線を説いて追い込み、一方で言葉巧みに兄の派閥の者達の焦りをオトマルク王国、条約締結の立役者であるフリードリヒへの逆恨みへと誘導する。

第一公子は排除ではなく不遇に置かねばならなかった。その後の役割のために。

「エスター＝テッヘン殿は、本当に巻き込まれただけだな……気の毒に」

彼女は腹黒王子が唯一信頼を置く、〝オトマルクの黒い宝石〟と外交絡みで有名になっていた。王族を狙うより手っ取り早い。オトマルクが公に抗議の声を上げれば、波紋を広げる工作は準備されていたのだろう。

いまの大陸は、五大国はもとより様々な国同士が互いに同盟関係を持っている。

一つの火種に様々な国が介入し、大陸の均衡はあっという間に崩れる危うさがあるのだ。

（だが、エスター＝テッヘン家とフリードリヒ殿下に阻まれた。鉄道事業協力と二国間の関係維持を建前にした非公式会談の形で……）

しかし執拗にも、今度はより確実にフリードリヒを狙う形で再び仕掛けてきた。

非公式会談でのフリードリヒの牽制を逆手にとり、第一公子一派を不穏分子として追い込んで犯人役に仕立て、フリードリヒと確執あるバーデン家をも巻き込んで。

なかなか動機やその目的を話さなかった、拳銃を所持していた公国貴族の男からそれを聞き出したのはフリードリヒである。

聞き出したというよりは、フリードリヒが推測を好き勝手に話し、男のわずかな反応を見て問いかけ、相槌を打ち、証言を引き出し裏付けていったようなものだ。

王子教育にそんな訓練はないはずだが、あの尋問の上手さはなんなのだと思うアンハルトである。

公国貴族の男の話によると、離宮に謹慎中の第一公子の監督は、第二公子が任されている。

折に触れ、「兄上に不便がないように」と口にし、男をはじめとする第一公子の古くからの側近を気遣うが、どうとでもできると表情や話す調子でほのめかすらしい。

あの男はなにをするかわからない。

君主は第二公子を信用し切っている。多くの者も同様で、いつのまにか不穏分子の扱いになっていた自分達の言葉など誰も信じない。

興奮気味に話した男の顔色は青ざめ、ずいぶんと精神的に追い込まれている様子だった。

もはや後継者となるのは難しくても、第一公子を離宮から救い出し、第二公子の手がおよばない所へ逃さなければ。それしか考えられず、手を差し伸べてきたバーデン公と取引した。

「失脚させ、資力を削り、孤立させ……精神的にも追い込む。おそらく国外へ逃れることすらそう仕向けられたのだろう。バーデン家という受け皿まで用意して」

そうなるように作り上げられた盤上では、駒は限られた動きしかできなくなる――あまりにフリードリヒの言葉通りで、アンハルトは「なにが無能だ、あの第二王子」と思わず悪態をつく。隠し部屋に一人だ、気にする必要はない。

「どうせ一気に片付けたいとか、手っ取り早くとか考えたに違いない。王子が自分を餌にするか？己の楽しみも混ぜてやっているのが本当に……度し難い」

ともあれ、フリードリヒが無傷で公国貴族もバーデン家当主も全員証言が取れる形で捕えているのは大きい。これ以上は踏み込んでこないだろう。あちらもしらをきれなくなる。

第二王子に万一あれば、さすがに非公式で片付けるわけにはいかない。

「……あの場での判断をヨハン殿下に委ねてよかった――殿下の強運でも、俺、すごいわ」

アンハルトは片手で目と額を覆って、思わず貴族らしからぬ言葉使いで呟いた。

人生最大の英断である。クラウスによる公国貴族の捕縛もしくは保護要請をヨハン殿下が受け、その後のフリードリヒの大立ち回りであったから、なんとか穏便に処理できた。

ひとまずなにもかも終わったが、裁かれるのは巻き込まれた者達だけである。

バーデン家に取引を持ちかけたのはルーシー大公国と当主は証言したが、すべてのやりとりは人を複数挟んでの口頭で証拠がなく、問い合わせることもできない。

問い合わせても否定されるだけだろう。ルーシー大公国と第二公子の間など探れるはずもない。

証拠もなく裏付けも取れない以上、どちらも対外的には犯人の苦し紛れの妄言によって迷惑を被った、被害者である。

（要警戒人物と国が浮かび上がっただけでもよしとするしかない、か）

釈然としない気分でアンハルトは部屋の置時計の時間を見た。午前零時前。

武官組織も大概、人手不足だなとアンハルトはため息を吐いた。


いつの間にかうたた寝していたらしい。

目を覚ましたフリードリヒは、彼の肩に寄りかかって眠っているマーリカに気がつくと開いたばかりの目を細めた。

マーリカの寝顔ならフリードリヒは何度も見ている。この寝室のソファは、官舎の門限までに仕事が終わらなかった際、彼女の簡易寝台となっていたソファだ。いまは彼の斜め向かいの部屋なので運ぶこともできるが、フリードリヒにあまりその気はない。

無防備な寝顔は、十代の少女の名残りと可愛らしさが勝る。フリードリヒの五つ年下でオトマルクの成人年齢の二十一歳に達したばかりである。

マーリカの足元の床に彼女の膝から滑り落ちた書類が散らばっている。

「ヘルミーネが文官ねえ……」

床の一枚に目を落として、なにを考えているのやらとフリードリヒは苦笑する。

志望動機に王立科学芸術協会《アカデミー》の正規職員となり女性教授が認められるよう働きかけたい一文がある。文官組織よりずっと難しい。あの組織は権威的な男性社会だ。

「マティアス殿の影響かな?」

王立学園で、彼が、ヘルミーネの弦楽の練習室の窓辺の席に居座っていたのをフリードリヒは見かけている。目立たず見晴らしのいいいい位置取りで、学園全体の動きを眺めていたのだろう。だがヘルミーネからすれば憧れの弦楽の名手が、連日彼女の練習を見てくれていたことになる。彼が憧れの人であるらしいとマーリカから聞いている。

「メクレンブルクに懸想《けそう》されると、大変だけどねえ」

「……んっ、え?」

「おはよう、マーリカ。二人してうたた寝していたようだ」

マーリカだけでなく、フリードリヒもここのところ連日仕事漬けだった。身を寄せ合っているのが心地よくて、ほぼ同時に眠ってしまったらしいと彼が話せば、取り繕うように髪の乱れを直すふりをしてそうですかとマーリカは答えた。

「失礼しました。ああ、書類まで散らばって……殿下の書類もいただいて自室へ戻ります」

慌てて床の書類に手を伸ばし、フリードリヒから離れようとしたマーリカのまだ彼に触れている方の腕を引いて戻し、彼は彼女を腕の中におさめる。

「今日はもういいよ」

「ちょっ……なにがいいです」

「寝ようよ」

襟と袖周りの刺繍が以前より華やかになったマーリカの上着を、腕から抜くようにするりとフリードリヒが落とせば彼女は固まった。

「……破廉恥事案《セクハラ》っ」

「寝るのに邪魔でしょう」

ずるずると横倒しにマーリカごと倒れながらフリードリヒは囁いた。

「お一人で、寝てください」

「やだ、もう眠い……朝までうたた寝したってことに……」

マーリカが起き上がるならそれでもいいかと思っていたフリードリヒだったが、彼の腕の中から彼女は出ようとはしなかった。

「……それなら、仕方ありません」

そう呟いて目を閉じたマーリカに、うっかり婚前の節度が揺らぎそうになったフリードリヒではあったけれど、すぅっと安らかな寝息を聞いて砂糖と塩を間違えて舐めたかのように、彼は顔を顰《しか》めた。

「君、さては起きたように見えて寝ぼけていたね……マーリカ」

ここ最近、かなり根を詰めてマーリカが仕事していたことは知っている。

なにかと彼女を会議に入れたがる大臣達は牽制したけれど、いまや実力実績共に誰もが認める若手文官となったマーリカを手持ちの案件要員に加えたい者は多い。

「面倒だねえ……まったく」

上級官吏の権限で処理できることが多く、優秀。王族付でフリードリヒとアルブレヒト両方と直に話せる立場。しかし、組織上の階級は高官達の下に位置するため、悪い言い方をすれば使い勝手がいいのである。

彼女が秘書官だった頃も一度、フリードリヒに無断で仕事を依頼するなと牽制したことがある。一度それで引いたはずだが、婚約したらまた復活した。

不都合にも「第二王子妃になられる方に文官組織を理解いただくため」といった口実ができたからである。この口実は部署を問わずに使え、フリードリヒも突っぱねにくい。

「これ以上、余計な者を私とマーリカの間に入れたくないのだけれど……」

仕方ない、アルブレヒトのところあたりから補佐を回すかなと呟いて。

マーリカの頭に顔を寄せ、おやすみとフリードリヒは囁いた。

忙しすぎる文官令嬢ですが無能殿下に気に入られて仕事だけが増えてます 2

*本作は「小説家になろう」（https://syosetu.com/）に掲載されていた作品を、大幅に加筆修正したものとなります。
*この作品はフィクションです。実在の人物・団体・事件・地名・名称等とは一切関係ありません。

2024年3月20日　第一刷発行

著者 …… ミダ ワタル
©MIDA WATARU/Frontier Works Inc.
イラスト …… 天領寺 セナ
発行者 …… 辻 政英
発行所 …… 株式会社フロンティアワークス
〒170-0013　東京都豊島区東池袋 3-22-17
東池袋セントラルプレイス 5F
営業　TEL 03-5957-1030　FAX 03-5957-1533
アリアンローズ公式サイト　https://arianrose.jp/
フォーマットデザイン …… ウエダデザイン室
装丁デザイン …… AFTERGLOW
印刷所 …… シナノ書籍印刷株式会社

本書のコピー、スキャン、デジタル化等の無断複製、転載、放送などは著作権法上での例外を除き禁じられています。本書を代行業者の第三者に依頼してスキャンやデジタル化することは、たとえ個人や家庭内での利用であっても著作権法上認められておりません。定価はカバーに表示してあります。乱丁・落丁本はお取り替えいたします。

二次元コードまたはURLより本書に関するアンケートにご協力ください
https://arianrose.jp/questionnaire/
● PC・スマートフォンに対応しております（一部対応していない機種もございます）。
●サイトにアクセスする際にかかる通信費はご負担ください。